越中万葉かるた100首と遊び方

越中万葉を楽しむ

高岡市万葉歴史館 編

刊行にあたって

「越中万葉かるた」は、一九七九年（昭和五十四）の国際児童年を記念して、子供たちに遊びを通して郷土の歴史と文化に触れ合ってもらいたいという願いから、当時の高岡古城ライオンズクラブ会長嶋津芳弘氏が、黒川総三・米田憲三・松岡茂・北世博の各氏に、『万葉集』に出てくる「越中」関連歌三百数十首の中から子供たちにもわかりやすく親しみやすい百首を選んでもらい、富山県日本画家連盟顧問であった村閑歩《むらかんぽ》氏に絵を担当してもらって作成されました。

また、百首を選ぶだけでなく、それぞれの歌の解説文を執筆するために、当時の高岡市教育長・川原主馬氏を委員長として、黒川・米田・松岡・北世の各氏を委員とする編集委員会が組織され、文学博士・中西進氏（現在高志の国文学館館長、文化勲章受章者）の監修の下、「越中万葉百歌」と題した小冊子が作成されました。これはかるたの付録となるとともに、越中万葉のガイドブックとしての役目を果たすこととなりました。

「越中万葉かるた」は、『万葉集』の中から越中関連歌百首を選び小倉百人一首のようにかるた形式にしたものですが、「子供たちが絵を見て和歌の意味がわかるように」と「取り札」にも絵が描かれ、漢字に振り仮名が振られています。作成された「越中万葉かるた」のうち三百セットは、高岡市内の小・中学校や愛育園・新生園・こまどり養護学校・長生寮などに寄贈されました。

そして、一九八〇年（昭和五十五）からは、高岡市内の小・中学生を対象として毎年一回「越中万葉かるた大会」が開催されることとなりました。第一回大会は小・中学校百五十名の参加でスタートしましたが、年々参加者が増え、第十回大会の平成元年には四百八十名が参加。平成八年の第十七回大会からは学校対抗団体戦をとりいれました。二〇一四年（平成二十六）の第三十五回大会は、一月十九日に高岡市福岡町大滝の市ふくおか総合文化センターで開かれ、市内の小・中学生を中心に約七七〇人が出場し、第一回から数えて参加者は延べ二万人を越えることとなりました。第一回大会に参加した小学生はもう四十歳代の親となり、お子さんが参加されています。やがてお孫さんが参加する大会も訪れることでしょう。

この間、越中万葉歌は、多くの高岡市民に親しまれるものになりました。毎年十月第一金曜日から連続三昼夜にわたって開催される高岡万葉まつりの「万葉集全二十巻朗唱の会」への大勢の市民の参加も影響して、小・中学生にとどまらず、幼稚園児にいたるまで万葉歌の幾首かを暗誦できるほどに万葉歌は高岡に根付いています。

高岡市万葉歴史館には、「越中万葉かるた」の原画に、書家の近藤《こんどう》芳竹《ほうちく》氏が流麗な筆致で万葉歌を記した作品が所蔵されています。この度、多くの皆様方に鑑賞していただくべく、ここに解説を加えて上梓する次第です。

高岡市万葉歴史館館長・坂本信幸

【目次・収録歌一覧】

【目次・収録歌一覧】

【目次・収録歌一覧】

【目次・収録歌一覧】

越中万葉かるた全百首

●解説●

●**凡例**●

越中万葉歌の引用と現代語訳は、高岡市万葉歴史館編『越中万葉百科』（笠間書院刊、なお一部改訂）に従いました。そのために、近藤《こんどう》芳竹《ほうちく》氏が書かれた「越中万葉かるた」本体の歌の表記と異なる部分があります。

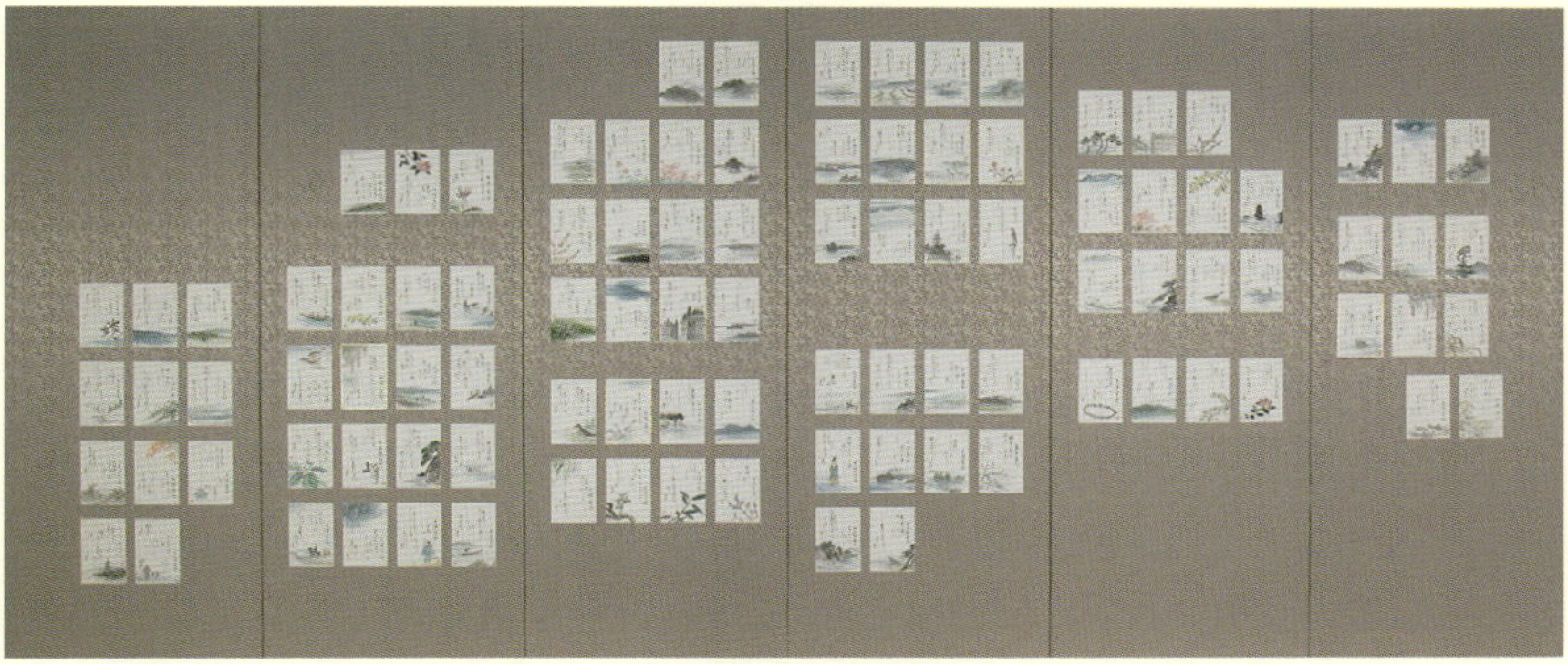

●越中万葉かるた屏風●

「越中万葉かるた」を作成するために日本画家村閑歩《むらかんぽ》氏が描いた原画に、書家近藤芳竹《こんどうほうちく》氏がそれぞれの歌を書いたものを、二上山《ふたがみやま》の山容《さんよう》になぞらえて散らして制作された屏風です。

【万葉集豆知識〜お読みになる前に〜】

◆長歌［ちょうか］

和歌の形式の一つ。5・7・5・7と三回以上繰《く》り返し、最後を5・7・7で終わり、原則として短歌形式の反歌《はんか》が後ろに伴《ともな》って一編となる。万葉集のあとは衰退《すいたい》した。

◆反歌［はんか］

長歌《ちょうか》の後に読み添《そ》える短歌で、一首《しゅ》ないし数首からなる。長歌の内容を反復・補足・要約したものが多い。柿本人麻呂《かきのもとのひとまろ》以降、長歌の内容を発展させたものが多く、独立性が強まり、長歌と切り離して鑑賞可能の反歌が増える。万葉集に例が多い。

◆題詞［だいし］

歌の前の作者名や作歌事情などを記述した部分。詞書《ことばがき》。

◆左注［さちゅう］

歌の後ろ、すなわち左側につける注で、作者名や作歌事情、異説や補足の説明などを注記した部分。

1

大野路《おほのぢ》は　繁道茂路《しげちしげみち》　茂《しげ》くとも　君《きみ》し通《かよ》はば　道《みち》は広《ひろ》けむ

作者未詳《さくしゃみしょう》
巻16・三八八一

【現代語訳】
大野《おおの》の道は草木が茂《しげ》りに茂った道です。でもいくら草木《くさき》が茂っていても、あなたが通われるなら、道はきっと広くなるでしょう。

【解説】
「越中国《こしのみちのなかのくに》の歌」として載せられる歌です。「茂くとも」という表現は、「人言《ひとごと》は　夏野の草の　茂くとも　妹《いも》と我《あれ》とし　携《たづさ》はり寝ば」（巻10・一九八三）などのように人の噂《うわさ》が激しいことを意味する場合に用いられます。草木が繁った大野の道は、人の噂が激しくて逢うことが困難《こんなん》な状況《じょうきょう》をさすのでしょう。でも、あなたが通って来られるなら道は開けるでしょうと、人目を気にして訪れない男を励《はげ》ます女の思いを歌った民謡です。大野路は大野へ行く道、または大野を通る道のことで、大野は礪波平野《となみへいや》東部のあたりではないかと言われています。

（垣見修司）

2

渋谿《しぶたに》の　二上山《ふたがみやま》に　鷲《わし》そ子《こ》産《う》むといふ　翳《さしは》にも　君《きみ》がみために　鷲《わし》そ子《こ》産《う》むといふ

作者《さくしゃ》未《み》詳《しょう》

巻16・三八八二

【現代語訳】
渋谿《しぶたに》の二上山《ふたがみやま》に鷲《わし》が子を産むと言います。せめて翳《さしは》にでもなって主君《しゅくん》のお役《やく》に立とうと、鷲が子を産むと言います。

【解説】
「越中国《こしのみちのなかのくに》の歌四首《しゅ》」のなかの一首で、音数が577577の旋頭歌《せどうか》という形の歌になっています。「渋谿《しぶたに》」は二上山《ふたがみやま》が海に接するあたりの地名で、現在の雨晴《あまはらし》海岸あたりです。「翳《さしは》」は身分の高い人の顔を隠《かく》すために後《うし》ろからさしかける柄《え》の長いうちわのようなもので、鳥の羽《はね》で作ることもありました。「君」のための翳になるために鷲が子どもを産んでいると歌うのですから、この君は翳を使うような身分の高い主君《しゅくん》のことでしょう。鷲までもがお役に立とうとしていると歌うことで、主君のすばらしさを讃《たた》えたのです。（新谷秀夫）

3

秋《あき》の田《た》の　穂向見《ほむきみ》がてり　わが背子《せこ》が　ふさ手折《たを》り来《け》る　をみなへしかも

大伴家持《おおとものやかもち》
巻17・三九四三

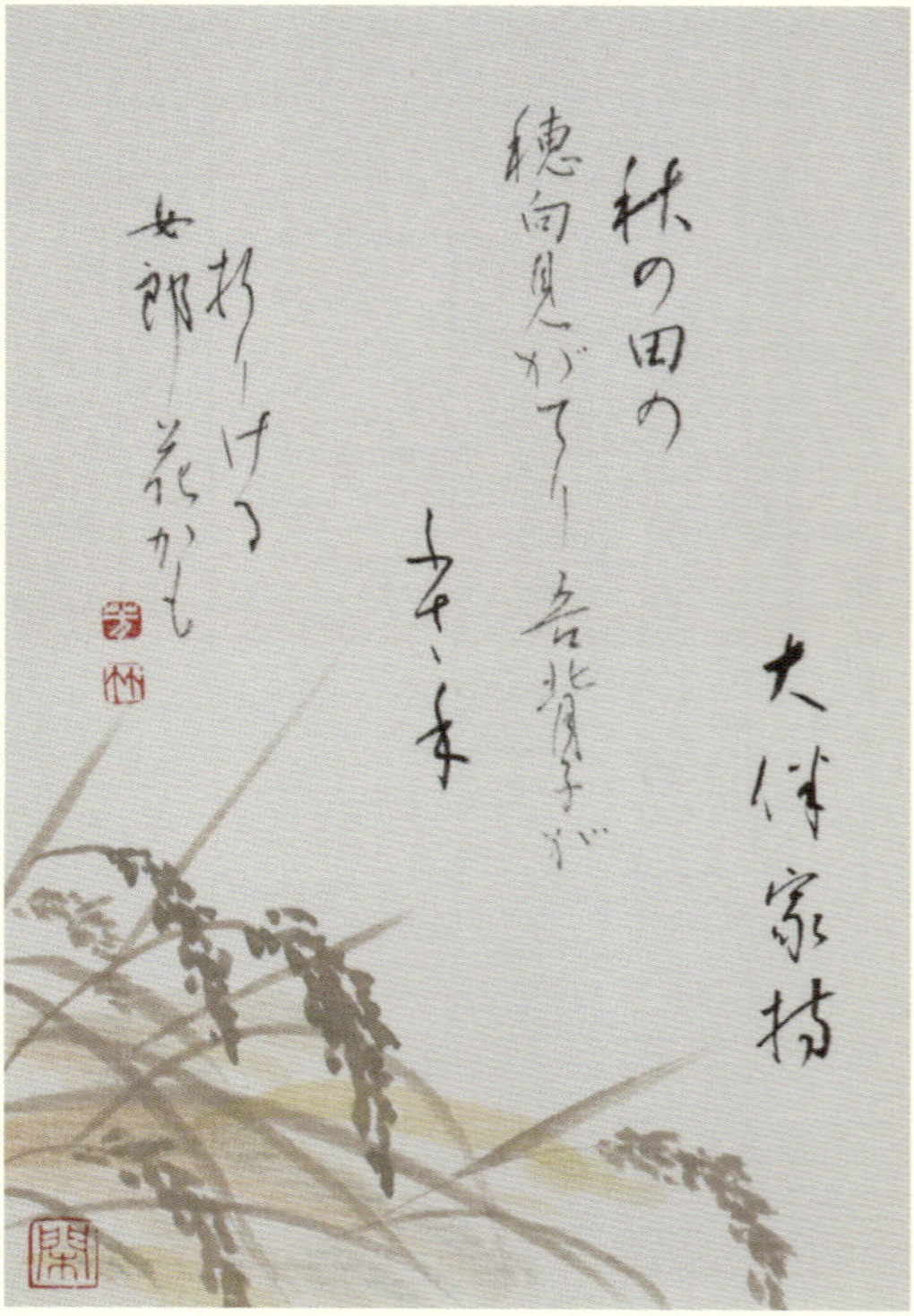

【現代語訳】
秋の田の稲穂《いなほ》の実《み》りぐあいを見回《みまわ》りかたがた、あなたがどっさりと手《た》折《お》って来《き》てくださったのですね。このおみなえしの花は。

【解説】
天平《てんぴょう》十八年（七四六）六月二十一日、大伴家持は越中守《えっちゅうのかみ》に任ぜられました。この歌は題詞《だいし》に「八月七日の夜に、守大伴宿祢家持《かみおほとものすくねやかもち》が館《むろつみ》に集《つど》ひて宴《うたげ》する歌」と記されていて、おそらく、着任《ちゃくにん》後初めて催《もよお》した越中での宴《うたげ》における作と思われます。八月七日は太陽暦《たいようれき》でいうと八月三十一日。秋を代表する七種《ななくさ》の花の一つの女郎花《おみなえし》が咲き誇《ほこ》っている頃です。女郎花は家持の好きな花です。先に赴任《ふにん》していた一族の一人大伴池主《おおとものいけぬし》は、その女郎花《おみなえし》を手土産《てみやげ》に手折って宴にやって来ました。この歌は、その心づかいに感謝して詠《うた》った宴の主人家持の歓迎の挨拶歌《あいさつか》です。（坂本信幸）

4

をみなへし　咲《さ》きたる野辺《のへ》を　行《ゆ》きめぐり　君《きみ》を思《おも》ひ出《で》　たもとほり来《き》ぬ

大伴池主《おおとものいけぬし》
巻17・三九四四

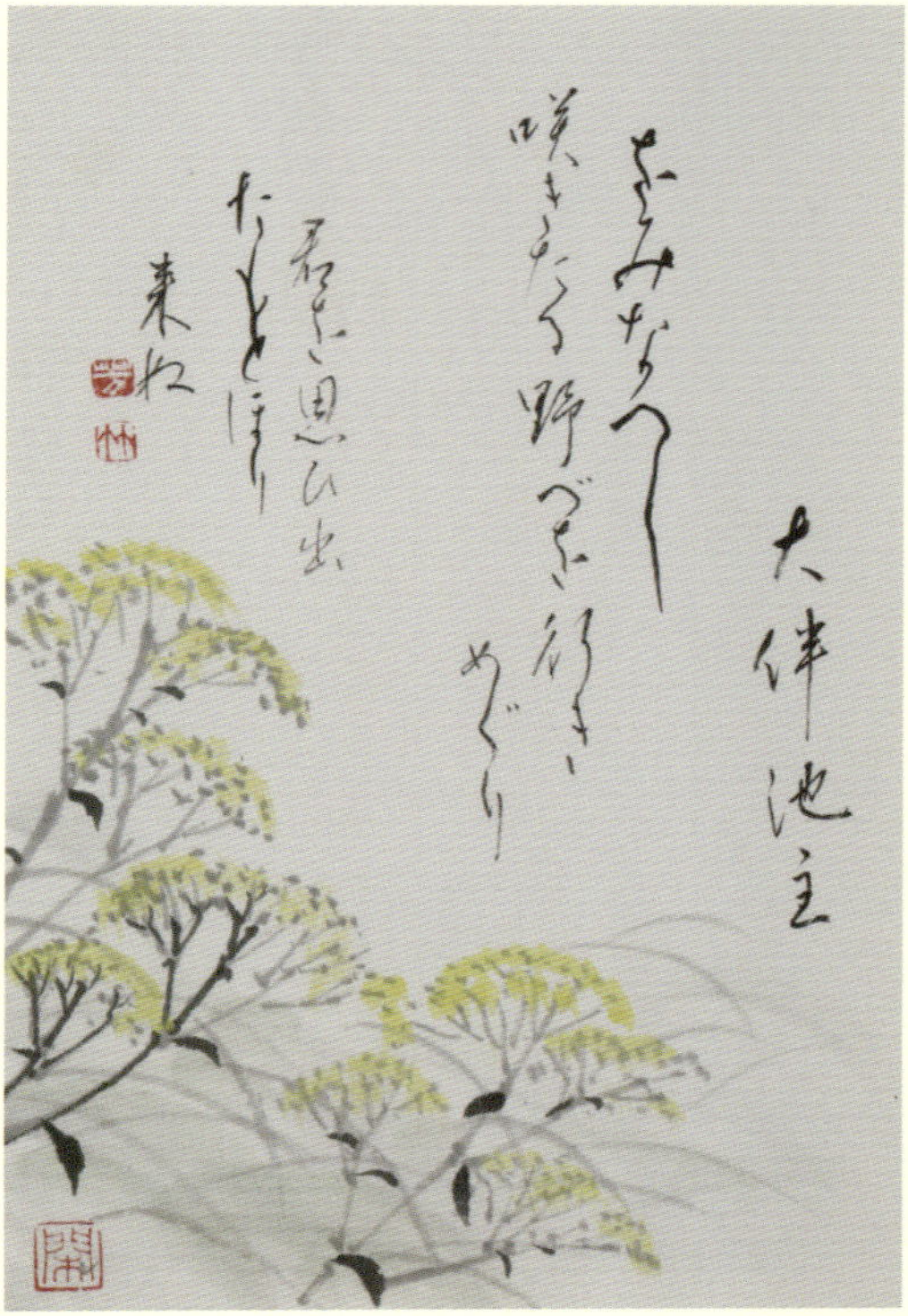

【現代語訳】
おみなえしが咲いている野辺《のべ》を行きめぐっているうちに、あなたを思い出して回《まわ》り道《みち》をして摘《つ》んで来てしまいました。

【解説】
宴《うたげ》の主人家持の挨拶歌《あいさつか》三九四三に応《こた》えた大《おお》伴池主《とものいけぬし》の返歌です。家持歌が「穂向見《ほむきみ》がてり―ふさ手折《たを》り来《け》る」と歌ったのに対し、「君《きみ》を思《おも》ひ出《で》―たもとほり来《き》ぬ」と、応えたところに味わいがあります。タモトホルとは、「廻《めぐ》って行く。行きつ戻《もど》りつする」意ですが、「春霞《はるがすみ》井《ゐ》の上《へ》ゆ直《ただ》に　道はあれど　君に逢《あ》はむと　たもとほり来《く》も」（巻7・一二五六）のように、恋人のもとに通《かよ》うときの表現として用いられたりしました。家持を恋人のように讃《たた》え、穂向きを見るついでではなく、あなたを思い出しわざわざ回り道をして来たのですと応えたのです。

（坂本信幸）

5

秋《あき》の夜《よ》は　暁寒《あかときさむ》し　白《しろ》たへの　妹《いも》が衣《ころも》手《で》　着《き》むよしもがも

大伴池主《おおとものいけぬし》

巻17・三九四五

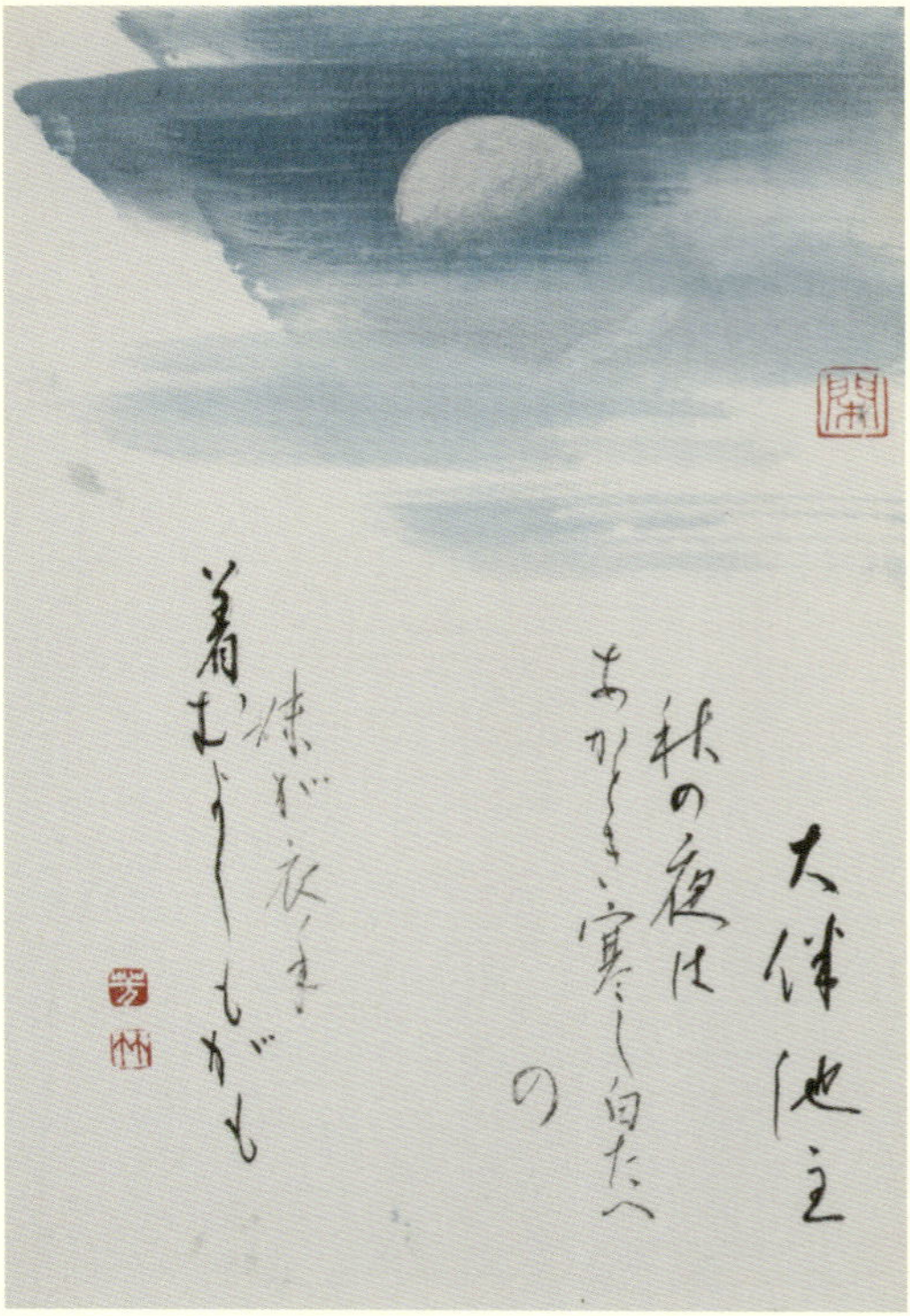

【現代語訳】
秋の夜は明け方が寒いですよ。（しろたへの）いとしい妻の着物を着て寝る手だてがあればよいのですが。

【解説】
前歌4に続く大伴池主《おおとものいけぬし》の二首目の歌です。宴の催された八月七日は、太陽暦《たいようれき》でいうと八月三十一日ですから、北陸のこととは言えまだ暑さが残っている頃です。でも、暦《こよみ》の上では七・八・九月は秋。中国の書物『礼記《らいき》』に「孟秋《もうしゅう》之《の》月、涼風至《りょうふういた》リ、白露降《はくろふ》ル」（孟秋は七月）と記されている季節に当たります。

奈良の都に妻を残して家持が赴任して約一ヶ月。妻恋しさのつのる頃です。先に赴任していた作者池主は、家持より数歳年上で旧知《きゅうち》の仲でした。八月末とはいえ、越中の秋の明け方は、奈良に較《くら》べると少して冷《ひ》え込《こ》みます。やがて妻が側《そば》にいない初めての北陸の寒い季節を体験することになる都育ちの家持を気遣《きづか》った歌です。（田中夏陽子）

6

ほととぎす　鳴《な》きて過《す》ぎにし　岡辺《をかび》から　秋風《あきかぜ》吹《ふ》きぬ　よしもあらなくに

大伴池主《おおとものいけぬし》
巻17・三九四六

【現代語訳】
ほととぎすが鳴いて通っていった岡《おか》のあたりから、もう秋風が吹いてきました。（いとしい人の着物を着て寝る）手だてもないのに。

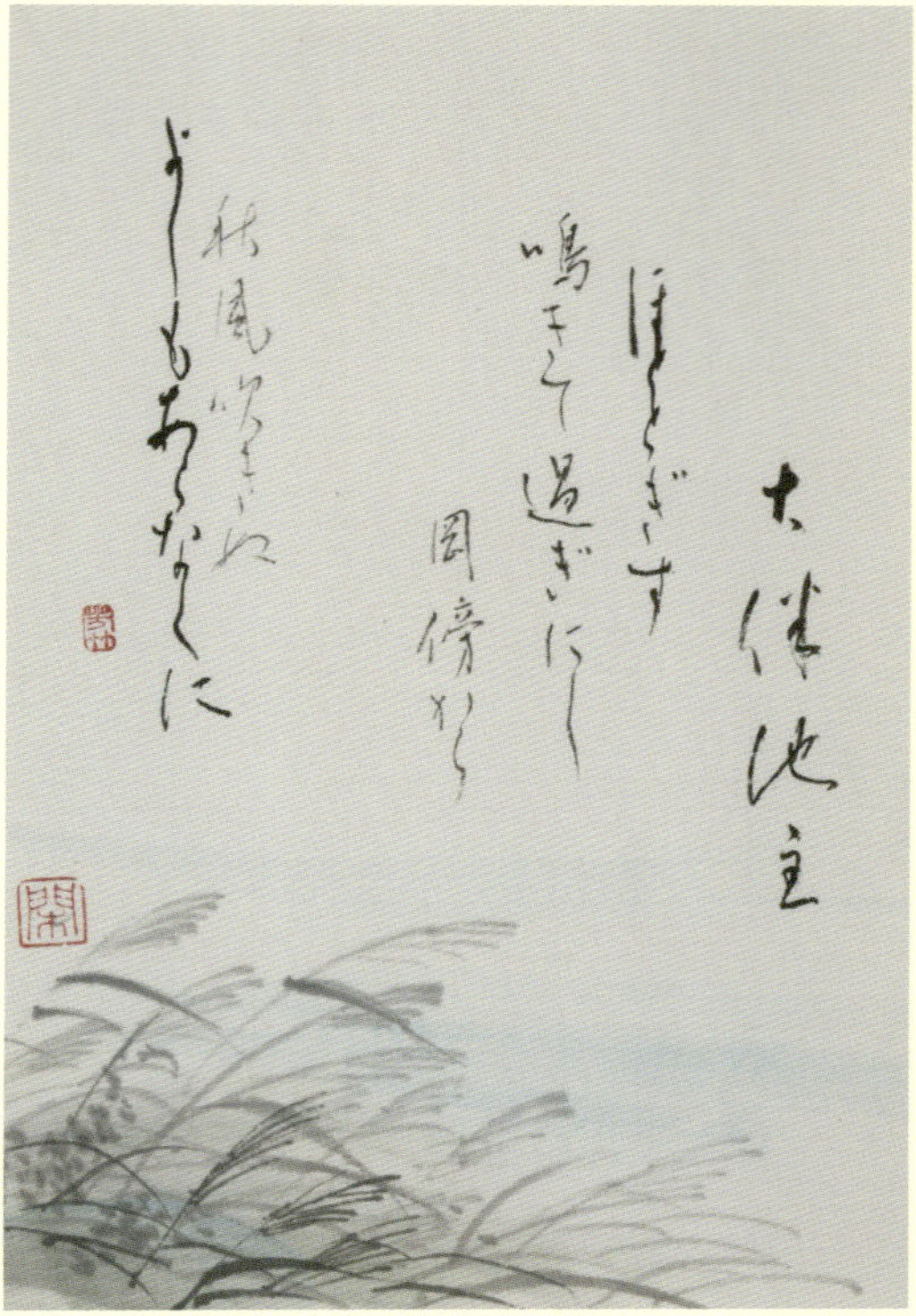

【解説】
5に続く池主《いけぬし》歌三首のうちの最後の一首。「よしもあらなくに」は、5の「妹《いも》が衣手《ころもで》　着《き》むよしもがも」（いとしい妻の着物を着て寝る手だてがあればよいのですが）を受けた表現です。

歌が詠まれた旧暦《きゅうれき》八月七日は中秋《ちゅうしゅう》にあたり、新緑の季節に東南アジアから飛来《ひらい》した渡《わた》り鳥であるホトトギスが帰ってしまう時期。ホトトギスがしきりに鳴いて過ぎていった岡からは、もうひんやりとした秋風が吹く頃になっているのです。家持はこの夏の渡り鳥が大好きでした。数年前から越中に着任していた池主は、ホトトギスを引き合いに、家持にこの地の秋の訪れの早さを伝えたかったのでしょう。（田中夏陽子）

7

妹《いも》が家《いへ》に　伊久里《いくり》の森《もり》の　藤《ふぢ》の花《はな》　今来《いまこ》む春《はる》も　常《つね》かくし見《み》む

大原高安《おおはらのたかやす》作、僧玄勝《げんしょう》伝誦《でんしょう》

巻17・三九五二

【現代語訳】（いもがいへに）伊久里の森の藤《ふじ》の花を、またやって来る春もずっとこうして見ていたいものです。

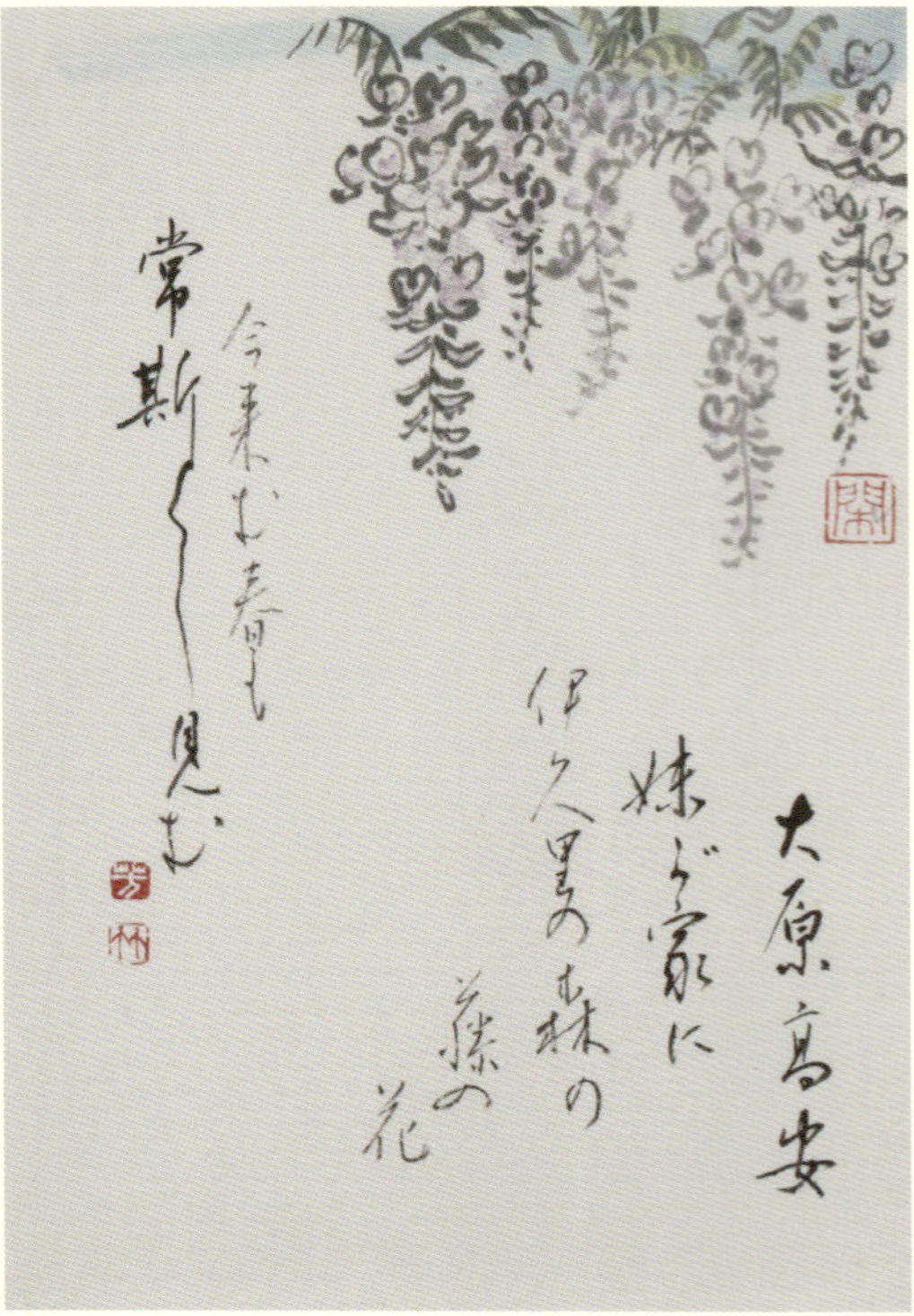
大原高安
妹が家に
伊久里の森の
藤の花
今来む春も
常斯くし見む

【解説】
天平《てんぴょう》十八年（七四六）八月七日の夜、越中国守館で開かれた宴《うたげ》で、僧玄勝《げんしょう》が伝誦《でんしょう》した大原高安の歌です。宴の場では新しい歌を作るほかに、その場に応じた古歌《こか》を披露することもありました。

初句「妹が家に」は「行く」を想像させるので、二句目の「伊久里の森」を導いています。大原高安は天武天皇の孫で、越中との関わりは不明ですが、八月の宴なのに藤の歌を紹介していることから、高安が実際に越中の「伊久里の森」で詠んだ歌だから家持に披露したのだろうと想像されます。

（関　隆司）

8

雁《かり》がねは　使《つか》ひに来《こ》むと　騒《さわ》くらむ　秋風寒《あきかぜさむ》み　その川《かは》の上《へ》に

大伴家持《おおとものやかもち》
巻17・三九五三

【現代語訳】
雁《かり》は使いとしてやって来ようと鳴き騒《さわ》いでいることでしょう。秋風が寒くなってきたので、その川のほとりで。

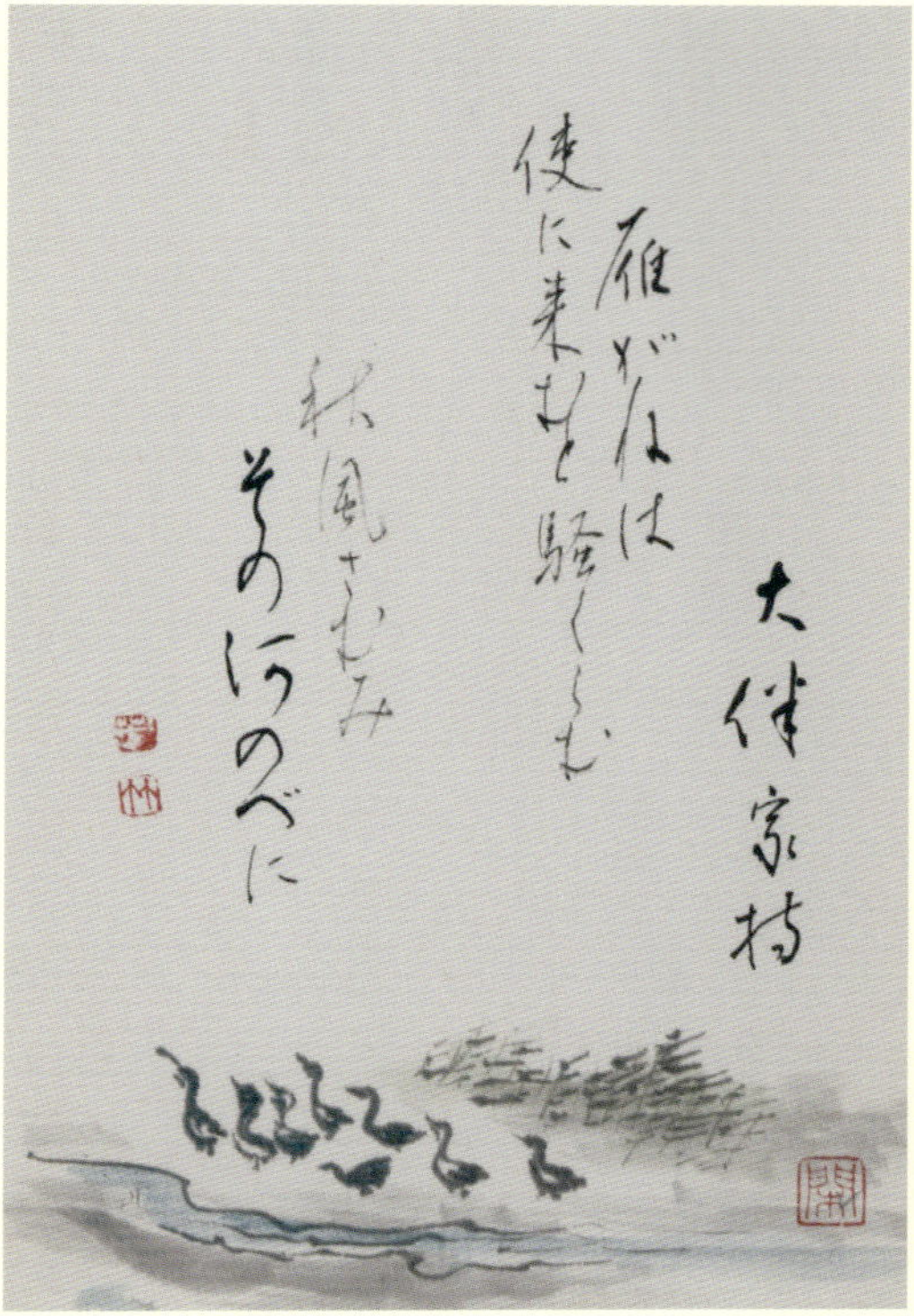

【解説】
前歌7に続く宴《うたげ》の歌全十三首（このかるたでは3～10の八首を選出）の内の一首です。「雁《かり》がね」は本来雁の鳴き声のことですが、ここでは雁そのものを指しています。秋になると日本に飛来《ひらい》する渡り鳥の雁は、匈奴《きょうど》に捕《とら》えられた前漢《ぜんかん》の時代の蘇武《そぶ》が、手紙を雁の足に結びつけて放ったという中国の故事《こじ》（『漢書《かんじょ》』蘇武《そぶ》伝）から、遠く離れた人に便りを運ぶ使いと考えられていました。この歌では、秋風が寒いので、遠い北方の川辺では、雁が都にいる妻の使者としてやって来ようと意気込んで鳴き騒いでいるだろうと想像しています。

（田中夏陽子）

9

馬並《うまな》めて　いざうち行《ゆ》かな　渋谿《しぶたに》の　清《きよ》き磯廻《いそみ》に　寄《よ》する波見《なみみ》に

大伴家持《おおとものやかもち》
巻17・三九五四

大伴家持
馬並めて
いざうち行かな渋渓の
清き
磯廻に寄する波見
に

【現代語訳】馬を並べて、さあ出かけよう。渋谿《しぶたに》の清らかな磯辺《いそべ》に打ち寄せる波を見るために。

【解説】

前歌8に続く十三首のうちの後ろから二首目の歌に当たります。楽しく歌い進められた宴《うたげ》もそろそろお開きに近付《ちかづ》いた頃合《ころあい》です。でも、宴の主催者《しゅさいしゃ》である家持は、この楽しい集いをもう少し続けようと思ったのでしょう。遊楽の場を変え、国守館《こくしゅかん》から出て渋谿の清らかな磯寄せる波を見に行こうと提案《ていあん》した歌です。「渋谿《しぶたに》の磯」は現在の雨晴《あまはらし》海岸のこと。国守館（伏木《ふしき》気象資料館付近が比定地《ひていち》）から三キロほどの距離の、海越しの立山連峰を望むことができる景勝地《けいしょうち》です。平成二十六年に「奥の細道《おくのほそみち》」ゆかりの国の名勝に指定された「有磯海《ありそうみ》（女岩《めいわ》）」は、この磯のことです。12・21・79・89参照。（田中夏陽子）

10

ぬばたまの　夜《よ》はふけぬらし　玉《たま》くしげ　二上山《ふたがみやま》に　月傾《つきかたぶ》きぬ

土師道良《はにしのみちよし》
巻17・三九五五

【現代語訳】

（ぬばたまの）夜はすっかり更《ふ》けたようです。（たまくしげ）二上山《ふたがみやま》に月が傾《かたむ》いてきました。

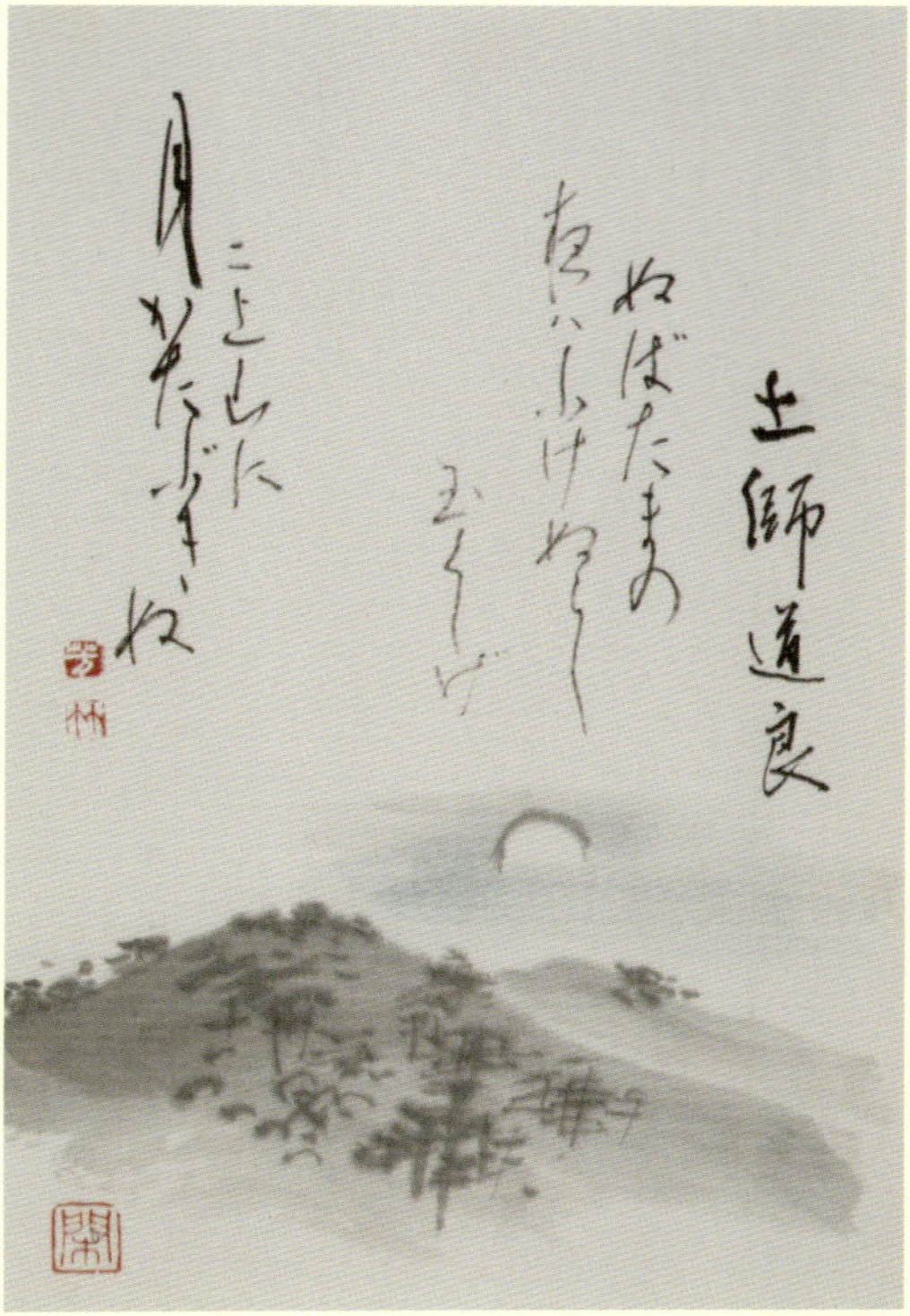

【解説】
八月七日の夜の宴《うたげ》での最後の歌です。作者土《はに》師道良《しのみちよし》の役職《やくしょく》は、「史生《ししょう》」という記録をつかさどる役でした。この時の歌の記録係も道良だったかも知れません。
「ぬばたまの」は、夜や黒・黒髪などに掛《か》かる枕詞《まくらことば》、「玉くしげ」は、「二上山《ふたがみやま》」のフタに掛かる枕詞です。クシゲは櫛箱《クシゲ》の意で、櫛箱《くしばこ》にはフタ（蓋）があるから掛かります。二上山は家持の館の西にある山で、月が西に傾《かたむ》くのは時間の経過《けいか》を意味します。月明かりのもと開かれていた宴も、月も傾き、そろそろ終わりの時間となりましたという宴のお開きを告《つ》げる歌です。
（坂本信幸）

11

奈呉《なご》の海人《あま》の　釣《つり》する舟《ふね》は　今《いま》こそば　舟棚打《ふなだなう》ちて　あへて漕《こ》ぎ出《で》め

秦八千島《はだのやちしま》
巻17・三九五六

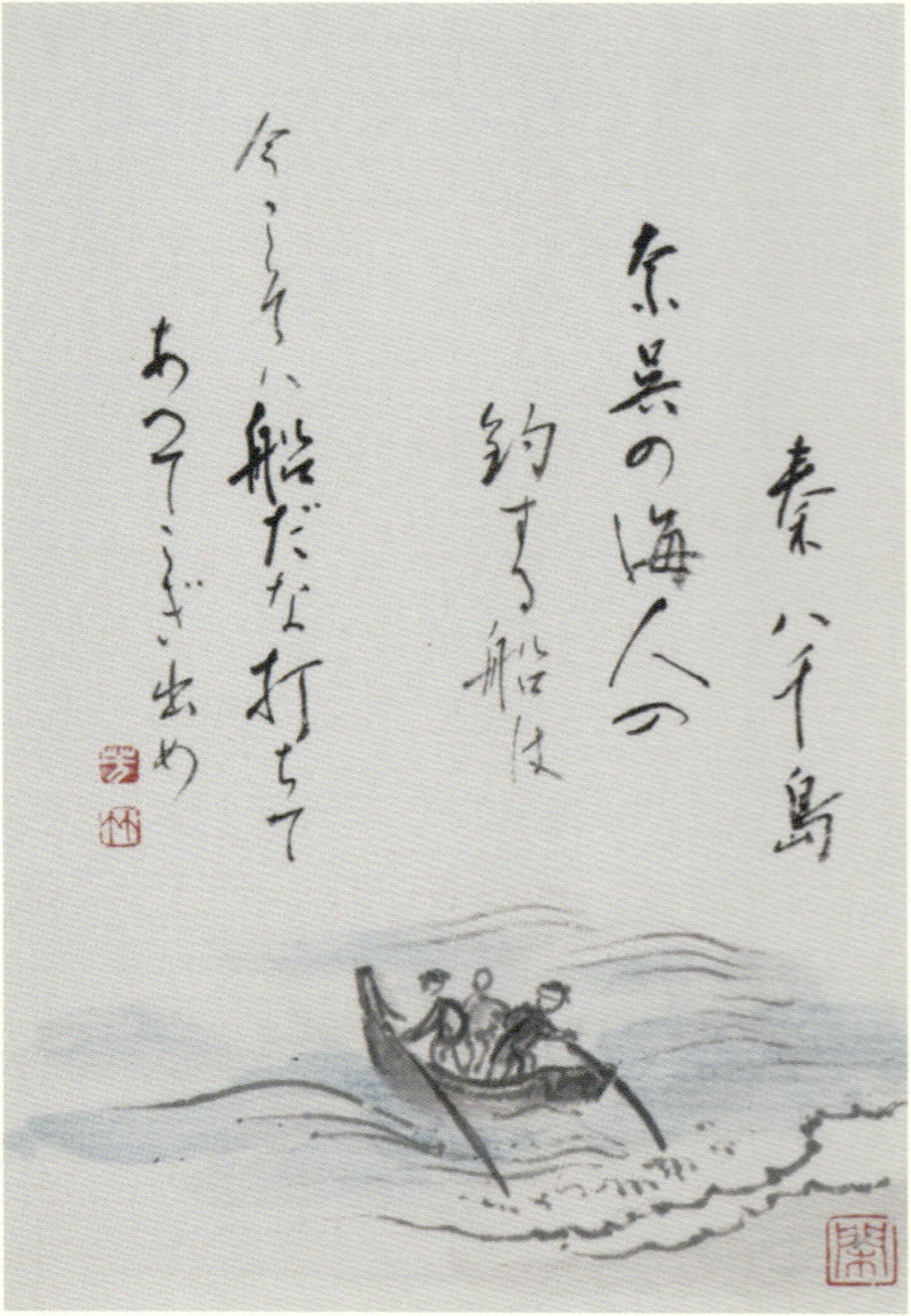

【現代語訳】
奈呉《なご》の海人《あま》たちが釣りをする舟は、今こんな時こそ舟の棚板《たないた》を威勢《いせい》よくたたいて、無理《むり》してでも漕《こ》ぎ出すとよい。

【解説】
この歌は、国司《こくし》の四等官である「大目《だいさかん》」という役目であった秦八千島の館《むろつみ》（官舎）で開かれた宴会での歌です。左注《さちゅう》によると、館の客間からは居ながら青海が眺《なが》められたので、八千島がこの歌を作ったということです。「奈呉」は、射水市新湊《いみずししんみなと》西部海浜および放生津《ほうじょうづ》一帯の地です。「舟棚」は舟の舷側《げんがわ》の横板で、それを打つのは、三重県鳥羽《とば》の海女《あま》が海に潜《もぐ》るとき手にした鑿《のみ》で船側をたたくまじないをするのと同様の、魔除《まよ》けと豊漁《ほうりょう》を祈る呪術《じゅじゅつ》と考えられます。奈呉に住む海人《あま》の習俗《しゅうぞく》が歌われているのです。

（坂本信幸）

12

かからむと　かねて知《し》りせば　越《こし》の海《うみ》の　荒磯《ありそ》の波《なみ》も　見《み》せましものを

大伴家持《おおとものやかもち》
巻17・三九五九

大伴家持
かからむと
かねて知りせば
越の海の
荒磯の波も
見せましものを

【現代語訳】
こうなると前々から知っていたならば、この越の海の荒磯にうち寄せる波でも見せてやるのだったのに。

【解説】
越中に赴任《ふにん》してどれほども経《た》っていない天《てん》平《ぴょう》十八（七四六）年九月二十五日、家持は弟・書持《ふみもち》の突然の逝去《せいきょ》の知らせを都から受けとりました。その時に詠んだ挽歌《ばんか》です。書持は、家持より数歳年下だったと思われます。花々を愛し、庭にたくさんの花を植える弟でした。

「越《こし》の海の荒磯《ありそ》」は、越中国庁《えっちゅうこくちょう》からほど近い「渋谿《しぶたに》の磯」（現在の雨晴《あまはらし》海岸付近）のことです。歌の「荒磯」は、岩の露出《ろしゅつ》した荒涼《こうりょう》とした磯を意味する一般名詞でしたが、この歌の伝承《でんしょう》の過《か》程《てい》で、後世「有磯海《ありそうみ》」として越中を代表する歌《うた》枕《まくら》の一つとなりました。芭蕉の『奥の細道』の「早稲《わせ》の香《か》や分入《わけい》る右は有磯海《ありそうみ》」は、越中で詠まれた唯一の句です。9参照。（田中夏陽子）

13

白波《しらなみ》の　寄《よ》する磯廻《いそみ》を　漕《こ》ぐ舟《ふね》の　梶取《かぢと》る間《ま》なく　思《おも》ほえし君《きみ》

大伴家持《おおとものやかもち》
巻17・三九六一

【現代語訳】白波のうち寄せる磯辺を漕ぐ舟が櫂《かい》をしきりに動かすように、絶えず恋しく思われたあなたですよ。

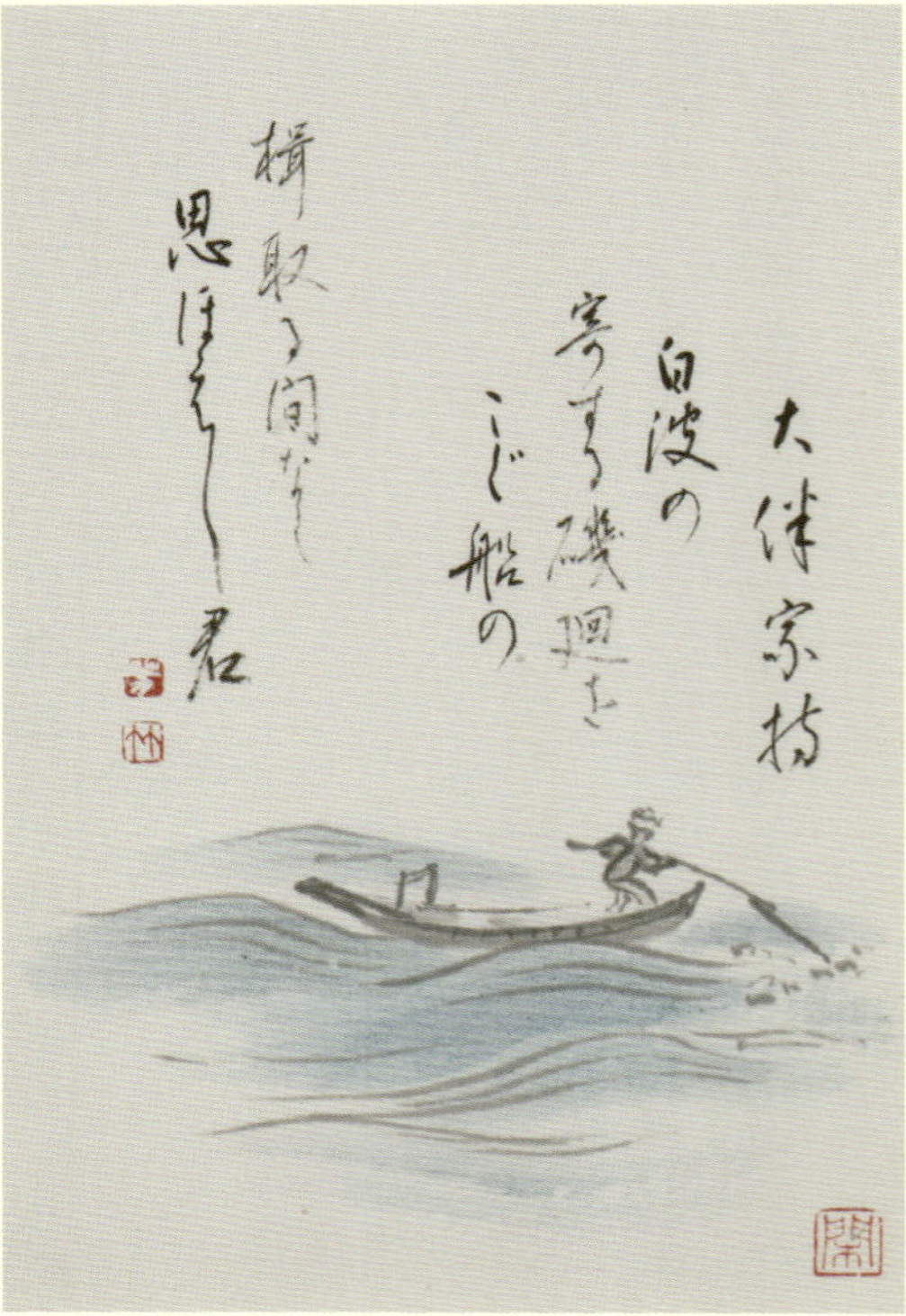

【解説】

越中国の掾《じょう》（現在の課長級の役職）の大伴池主《おおとものいけぬし》は、天平《てんぴょう》十八年（七四六）の旧暦《きゅうれき》十一月、奈良の都への四ヶ月にわたる長期出張を終えて越中に戻ってきました。その慰労《いろう》の宴《うたげ》の歌です。この日は雪がにわかに降り始め、三十センチ以上も積る日でした。海を見ると厳《きび》しい天候のなか、海人《あま》の舟が海に漕《こ》ぎ出しています。その情景に思いを託して、一首目には「庭《には》に降《ふ》る　雪《ゆき》は千《ち》重《へ》敷《し》く　しかのみに　思《おも》ひて君《きみ》を　我《あ》が待《ま》たなくに」（巻17・三九六〇）と雪を題材《だいざい》に、二首目には海人の舟を題材に、家持は池主との再会を歓《よろこ》ぶ歌を詠みました。

（田中夏陽子）

14

春《はる》の花《はな》　今《いま》は盛《さか》りに　にほふらむ　折《を》りてかざさむ　手力《たぢから》もがも

大伴家持《おおとものやかもち》
巻17・三九六五

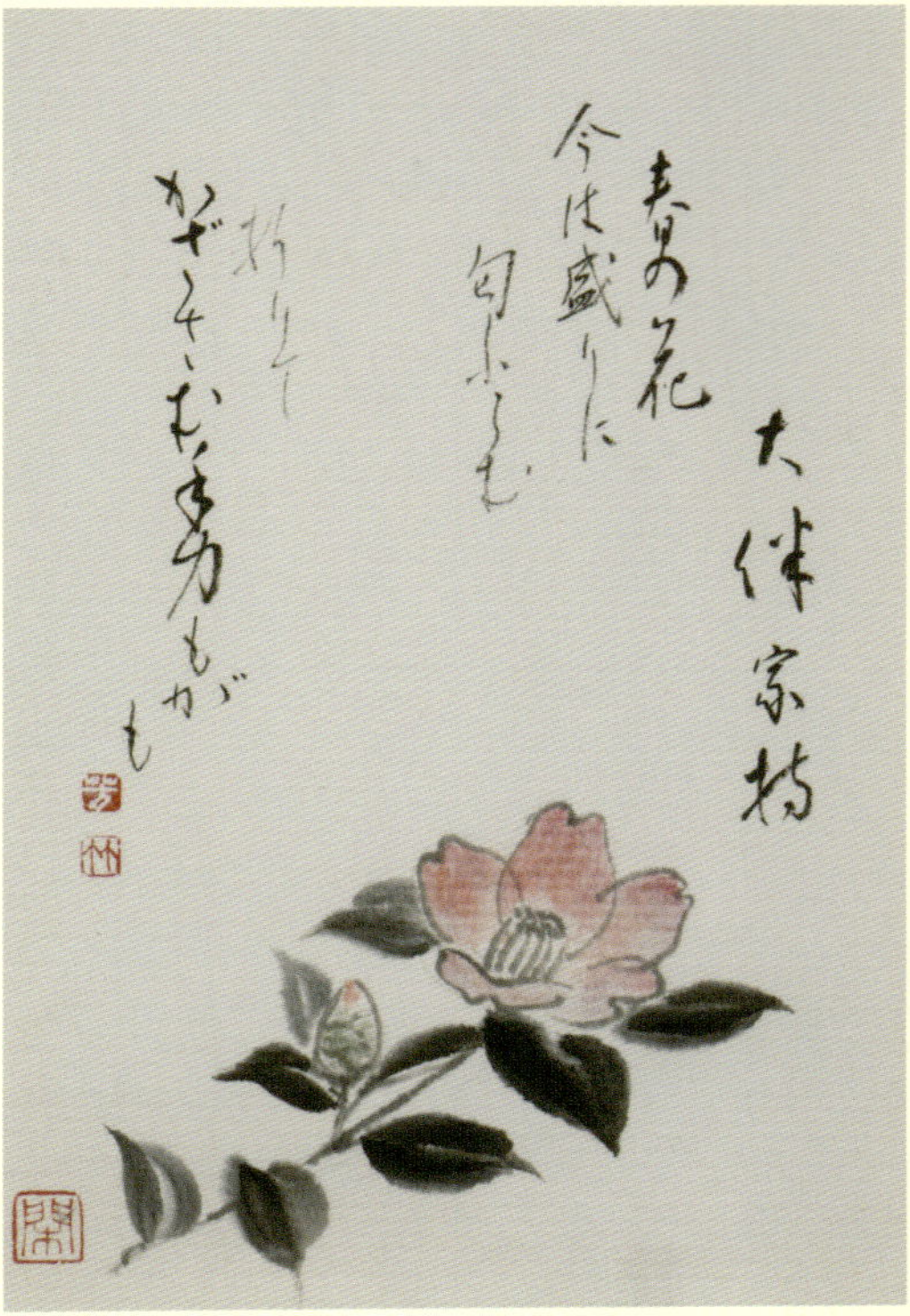
春の花
今は盛りに
匂ふらむ
折りて
かざさむ手力もがも
大伴家持

【現代語訳】

春の花は、今を盛りと咲きにおっていることでしょう。手折《たお》って髪に挿《さ》す手力があったらよいのに。


【解説】

越中に赴任《ふにん》して最初の春、家持は死をも覚悟するほどの大病を患《わずら》いました。家族から遠く離れた異郷の地で数十日も苦しみ、体力気力ともに衰弱《すいじゃく》した家持は、戸外《こがい》に出て春を楽しむこともできずに居ました。そんな心情を漢文の序と二首の悲歌《ひか》に作り、赴任前からの旧知の友である大伴池主《おおとものいけぬし》に贈りました。家持より数歳年上の大伴池主は、それに長歌《ちょうか》一首反歌《はんか》二首の作品で答え、二人は、天平《てんぴょう》十九年（七四七）二月二十九日（現在の四月中旬）から三月五日までの間に、数日間のうちに漢詩二編・長歌二首・短歌十一首もの歌をやり取りしました（14〜19、110ページ参照）。この歌はその冒頭歌です。（田中夏陽子）

15

鶯《うぐひす》の　鳴《な》き散《ち》らすらむ　春《はる》の花《はな》　いつしか君《きみ》と　手折《たを》りかざさむ

大伴家持《おおとものやかもち》
巻17・三九六六

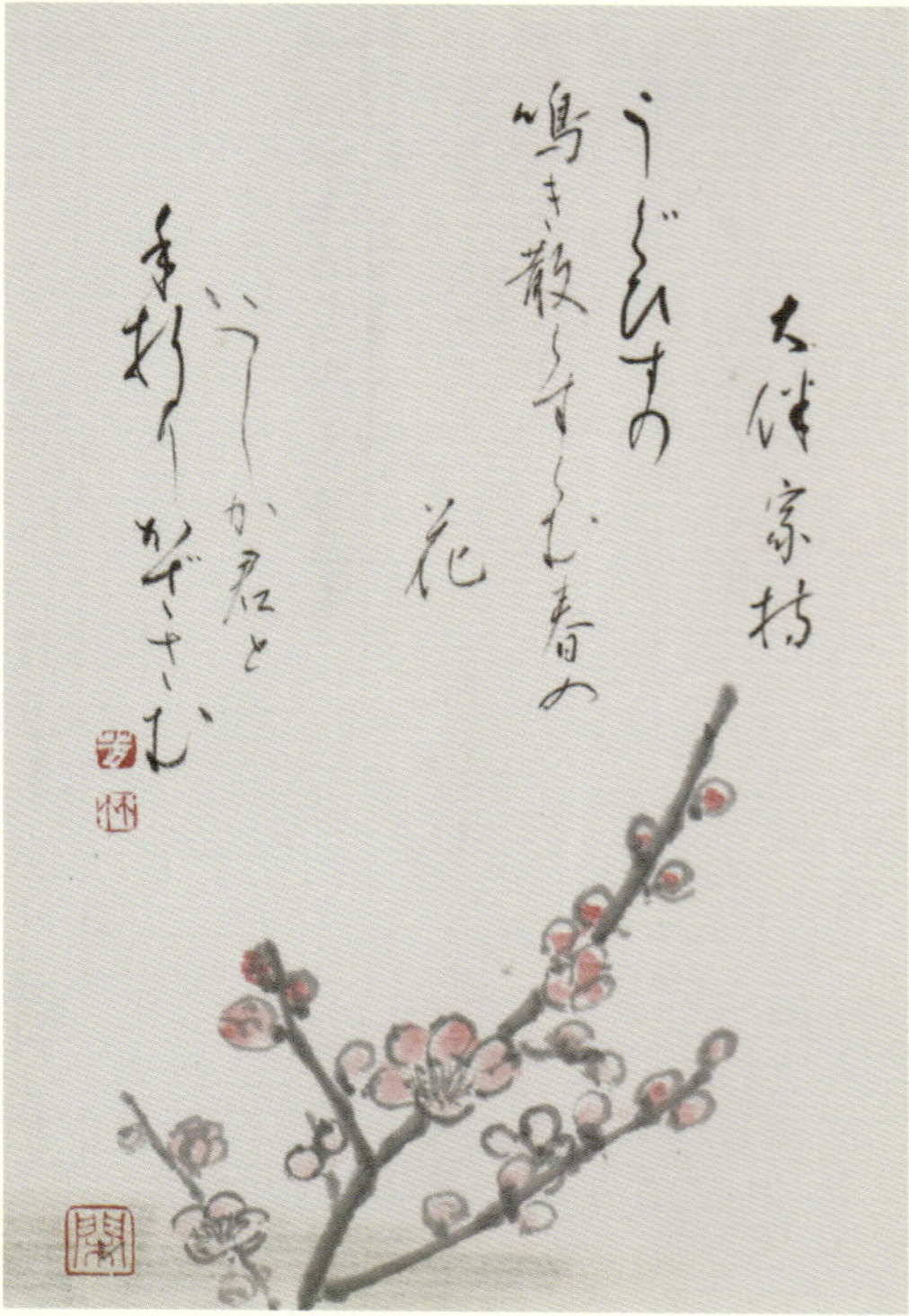

大伴家持
うぐひすの
鳴き散らすらむ春の
花
いつしか君と
手折りかざさむ

【現代語訳】
鶯《うぐいす》が鳴いては散らしているだろう春の花を、早くあなたと手折《たお》って髪に挿《さ》したいものです。

【解説】
「春の花を手折《たお》る力が欲しい」と歌った前歌14と共に、大伴池主《おおとものいけぬし》に送った第二首目です。二首ともに春の花を手折りかざすことが歌われています。春の花や青葉を髪や冠《かんむり》に挿《さ》しかざすのは、春の植物のもつ生命力を身に付ける意味をもつとともに、訪れた春を楽しむ風流《ふうりゅう》な行事でもありました。やがて元気になって、春の花をあなたと一緒に愛《め》でたいと願った歌です。

赴任して初めての春を迎えた家持《やかもち》でしたが、ひとり病に臥《ふ》し、回復がいつになるか分からない状況の中で、爛漫《らんまん》と咲く花々の様子や、ウグイスの様子を想像するしかなかったのです。

（田中夏陽子）

16

鶯《うぐひす》の　来《き》鳴《な》く山吹《やまぶき》　うたがたも　君《きみ》が手《た》触《ふ》れず　花《はな》散《ち》らめやも

大伴池主《おおとものいけぬし》
巻17・三九六八

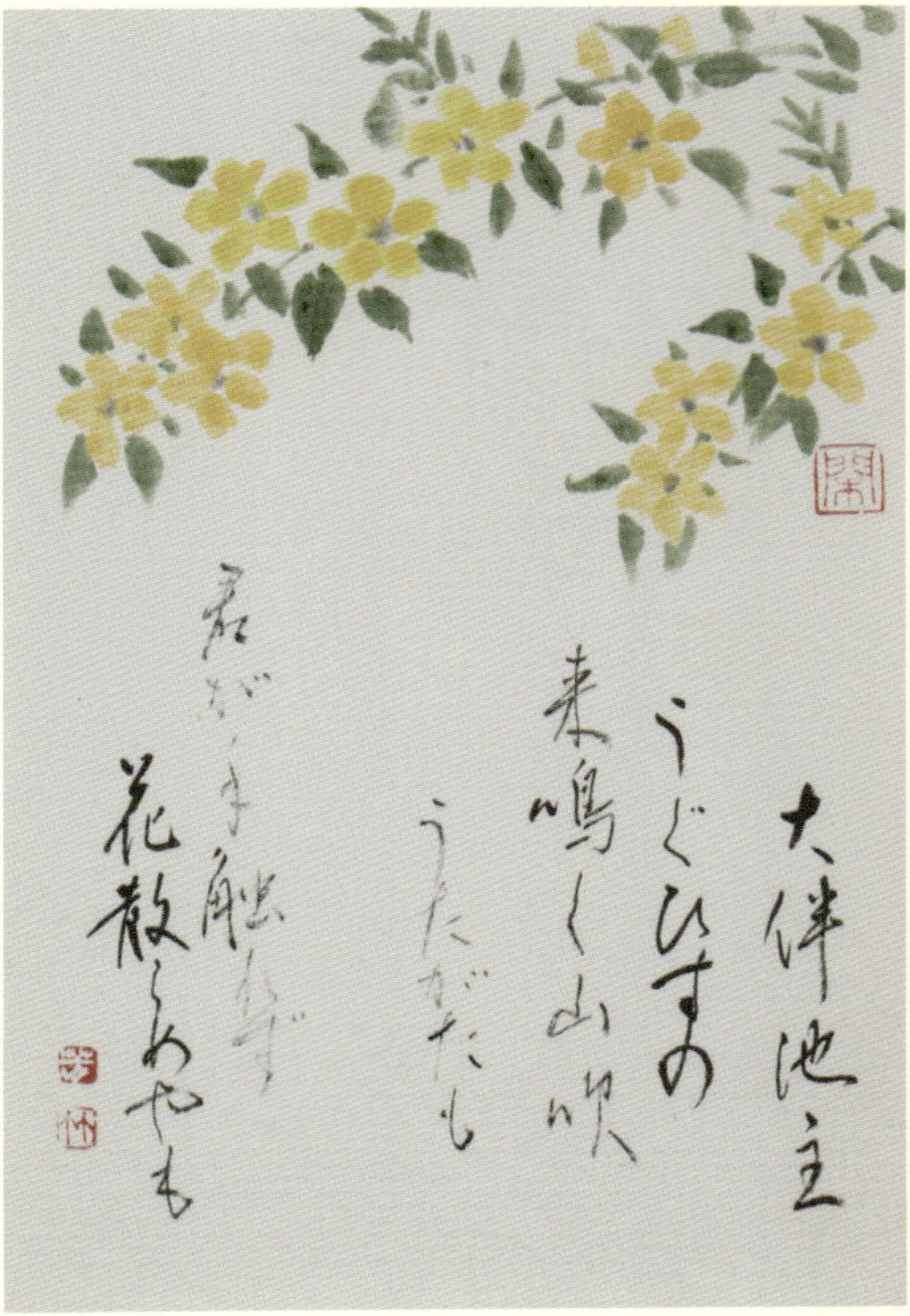

【現代語訳】
鶯がやって来て鳴く山吹ですが、よもやあなたが手を触れないままに、花が散ることはないでしょう。

【解説】
前歌15に答えた池主の二首の歌の第二首目です。左注《さちゅう》によると、歌が返されたのは三月二日。太陽暦《たいようれき》の四月十九日にあたります。奈良の都より少し遅れて、越中の桜は満開を迎えます。一首目三九六七歌には、「山峡《やまがひ》に　咲《さ》ける桜《さくら》を　ただ一目《ひとめ》　君《きみ》に見《み》せてば　何《なに》をか思《おも》はむ」とあり、山桜が咲きほこっている頃だったことが分かります。この歌では、「鶯《うぐひす》の　鳴《な》き散《ち》らすらむ　春《はる》の花《はな》」と歌った家持の前歌に応《こた》えて、あなたが手折らないままにウグイスが来て鳴く山吹が散るなどということがありましょうかと、家持を励《はげ》ましているのです。（田中夏陽子）

17

山吹《やまぶき》の　茂《しげ》み飛《と》び潜《く》く　鶯《うぐひす》の　声《こゑ》を聞《き》くらむ　君《きみ》はともしも

大伴家持《おおとものやかもち》
巻17・三九七一

【現代語訳】
山吹の茂みを飛びくぐって鳴く鶯《うぐいす》の声を聞いていられるあなたは、なんとうらやましいことか。

【解説】
三月二日の池主《いけぬし》の見舞《みま》いの歌に応《こた》えた、家持の「さらに贈《おく》る歌」長歌《ちょうか》一首反歌《はんか》三首の第二反歌。歌を受け取ってすぐの三月三日に作っています。

第一反歌では「あしひきの　山桜花《やまさくらばな》　一目《ひとめ》だに　君《きみ》とし見《み》てば　我恋《あれこ》ひめやも」（三九七〇）と、池主の山桜を歌った一首目に応じ、この歌では山吹を歌った二首目に応じています。「飛び潜《く》く」の「潜く」は、くぐり抜けるの意。木々の間を飛びくぐる鳥の習性《しゅうせい》をとらえた表現です。集中全五例詠まれているすべてが家持の詠んだ例で、家持の好んだ表現といえます。「ともし」は、ここではうらやましいの意。

（田中夏陽子）

18

山吹《やまぶき》は　日《ひ》に日《ひ》に咲《さ》きぬ　うるはしと　我《あ》が思《も》ふ君《きみ》は　しくしく思《おも》ほゆ

大伴池主《おおとものいけぬし》

巻17・三九七四

【現代語訳】
山吹は日ごとに咲いています。すばらしいとわたしが思うあなたのことが、しきりに恋しく思われてなりません。

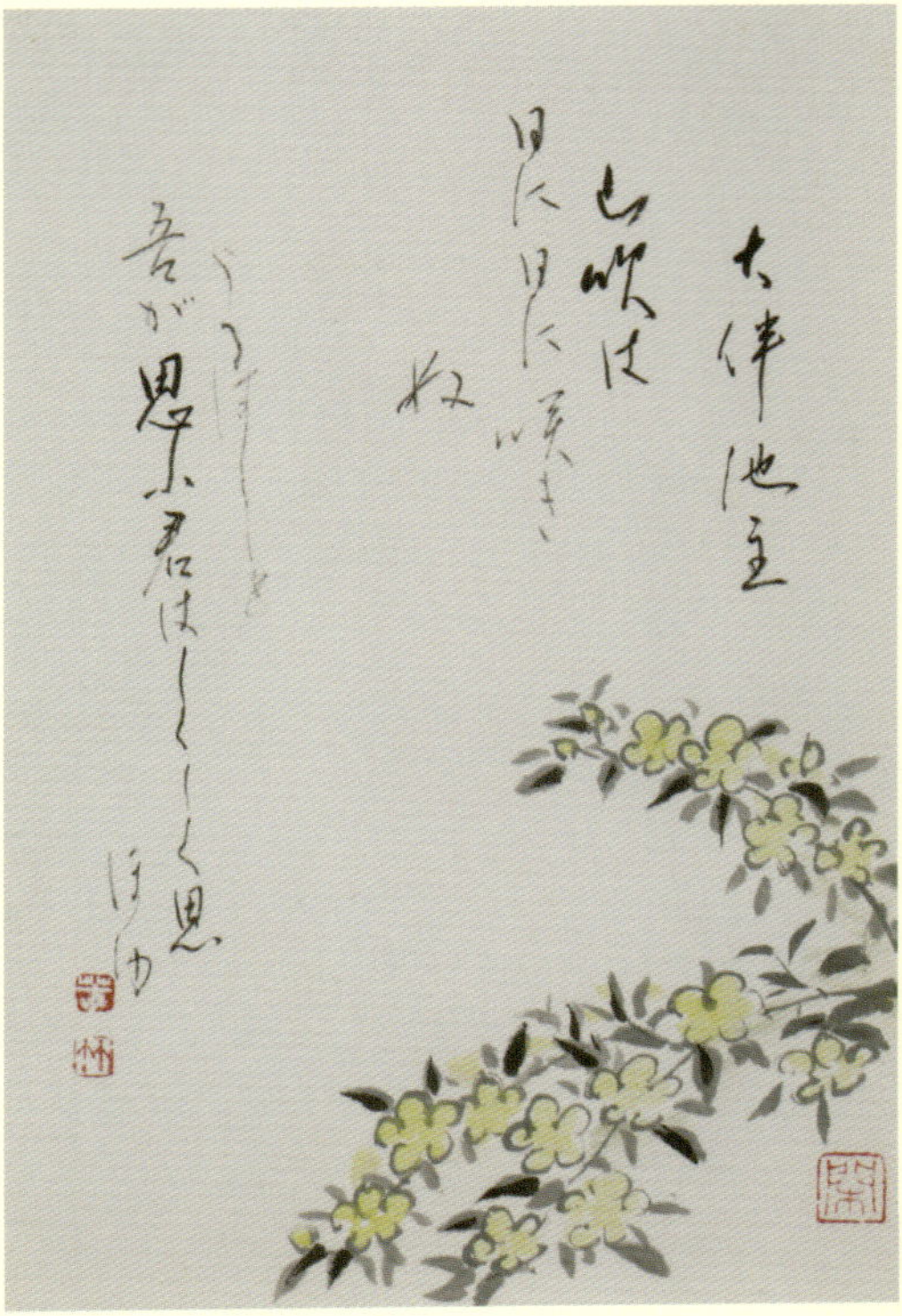

【解説】
家持《やかもち》の前歌「さらに贈《おく》る歌」（三九六九～三九七二）に応じた池主《いけぬし》の漢詩と、長歌《ちょうか》一首反歌《はんか》二首の第一反歌。左注《さちゅう》によると三月五日の作です。

当時は同性同士が、恋歌仕立てで起居を問うことが行われました。家持が三九七二歌に「出《い》で立《た》たむ　力《ちから》をなみと　隠《こも》り居《ゐ》て　君《きみ》に恋《こ》ふるに　心《こころ》どもなし」と恋歌仕立てで歌ったのを受けて、「うるはしと　我《あ》が思《も》ふ君《きみ》は　しくしく思《おも》ほゆ」と歌っているのです。「うるはし」はおおむね尊敬《そんけい》の感情がこもった讃美《さんび》の気持をあらわすことばです。この歌では、山吹が日に日に咲く様子に、家持を毎日大切に思う気持ちを重ねています。

（田中夏陽子）

19

葦垣《あしかき》の　外《ほか》にも君《きみ》が　寄《よ》り立《た》たし　恋《こ》ひけれこそば　夢《いめ》に見《み》えけれ

大伴家持《おおとものやかもち》
巻17・三九七七

【現代語訳】
葦の垣根の外でも、あなたが寄り立たれながら恋い慕《した》ってくださったからこそ、夢に見えたのですね。

【解説】
三月五日の池主《いけぬし》の歌群に応じた家持の七言詩《しちごんし》と短歌二首の第二短歌で、池主の第二反歌《はんか》「わが背子《せこ》に　恋《こ》ひすべながり　葦垣《あしかき》の　外《ほか》に嘆《なげ》かふ　我《あれ》し悲《かな》しも」（三九七五）に応じています。池主歌の「蘆垣《あしがき》の」は「外《ほか》」の枕詞《まくらことば》。「蘆垣」は葦《あし》を編んで作った垣根で、垣の内・外という意で、「外《ほか》」にかかり、離れた所で嘆く意を表しています。家持歌の「葦垣」は実際の垣として表現されています。古代においては、恋の思いが強ければ、夢に見えるという考えがありました。ここでは、あなたが垣の外で私のことを恋い慕ってくれたから、私の夢に見えたのですね、と感謝しているのです。家持の病床《びょうしょう》歌群（14参照）はこの歌で終わります。（田中夏陽子）

20

春花《はるはな》の　うつろふまでに　相見《あひみ》ねば　月《つき》日《ひ》数《よ》みつつ　妹《いも》待《ま》つらむそ

大伴家持《おおとものやかもち》
巻17・三九八二

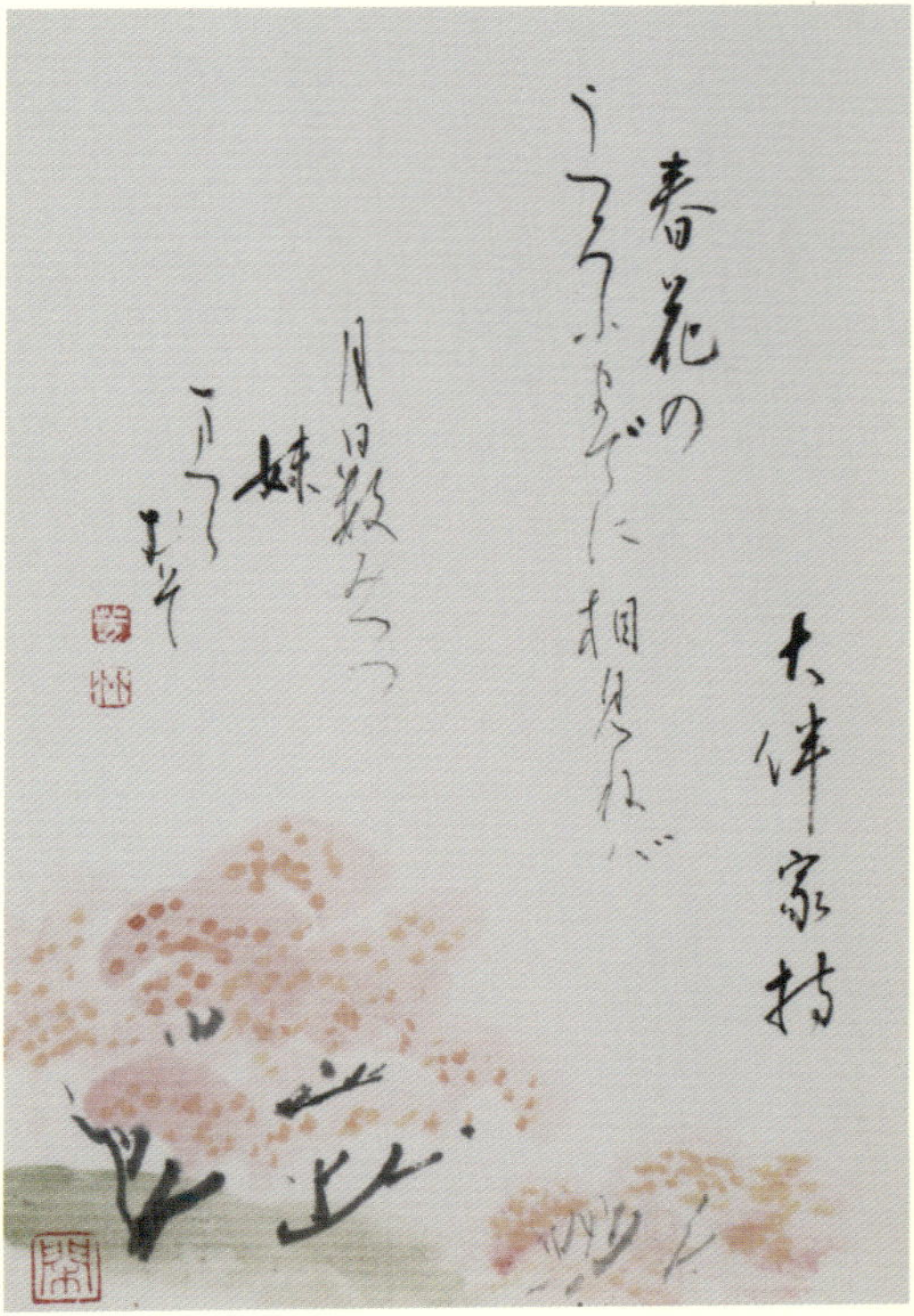

【現代語訳】
春花が散《ち》り果《は》てるまで逢《あ》っていないので、月日を指折《ゆびお》り数えて、いとしい妻《つま》は待っていることでしょう。

【解説】
題詞《だいし》に「恋緒《れんしょ》を述ぶる歌一首 并《あは》せて短歌」とある長歌《ちょうか》一首反歌《はんか》四首の最後の一首。左注《さちゅう》によると天平《てんぴょう》十九年（七四七）三月二十日（太陽暦《たいようれき》五月七日）の作です。この年家持は税帳使《ぜいちょうし》として一旦《いったん》都に帰っています。長歌（三九七八）に「ほととぎす　来鳴《きな》かむ月《つき》に　いつしかも　早《はや》くなりなむ」とあることからすると、四月に上京《じょうきょう》することがこの頃決まったのでしょう。そこで、急に都に残した妻への恋情がつのって歌を詠《よ》んだのです。前月二十日には家持は病《やまい》に臥《ふ》し、上京どころではありませんでした。病も癒《い》えて上京できる喜びの歌です。（坂本信幸）

21

渋谿《しぶたに》の　崎《さき》の荒磯《ありそ》に　寄《よ》する波《なみ》　いやしくしくに　いにしへ思《おも》ほゆ

大伴家持《おおとものやかもち》
巻17・三九八六

【現代語訳】

渋谿の崎の荒磯《あらいそ》にうち寄せる波のように、いよいよしきりに、遠《とお》い昔《むかし》のことがしのばれます。

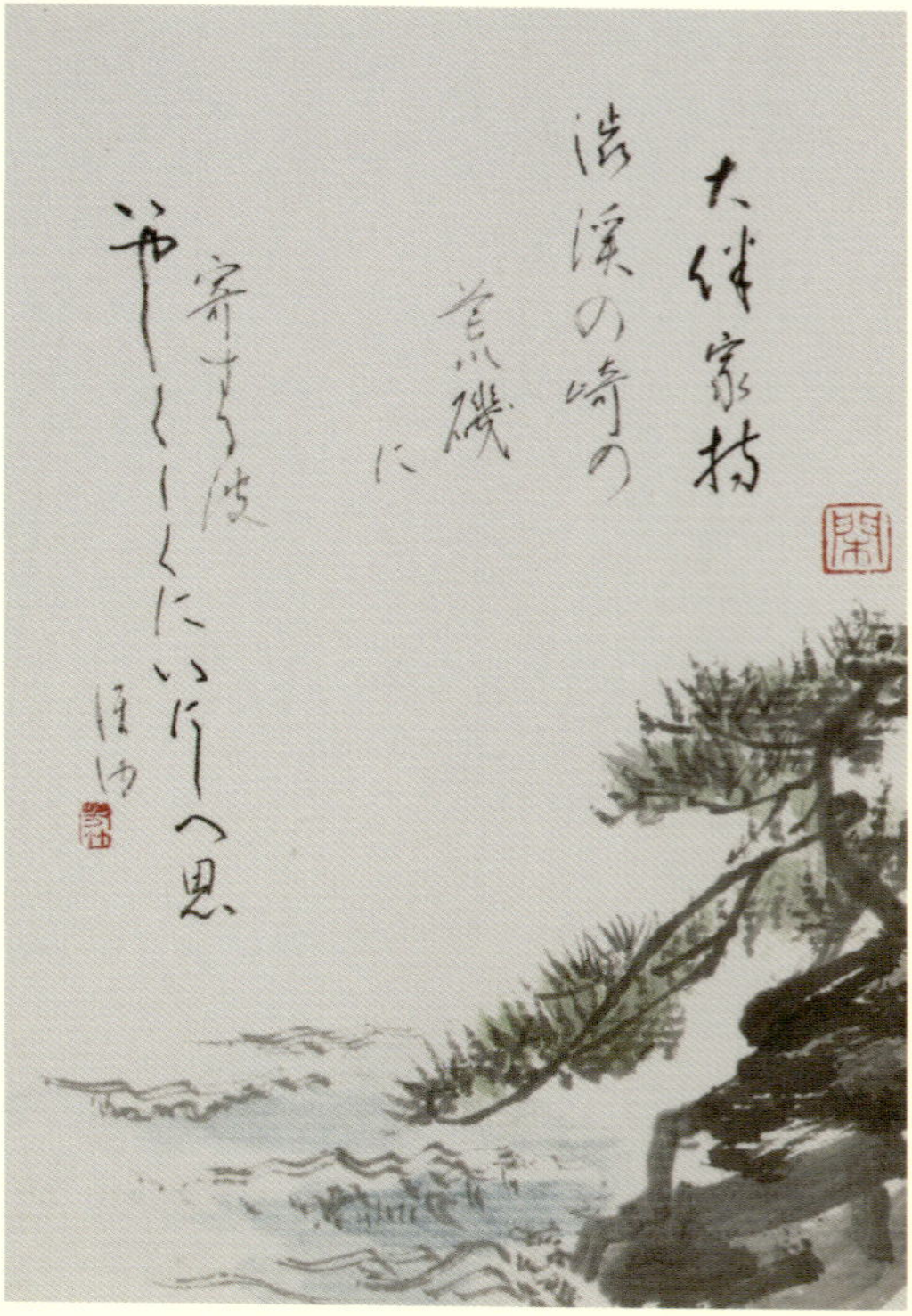

【解説】
題詞《だいし》に「二上山《ふたがみやま》の賦《ふ》一首　この山は射水郡《いみづのこほり》にあり」と記す長歌《ちょうか》一首反歌《はんか》二首の第一首目。「賦」とは、景観《けいかん》を描写《びょうしゃ》するのに適《てき》した中国の韻文《いんぶん》の文体の一種で、家持はそれを長歌の意で用いています。「この山は射水郡にあり」という注は、越中の人には不要な注で、この歌が都人の鑑賞のために作られたことが分かります。「布勢《ふせ》の水海《みづうみ》に遊覧《ゆうらん》する賦」「立山《たちやま》の賦」とともに越中の代表的な景色を作品化して、都への手土産《てみやげ》にしたのです。二上山はその裾《すそ》に連《つら》なる渋谿の荒磯の景観とともに古から今に至《いた》るまで人々に賞賛《しょうさん》される山なのです。
（坂本信幸）

22

玉《たま》くしげ　二上山《ふたがみやま》に　鳴《な》く鳥《とり》の　声《こゑ》の恋《こひ》しき　時《とき》は来《き》にけり

大伴家持《おおとものやかもち》
巻17・三九八七

【現代語訳】
（たまくしげ）二上山《ふたがみやま》に鳴く鳥の声の恋しい時がやってきた。

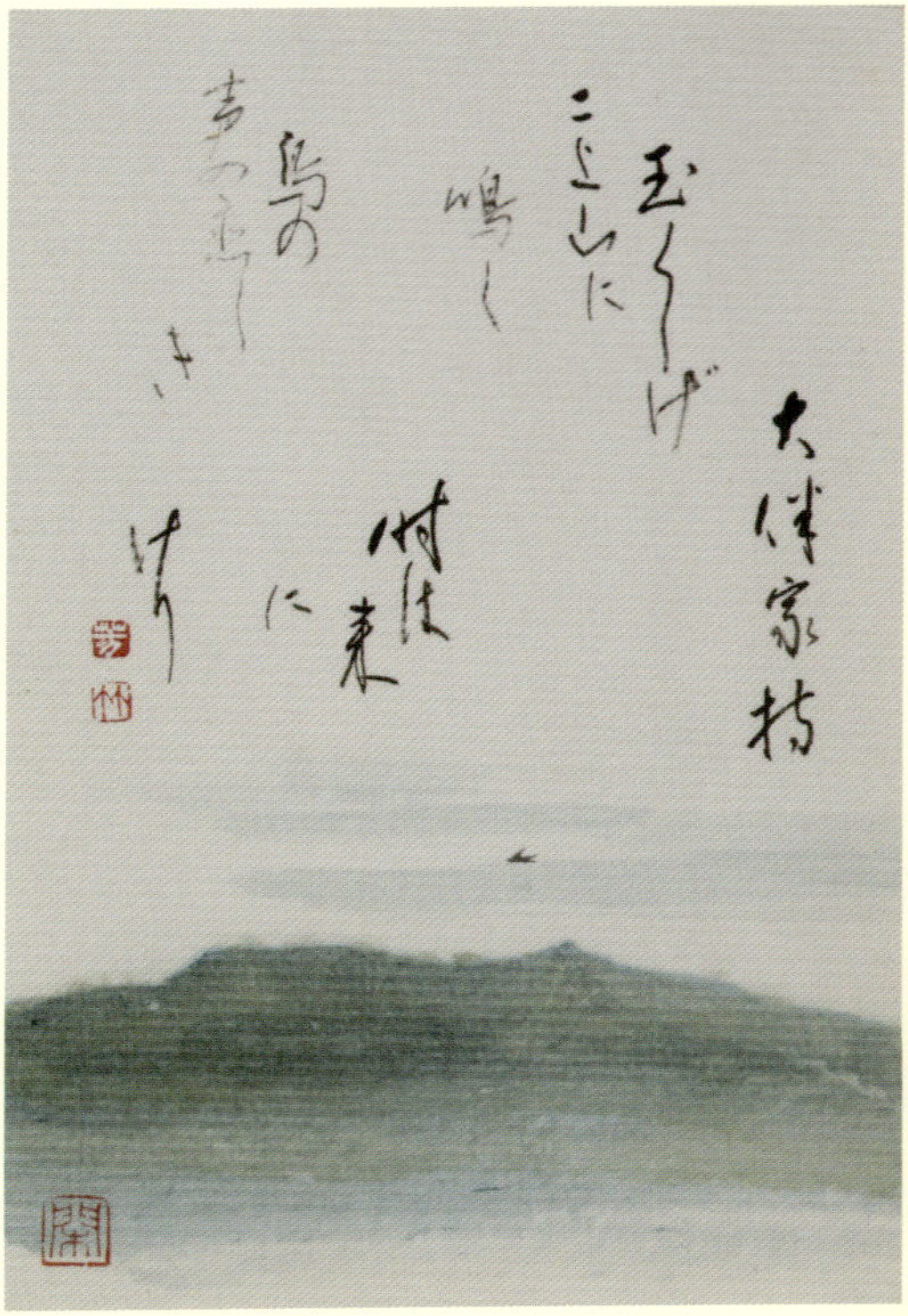

【解説】
二上山《ふたがみやま》を讃美《さんび》した長歌《ちょうか》「二上山の賦《ふ》」に添えられた反歌《はんか》二首の第二首目。「玉くしげ」は二上山の枕詞《まくらことば》。二上山は、家持が勤務していた越中国庁の背後の山です。中世以降に、西峰に山城が築かれたため、家持が見た二上山と今の姿は異なるかもしれません。「鳴く鳥」はホトトギスのこと。家持の大好きな鳥で、奈良の都では立夏《りっか》の日には鳴くのが常識でした。しかし、この歌の作られた年の立夏の日（三月二十一日）、越中ではその鳴き声を聴けませんでした。この歌の作られたのは三月三十日。明ければ暦《こよみ》の上ではホトトギスの来鳴く「夏」四月。ホトトギスの初音《はつね》を期待した歌です。（田中夏陽子）

23

奈呉《なご》の海《うみ》の　沖《おき》つ白波《しらなみ》　しくしくに　思《おも》ほえむかも　立《た》ち別《わか》れなば

大伴家持《おおとものやかもち》
巻17・三九八九

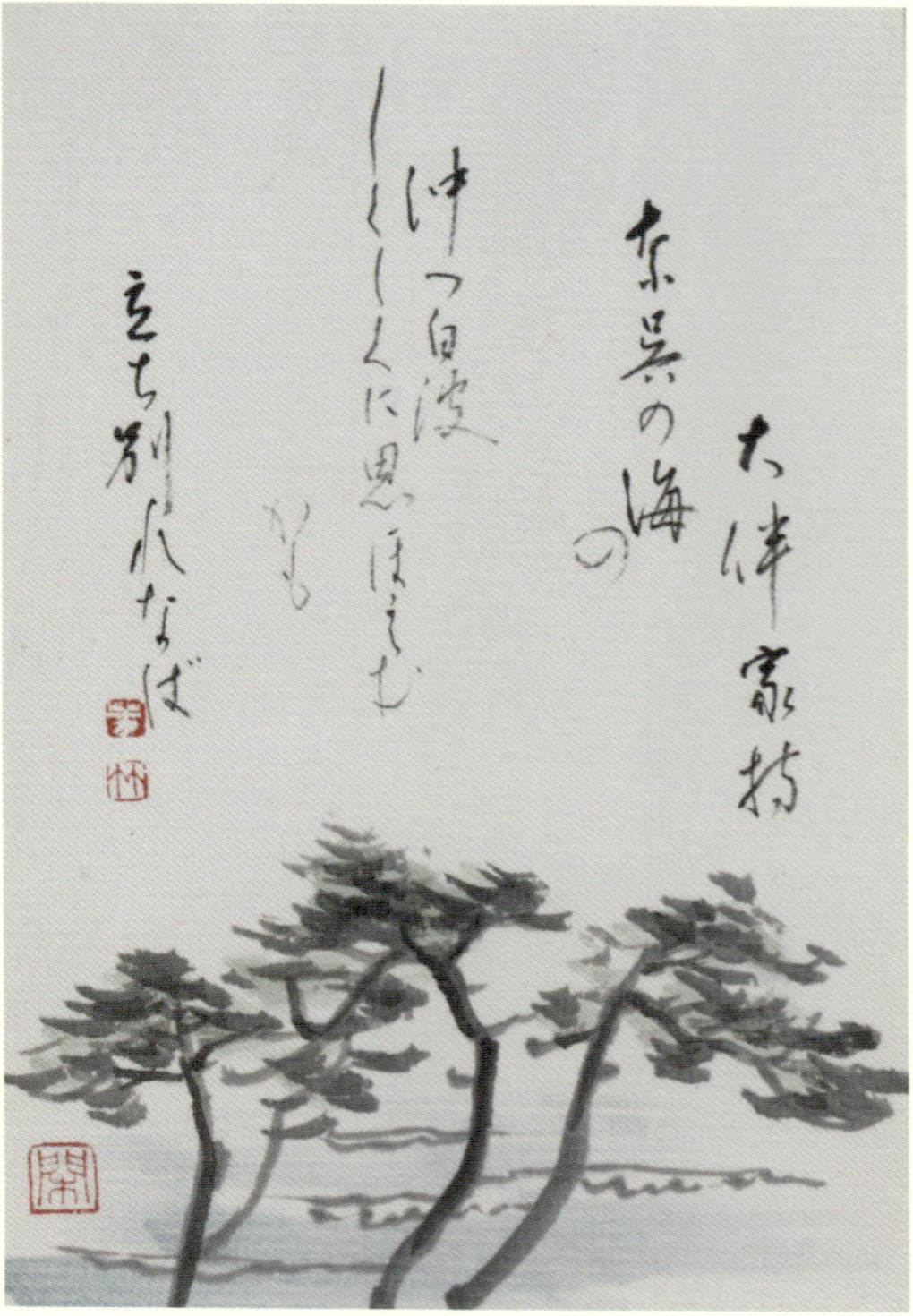

大伴家持
奈呉の海の
沖つ白波
しくしくに思ほえむかも
立ち別れなば

【現代語訳】

奈呉の海の沖に立つ白波のように、しきりに思い出されることでしょう。旅立ってお別れしてしまったならば。


【解説】

天平《てんぴょう》十九年（七四七）四月二十日（太陽暦《たいようれき》の六月六日）に、大目《だいさかん》（国司の第四等官）の秦八千島《はだのやちしま》の館で、税帳使として上京することになった家持の送別会を催したときに、家持が詠んだ歌です。「しくしく」は「しきりに」の意で、繰り返ししきりに寄せる波の様子から思いがしきりであることを導く二句の序詞です。巻17・三九五六の左注によると、八千島の官舎から奈呉の海を望むことができたようです。現在、庄川《しょうがわ》河口東側の新《しん》湊《みなと》漁港に「奈呉ノ浦」の名が残されていますが、万葉の頃の奈呉の海は、高岡市伏木から新湊一帯にかけての海をいいました。（関　隆司）

24

立山《たちやま》に　降《ふ》り置《お》ける雪《ゆき》を　常夏《とこなつ》に　見《み》れども飽《あ》かず　神《かむ》からならし

大伴家持《おおとものやかもち》
巻17・四〇〇一

【現代語訳】
立山に降り置いている雪は、夏のいま見ても見あきることがない。神の山だからにちがいない。

【解説】
天平《てんぴょう》十九年（七四七）四月二十七日（太陽暦《たいようれき》の六月十三日）に詠《よ》んだ「立山《たちやま》の賦《ふ》」の反歌《はんか》二首のうちの一首です。万葉の時代は四月～六月が夏です。家持《やかもち》は、夏なのに白い雪が積《つ》もった山脈《やまなみ》（立山連峰《たてやまれんぽう》）を越中《えっちゅう》ではじめて目にしました。そのはじめて見る光景《こうけい》に対《たい》する素直《すなお》な感動《かんどう》を「見《み》れども飽《あ》かず」と歌い、夏に雪が積もることに対する驚《おどろ》きを「神《かむ》からならし（きっと神の山にちがいない）」と歌にしました。五月に一旦都《いったんみやこ》（平《へい》城京《じょうきょう》）に戻《もど》った家持は、越中の自然《しぜん》のすばらしさを知らない都に住む人たちに、この歌を土産《みやげ》話《ばなし》として聞かせたことでしょう。（新谷秀夫）

25

片貝《かたかひ》の　河《かは》の瀬《せ》清《きよ》く　行《ゆ》く水《みづ》の　絶《た》ゆることなく　あり通《がよ》ひ見《み》む

大伴家持《おおとものやかもち》
巻17・四〇〇二

【現代語訳】
片貝《かたかい》の川の瀬も清く流れゆく水のように、絶えることなくずっと通い続けてこの山を見よう。

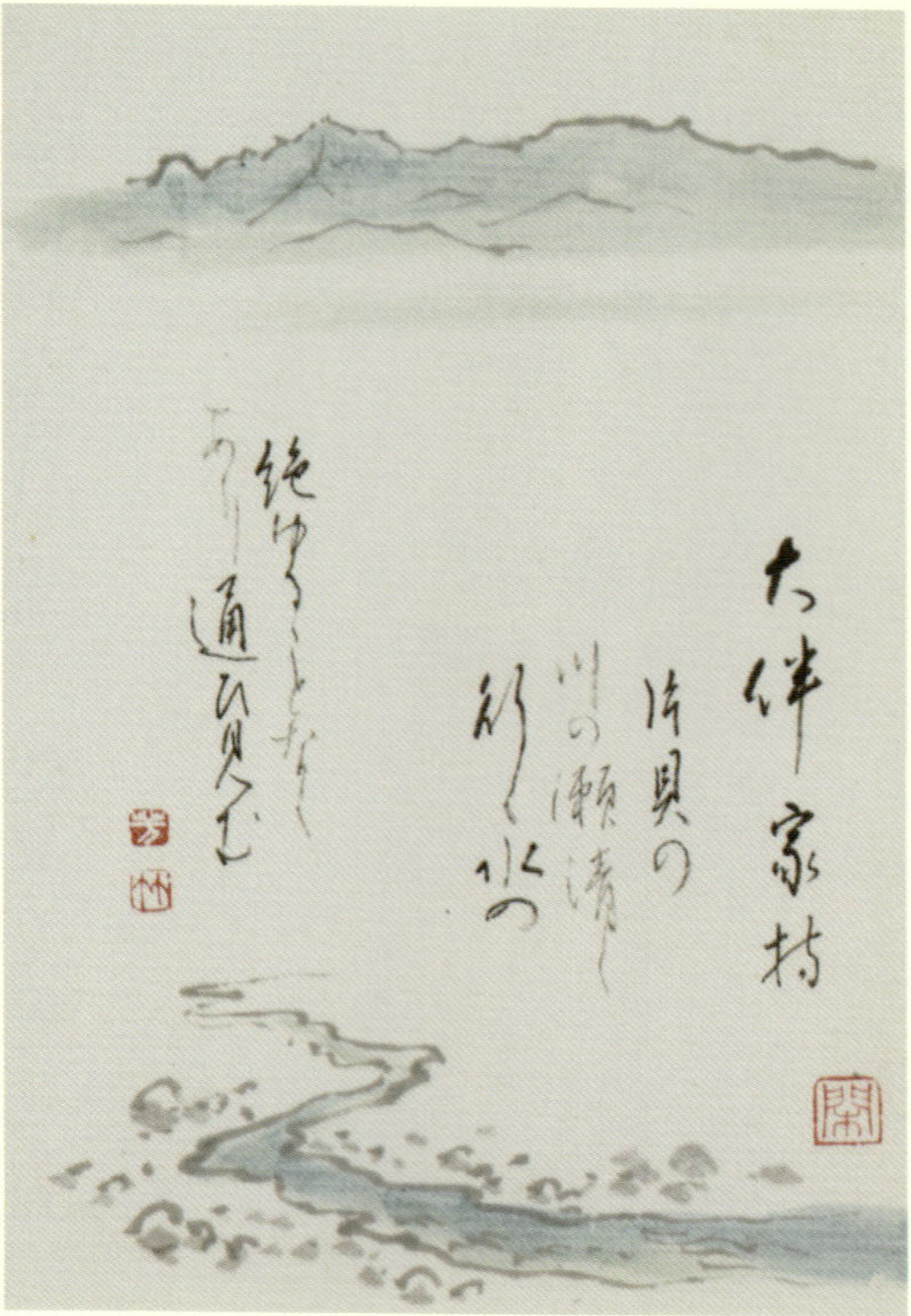

【解説】
24の歌と同じく、天平《てんぴょう》十九年（七四七）四月二十七日に家持《やかもち》が詠《よ》んだ「立山《たちやま》の賦《ふ》」の反歌《はんか》の一首です。片貝川《かたかいがわ》の清《きよ》らかな流《なが》れが止《と》まることのないように、行くのを絶《た》やすことなく何度《なんど》も「立山《たちやま》」を見に行こうと歌い、家持は立山のすばらしさを表《あらわ》そうとしています。ところで、家持の部下《ぶか》だった大伴池主《いけぬし》の歌に「落《お》ち激《たぎ》つ片《かた》貝河《かひがは》（高い山々からほとばしり落ちる片貝川《かたかいがわ》）」（巻17・四〇〇五）とあるように片貝川は急流《きゅうりゅう》で、けっして「清《きよ》く行《ゆ》く水《みづ》」という川ではありません。この時まだ家持は実際にこの川を見てなかったのかもしれません。

（新谷秀夫）

26

わが背子《せこ》は　玉《たま》にもがもな　ほととぎす　声《こゑ》にあへ貫《ぬ》き　手《て》に巻《ま》きて行《ゆ》かむ

大伴家持《おおとものやかもち》
巻17・四〇〇七

【現代語訳】
あなたが玉であればよいのになあ。ほととぎすの声と一緒に糸に通して、手に巻いて行きたいものだ。

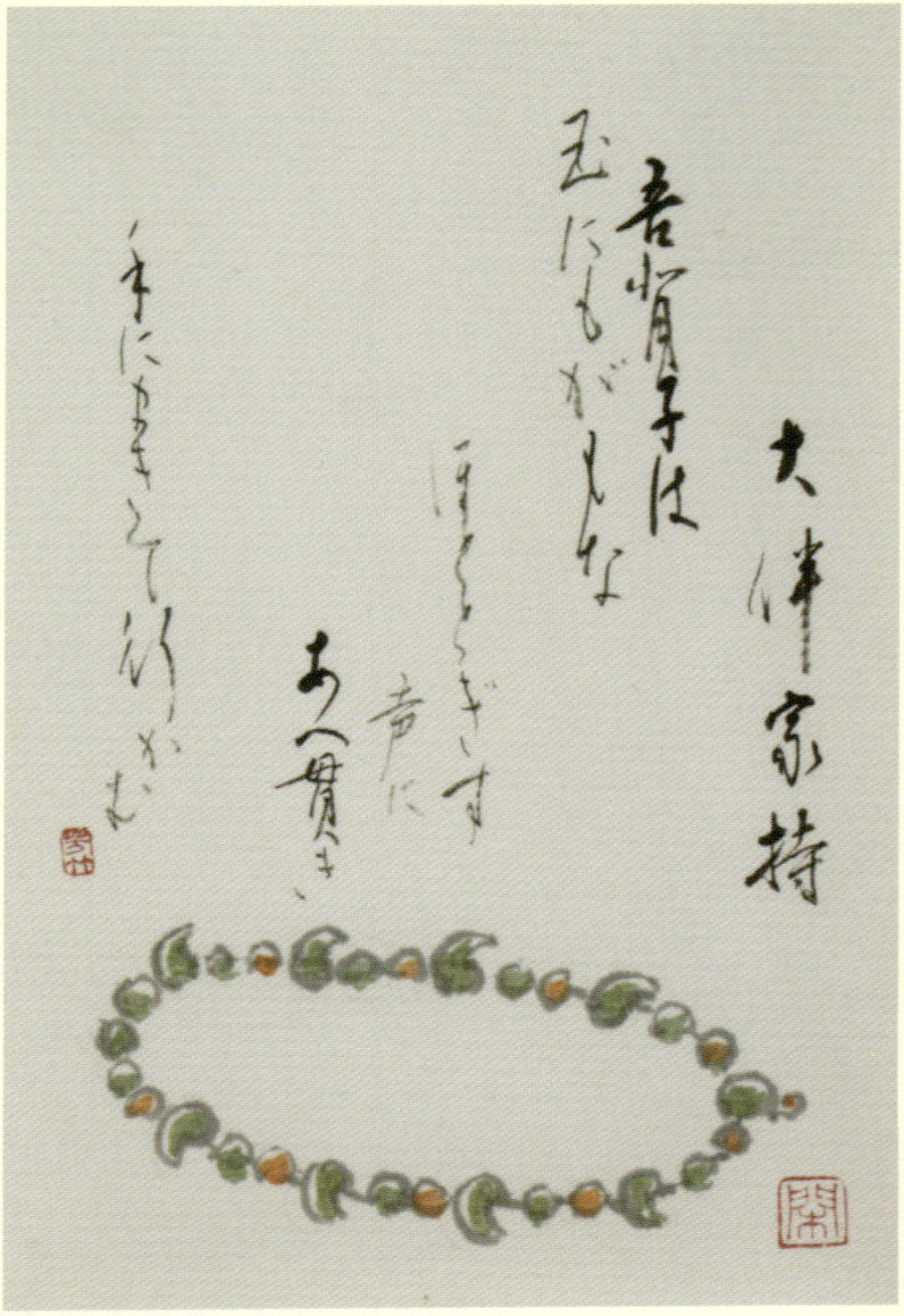

【解説】
大伴家持《おおとものやかもち》が、仕事のため一時的に平城京《へいじょうきょう》に帰ることになったとき、大伴池主《おおとものいけぬし》に贈《おく》った歌です。現代と違い、当時の旅は危険なものだったので、無事に再会できるかどうか不安な気持ちは強かったようです。離れたくないという思いをこめて、「あなたが玉であれば腕輪にして手に巻いて、一緒に行けるのに」と詠《よ》みました。

ホトトギスの声を、玉と一緒に糸に通すことは実際にはできません。この発想はみやびな願望の表現で、藤原鎌足の娘・五百重娘《いおえのいらつめ》の歌にも「ほととぎす　いたくな鳴《な》きそ　汝《な》が声《こゑ》を　五月《さつき》の玉《たま》に　あへ貫《ぬ》くまでに」（巻8・一四六五）と詠《うた》われています。当時としてはおしゃれな表現だったのでしょう。

（井ノ口史）

27

玉桙《たまほこ》の　道《みち》の神《かみ》たち　賂《まひ》はせむ　我《あ》が思《おも》ふ君《きみ》を　なつかしみせよ

大伴池主《おおとものいけぬし》
巻17・四〇〇九

【現代語訳】（たまほこの）道の神さまたちよ、お供《そな》えは十分にしましょう。わたしが恋しく思っているこの人を、見守ってください。

【解説】仕事のため、越中国を離れる大伴家持《おおとものやかもち》のことを心配して、大伴池主《おおとものいけぬし》が作りました。池主は家持の部下《ぶか》にあたりますが、越中に来る八年前にも同じ宴会に出席して歌を詠《よ》んでいたことが『万葉集』の記録からわかっています（巻8・一五九〇・一）。大伴一族のメンバー同士、特別に親しかったのでしょう。

形容詞「なつかし」は、動詞「なつく」（離れがたく親しみ、まつわりつく）ということばから生じたことばです。願いを叶《かな》えてもらうためのお供《そな》えはするから、その代わりに、神様の心が家持から離れないことを祈っているのです。

（井ノ口史）

28

うら恋《ごひ》し　わが背《せ》の君《きみ》は　なでしこが　花《はな》にもがもな　朝《あさ》な朝《さ》な見《み》む

大伴池主《おおとものいけぬし》
巻17・四〇一〇

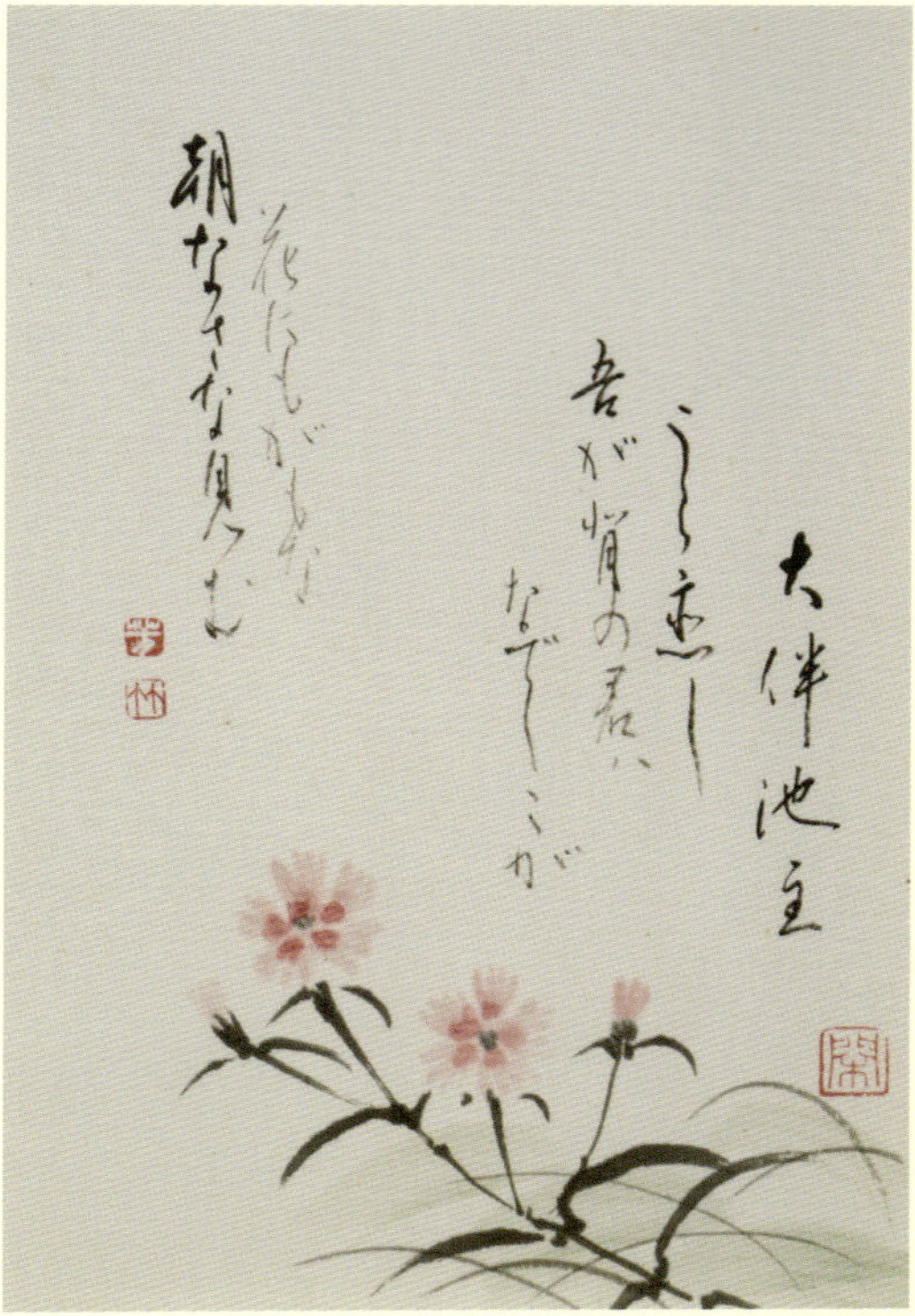
大伴池主
うら恋し
吾が背の君は
なでしこが
花にもがもな
朝なさな見む

【現代語訳】心恋しいあなたはなでしこの花であればよいのに。そうしたら、毎朝毎朝見られるのに。

【解説】大伴家持《おおとものやかもち》の歌（26）への返歌《へんか》です。男性である家持に対して、「あなたがなでしこであったらいいのに」と歌うのは少し不思議に思えますが、ナデシコということばには、「撫《な》で」（やさしくいつくしむ）という語が含まれていますから、相手を大切に思う気持ちをこめて、この花を選んだのかもしれません。

家持のかつての恋人であった笠女郎《かさのいらつめ》も、「（家持さまが）毎朝見る庭のナデシコであってくれたら嬉しいのに（朝《あさ》ごとに我《わ》が見《み》る屋戸《やど》のなでしこが花《はな》にも君《きみ》はありこせぬかも）」（巻8・一六一六）と歌っていました。

（井ノ口史）

29

矢形尾《やかたを》の　鷹《たか》を手《て》に据《す》ゑ　三島野《みしまの》に　狩《か》らぬ日《ひ》まねく　月《つき》そ経《へ》にける

大伴家持《おおとものやかもち》
巻17・四〇一二

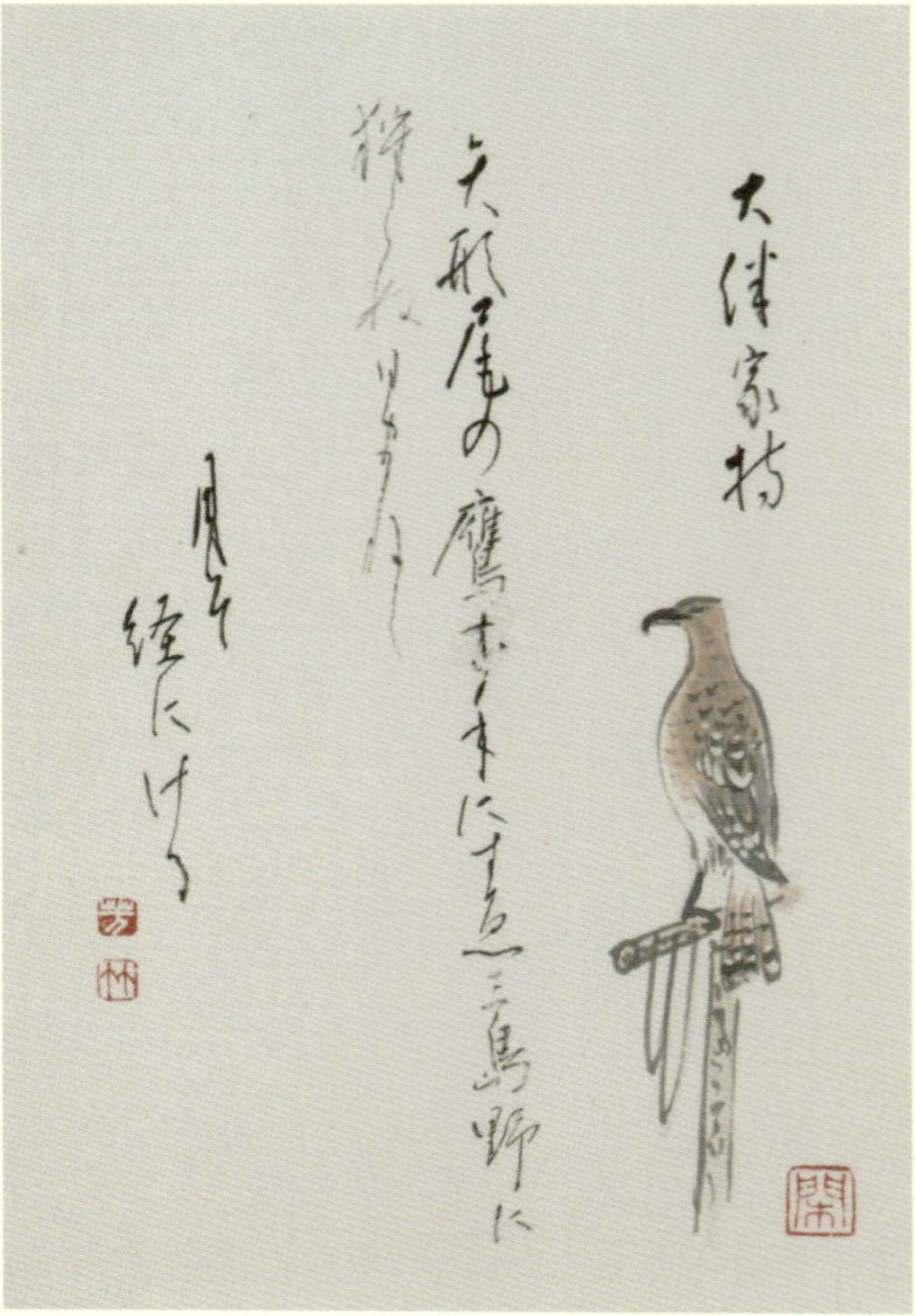

【現代語訳】
矢形尾《やかたお》の鷹《たか》を手に据《す》えて三島野《みしまの》で狩《か》りをしない日が積もり、もう一月が経《た》ってしまった。

【解説】
天平《てんぴょう》十九年（七四七）九月二十六日（太陽暦《たいようれき》の十一月七日）に詠んだ「放逸《ほういつ》せし鷹を思ひ、夢《いめ》に見て感悦して作る」長歌《ちょうか》一首（四〇一一）、短歌四首（四〇一二〜五）のうちの第一短歌です。

「矢形尾《やかたお》」とは、尾の模様や形が矢羽《やばね》のようであること。家持は、布勢《ふせ》の水海のある旧江村《ふるえ》で蒼鷹《そうよう》を捕獲《ほかく》し、「大黒《おおぐろ》」と名付け、白い鈴をつけて可愛がっていたのですが、ある日飼育係が逃がしてしまったのです。

三島野は、家持たちが鷹狩《たかが》りをした地で、平安時代に編纂《へんさん》された『和名類聚抄《わみょうるいじゅしょう》』に射水郡に属するとあります。飼育係は、そこで訓練をしていて逃がしてしまったようです。（関　隆司）

30

心《こころ》には　緩《ゆる》ふことなく　須加《すか》の山《やま》　すかなくのみや　恋《こ》ひ渡《わた》りなむ

大伴家持《おおとものやかもち》
巻17・四〇一五

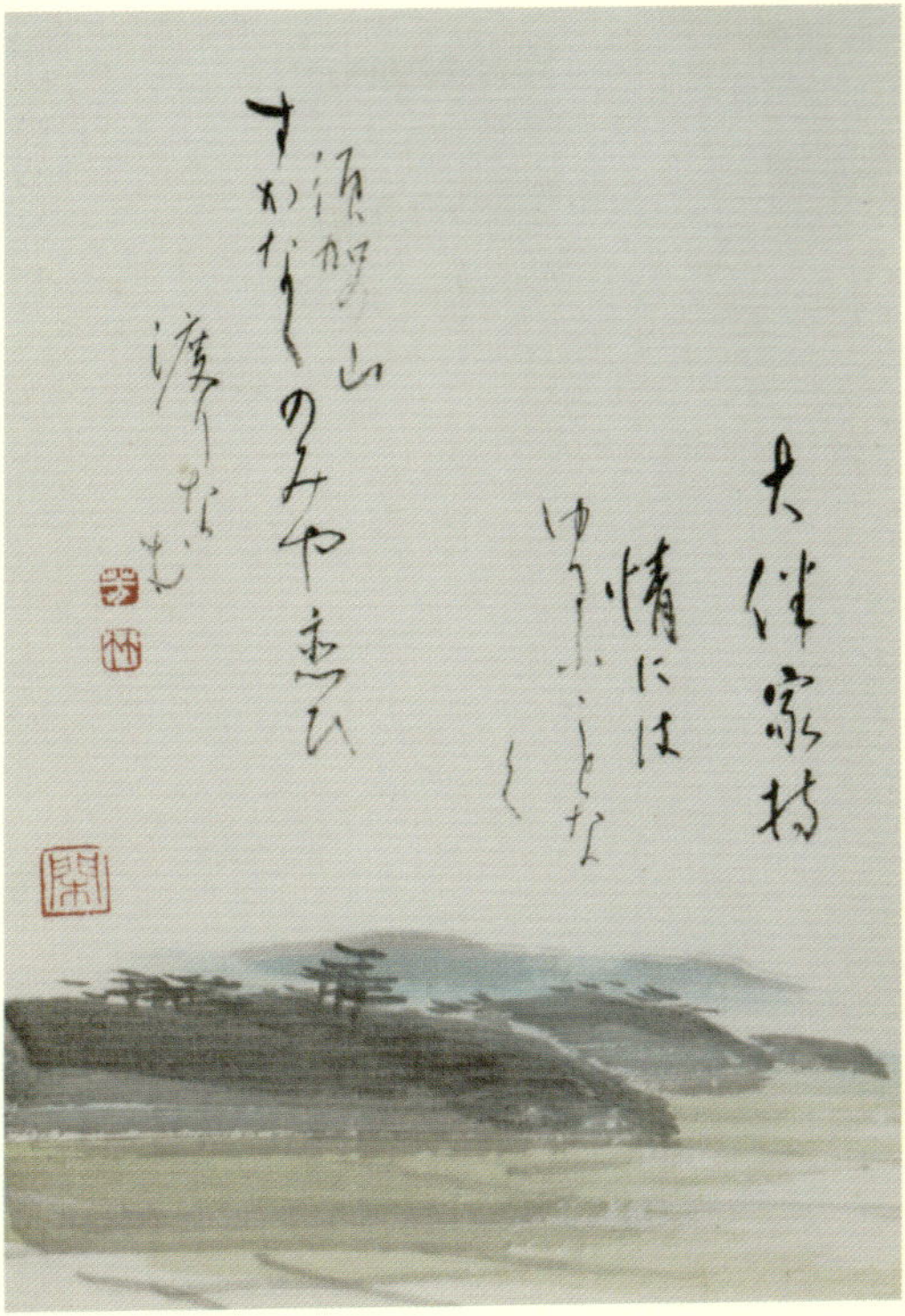

【現代語訳】
心の中では惜《お》しむ気持ちが薄《うす》らがないまま、（すかのやま）すっかりしょげ返って恋い慕《した》い続けることになるのであろうか。

【解説】
天平《てんぴょう》十九年（七四七）九月二十六日（太陽暦《たいようれき》の十一月七日）に詠《よ》んだ「放逸《ほういつ》せし鷹を思ひ、夢《いめ》に見て感悦して作る」長歌《ちょうか》一首（四〇一一）、短歌四首（四〇一二～五）のうちの第四短歌です。

この歌の「須加《すか》の山」は、同音を利用した、スカナシの枕詞《まくらことば》です。この山の名前は、正倉院《しょうそういん》に残る「越中国射水郡須加開田地図」にも見えていて、現在の高岡市国吉《くによし》地内の西山と呼ばれる一帯の山に比定《ひてい》されています。三島野《みしまの》で逃げた家持の鷹は、二上山《ふたがみやま》の方向へ飛び去ったようですが、三島野から見ると、須加山の向こうが鷹を最初に捕獲《ほかく》した旧江《ふるえ》村になるのです。

（関　隆司）

31

婦負《めひ》の野《の》の　すすき押《お》し並《な》べ　降《ふ》る雪《ゆき》に　宿借《やどか》る今日《けふ》し　かなしく思《おも》ほゆ

高市黒人《たけちのくろひと》作、三国五百国《みくにのいおくに》伝誦《でんしょう》

巻17・四〇一六

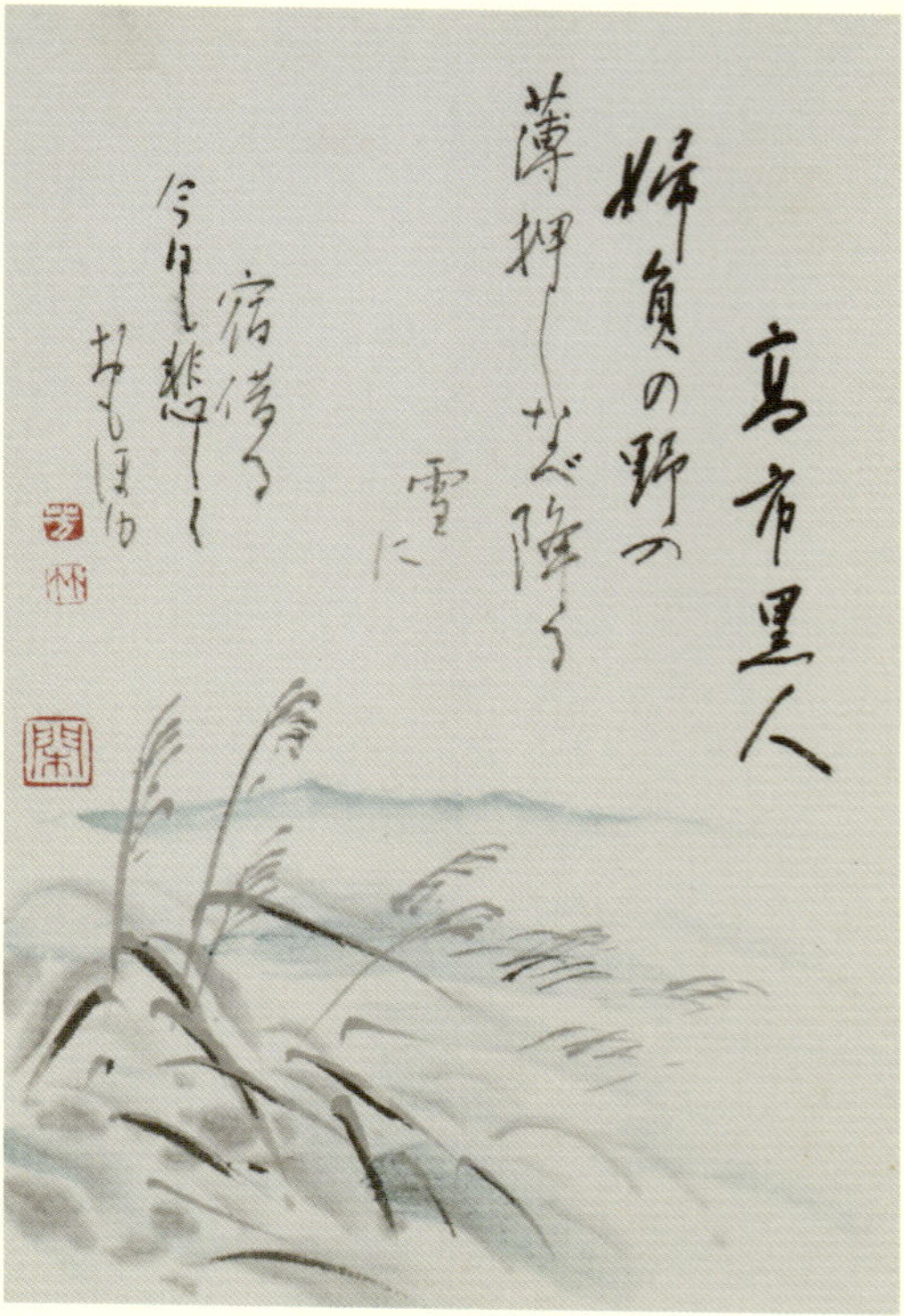

【現代語訳】婦負《めい》の野のすすきを押し倒すばかりに降り積もる雪の中で宿を借りる今日は、ひとしお悲しく感じられる。

【解説】

大伴家持《おおとものやかもち》が、三国五百国《みくにのいおくに》から聞き書きした高市黒人《たけちのくろひと》の歌です。

高市黒人は、家持より、四、五十年前に活躍した人物で、「旅の歌人」と称《しょう》され、旅先で旅《りょ》愁《しゅう》を漂《ただよ》わせる歌を多く作りました。家持がこの歌を伝え聞いたとき、すでにいつ作られたのかはわからなくなっていました。

黒人は、おそらく、仕事で越中の婦負郡を通過する時にひどい降雪《こうせつ》に遭遇《そうぐう》したのだと想像されますが、なぜ婦負郡を通ったのかはわかっていません。また、三国五百国もどのような人物かは不明で、家持がこの歌を越中のどこで聞いたのかも残念ながら不明です。（関　隆司）

32

東風《あゆのかぜ》　いたく吹《ふ》くらし　奈呉《なご》の海人《あま》の　釣《つり》する小舟《をぶね》　漕《こ》ぎ隠《かく》る見《み》ゆ

大伴家持《おおとものやかもち》
巻17・四〇一七

【現代語訳】
あゆの風が激《はげ》しく吹いているらしい。奈呉《なご》の海人《あま》たちの釣りをする小さな舟が漕《こ》ぎ進むのが、高波《たかなみ》のあいだから見え隠れしている。

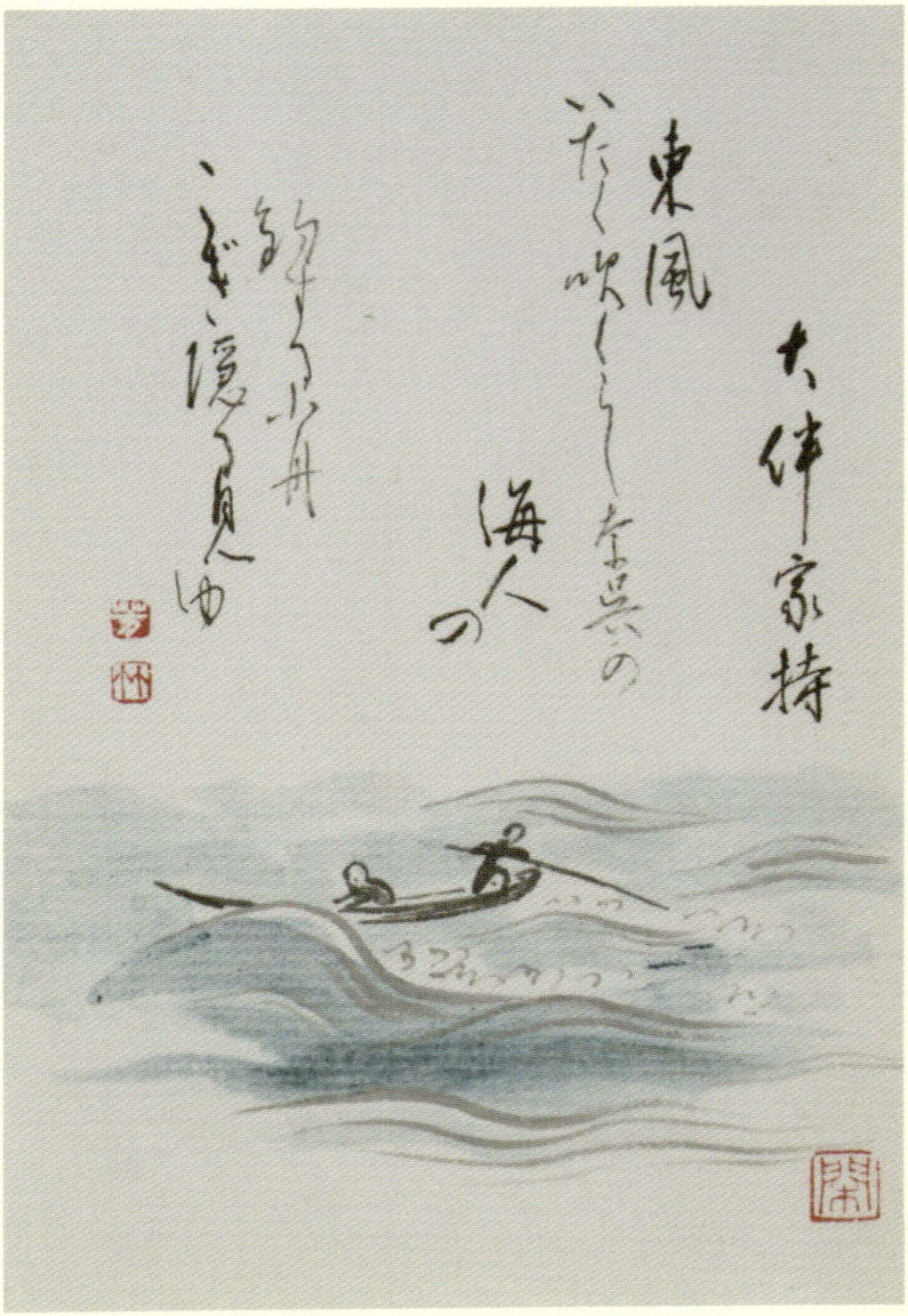

【解説】
「奈呉《なご》の海」は現在の射水市放生津町《いみずしほうじょうづまち》のあたりの海といわれています。家持がその浜辺を歩いていると、沖合《おきあ》いでは風が強く吹いているらしく、高い波が立っていました。その海に、釣《つ》り人の乗った船が木の葉のようにゆられながら、波の間に見えたり隠《かく》れたりしているのです。それは奈良《なら》の都《みやこ》から来た家持にとって、とてもめずらしい風景に思え、歌に詠《よ》みました。

富山県では今も、海上から陸地《りくち》に向かって吹いてくる風をアイ、アイノカゼなどと呼びます。家持が越中の方言《ほうげん》に興味《きょうみ》を感じて、歌に取り入れたのでしょう。

（垣見修司）

33

みなと風《かぜ》　寒《さむ》く吹《ふ》くらし　奈呉《なご》の江《え》に　夫婦《つま》呼《よ》びかはし　鶴《たづ》さはに鳴《な》く

大伴家持《おおとものやかもち》

巻17・四〇一八

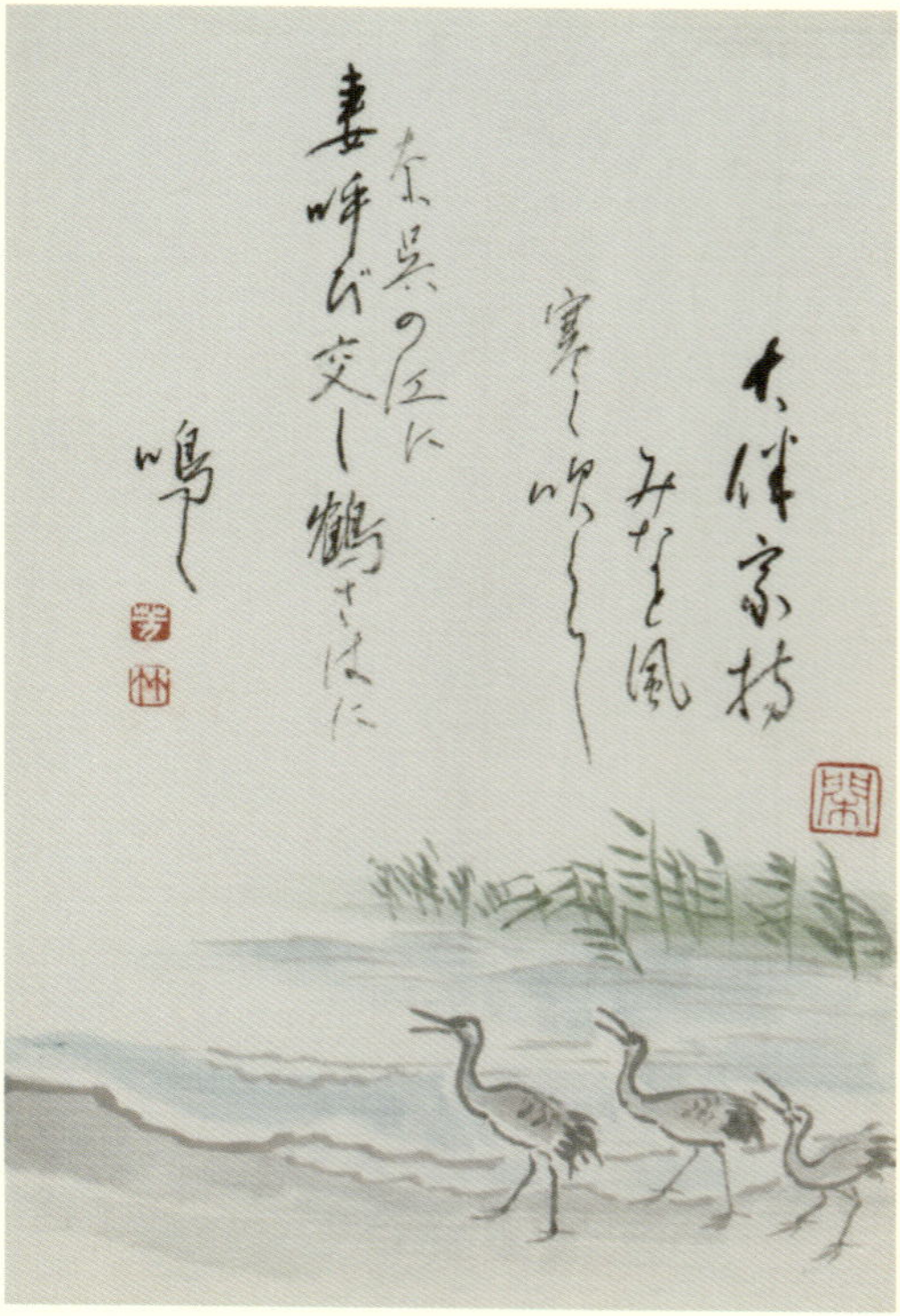

【現代語訳】河口《かこう》の風が寒々と吹いているらしい。奈呉《なご》の江で、夫婦で呼び合いながら、鶴《つる》がたくさん鳴いている。

【解説】天平《てんぴょう》二十年正月二十九日、太陽暦《たいようれき》でいえば三月七日に作られた歌です。平城京《へいじょうきょう》（現在の奈良市）では、太陽の光に早春のぬくもりが感じられる頃ですが、越中では、まだまだ寒さが続いています。冷たく澄《す》んだ空気の中、鶴が鳴き交《か》わす声が聞こえてきました。『万葉集』では、旅のつらさや寂しさを実感《じっかん》させるきっかけとして鳥の鳴き声が歌われています。鶴の声を耳にした家持の心の中でも、都への恋しさがますます強くなっていったのでしょう。この次の歌（34）にも、同じ気持ちが歌われています。

（井ノ口史）

34

天《あま》ざかる　鄙《ひな》とも著《しる》く　ここだくも　繁《しげ》き恋《こひ》かも　和《な》ぐる日《ひ》もなく

大伴家持《おおとものやかもち》
巻17・四〇一九

【現代語訳】

（あまざかる）鄙《ひな》の地だけのことはあって、こんなにも恋しさがつのるのか。心なごむ日とてなく。

【解説】
前の歌（33）と同じ天平《てんぴょう》二十年正月の作です。二度目の春を迎え、越中の風土になじんではきたものの、妻や子ども、懐《なつ》かしい人たちの暮らす平城京《へいじょうきょう》を恋しく思う気持ちは強くなる一方でした。家持は越中を表すのに、「み雪降る越《こし》」、「しなざかる越」というようにことばを使い分けていますが、ここでは都からの心理的な距離《きょり》が遠いことを強く意識した「天《あま》ざかる鄙《ひな》」という表現を選んでいます。33に登場した地名「奈《な》呉《ご》」という響きは「なごむ」に通じます。恋しさはおさまるはずなのに、かえって思いがつのることを嘆《なげ》いているのです。　（井ノ口史）

35

越《こし》の海《うみ》の　信濃《しなの》の浜《はま》を　行《ゆ》き暮《く》らし　長《なが》き春日《はるひ》も　忘《わす》れて思《おも》へや

大伴家持《おおとものやかもち》
巻17・四〇二〇

【現代語訳】

越《こし》の海の信濃《しなの》の浜を一日中歩き続けても余るこんな長い春の日でさえ、妻のことを忘れてしまったりするものか。片時も忘れられないものだ。

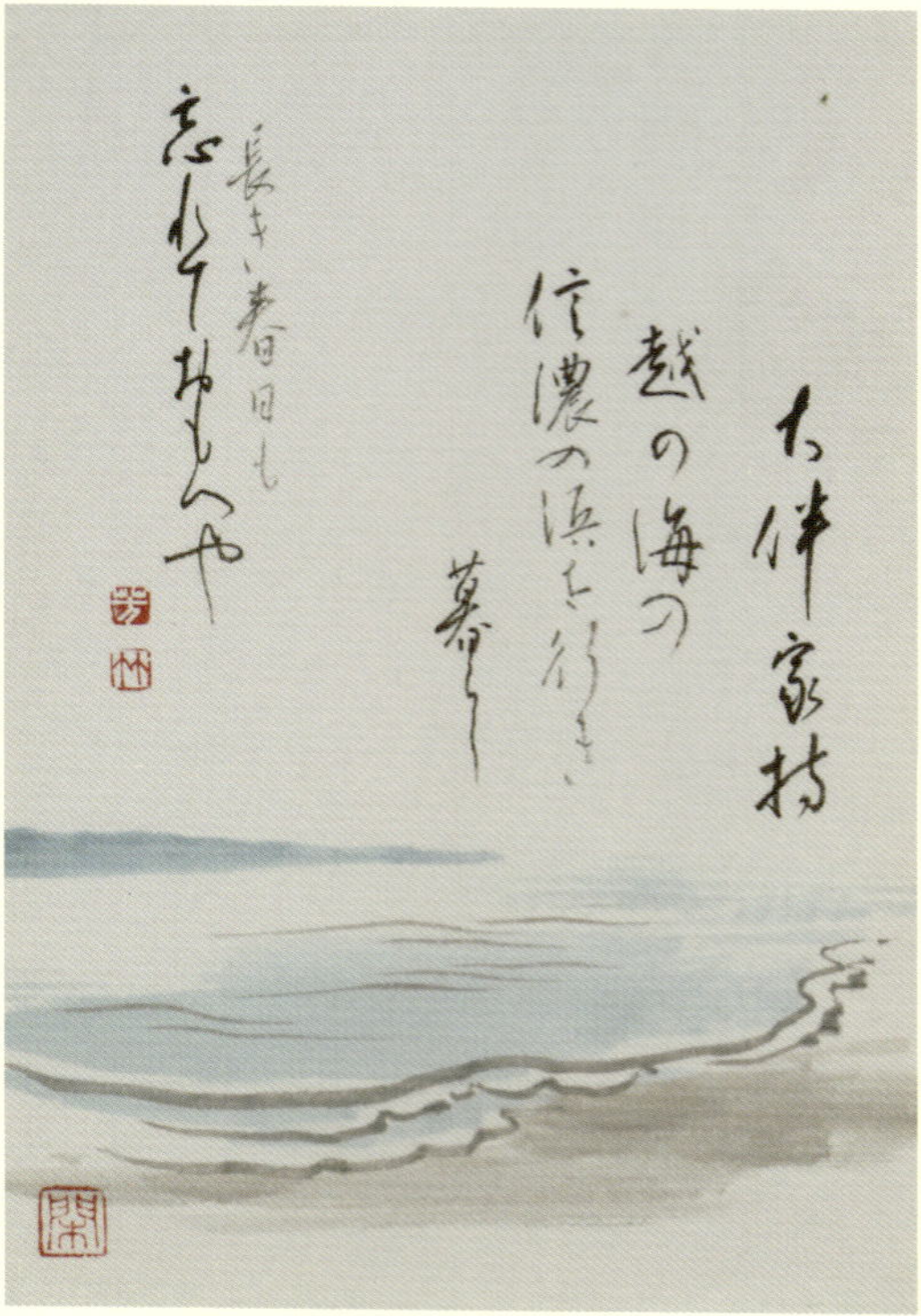

【解説】
天平《てんぴょう》二十年（七四八）正月二十九日（太陽暦《たいようれき》の三月七日）に、大伴家持《おおとものやかもち》が詠んだ四首のうちの一首です。この歌の前後に並べられた歌の内容から、射水郡《いみずのこおり》での歌と想像されます。富山湾に望む土地は、近代的漁港や工業地帯に整備されるまで、歌の通りに「行き暮らし」するほどの長大な砂浜が続いていました。砂浜は、いくつかの河口で途切《とぎ》れます。だから、どこか一部の砂浜が「信濃の浜」と呼ばれていたと想像できますが、現在のどこに当たるのかは、残念ながらまったくわかりません。（関　隆司）

36

雄神河《をかみがは》　紅《くれなゐ》にほふ　娘子《をとめ》らし　葦附《あしつき》取ると　瀬《せ》に立たすらし

大伴家持《おおとものやかもち》
巻17・四〇二一

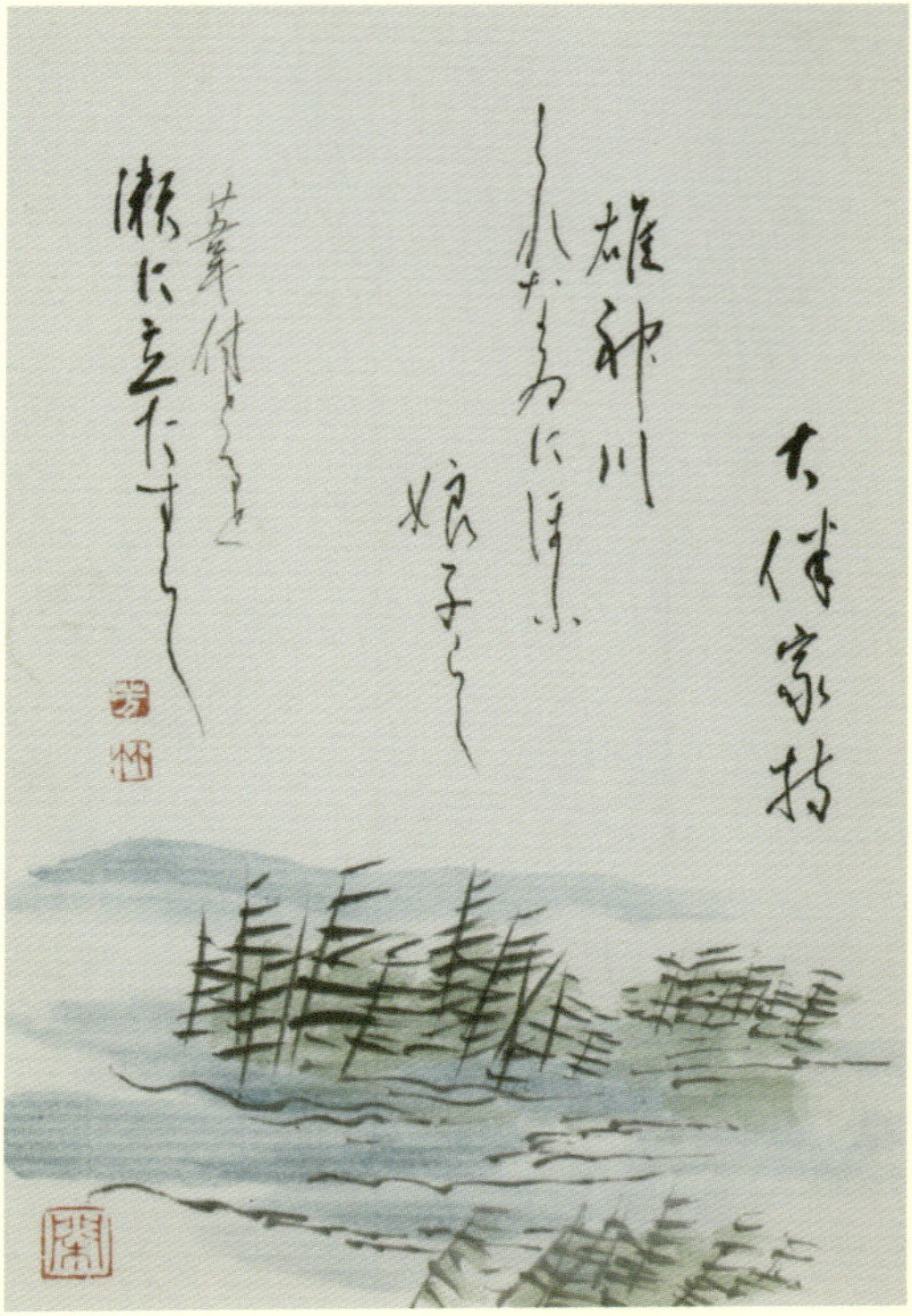

【現代語訳】
雄神河《おかみがわ》が一面に赤く照《て》り映《は》えている。あでやかな少女たちが葦附《あしつき》を採《と》るために瀬に立っているらしい。

【解説】
天平《てんぴょう》二十年（七四八）の春、家持《やかもち》は「出挙《すいこ》」のために越中《えっちゅう》国内巡行《じゅんこう》の旅に出かけました。出挙とは、春に種籾《たねもみ》を農民《のうみん》に貸《か》し付《つ》け、秋に利息《りそく》を含《ふく》めて返してもらう万葉時代の制度《せいど》です。この旅で最初《さいしょ》に訪《おとず》れた「礪波郡《となみ》」で詠《よ》んだのがこの歌です。「雄神河《をかみがは》」は現在の庄川《しょうがわ》の中上《ちゅうじょう》流《りゅう》、おそらく砺波《となみ》市から南砺《なんと》市あたりでの庄川の古い呼《よ》び名です。その川で水につかりながら、緑褐色《りょくかっしょく》で寒天《かんてん》のような形状《けいじょう》の「葦附《あしつき》」（アシツキノリのこと）を採《と》る少女たちの裾《すそ》が水に映《うつ》って川は紅色《くれないいろ》に染《そ》まっていたというのです。まさに絵に描《か》いたような一首です。（新谷秀夫）

37

鸕坂河《うさかがは》 渡《わた》る瀬《せ》多《おほ》み この我《あ》が馬《ま》の 足《あ》掻《が》きの水《みづ》に 衣《きぬ》濡《ぬ》れにけり

大伴家持《おおとものやかもち》
巻17・四〇二二

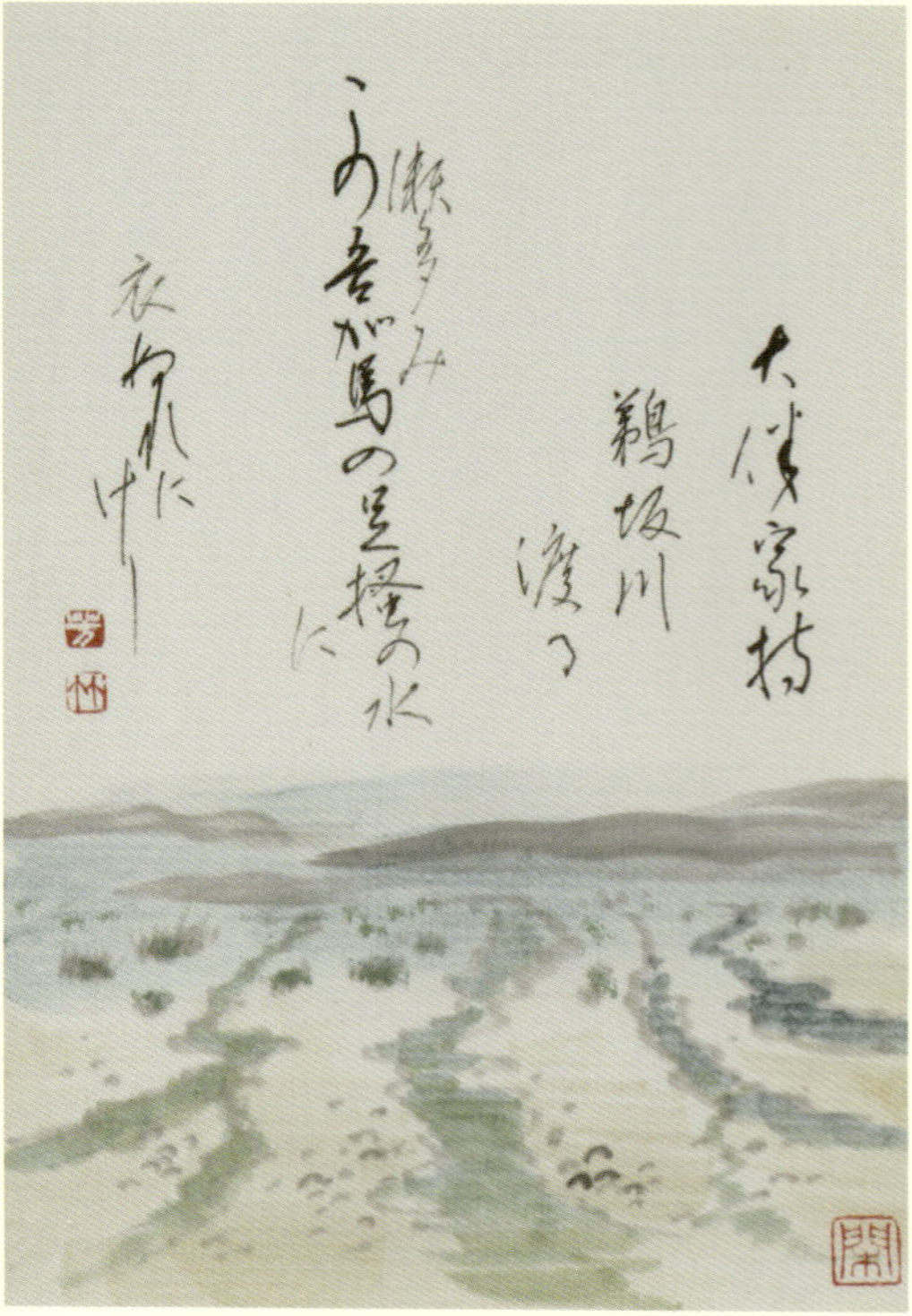

【現代語訳】
鸕坂河《うさかがわ》には渡る瀬がいくつも流れているので、このわたしの乗る馬の足がかきあげる水しぶきで、着物がすっかり濡れてしまった。

【解説】
36に続いて天平《てんぴょう》二十年（七四八）の春の「出《すい》挙《こ》」による越中《えっちゅう》国内巡行《じゅんこう》の旅の時の歌で、「礪《と》波《なみ》郡」から東へと進み、「婦《め》負《い》郡」で詠《よ》んだ歌です。「鸕坂河《うさかがわ》」は、現在も地名が残る富山市婦中町《ふちゅうまち》鵜坂《うさか》の東側を流れる神通川《じんづうがわ》の古い呼《よ》び名とするのが一般的《いっぱんてき》です。しかし、雪が解《と》けて増水《ぞうすい》している時に神通川のような大河《たいが》を渡るのは危険《きけん》です。そのため、鵜坂の地の西側を流れる神通川支流《しりゅう》の井田川《いだがわ》を「鸕坂河」とする説もあります。いずれにせよ、川を渡る場所の瀬《せ》までもが増水していたというこの歌は、越中の雪解《ど》け水の多さを伝える貴重《きちょう》な歌なのです。

（新谷秀夫）

38

婦負河《めひがは》の　速《はや》き瀬《せ》ごとに　篝《かがり》さし　八十伴《やそとも》の男《を》は　鵜川立《うかはた》ちけり

大伴家持《おおとものやかもち》
巻17・四〇二三

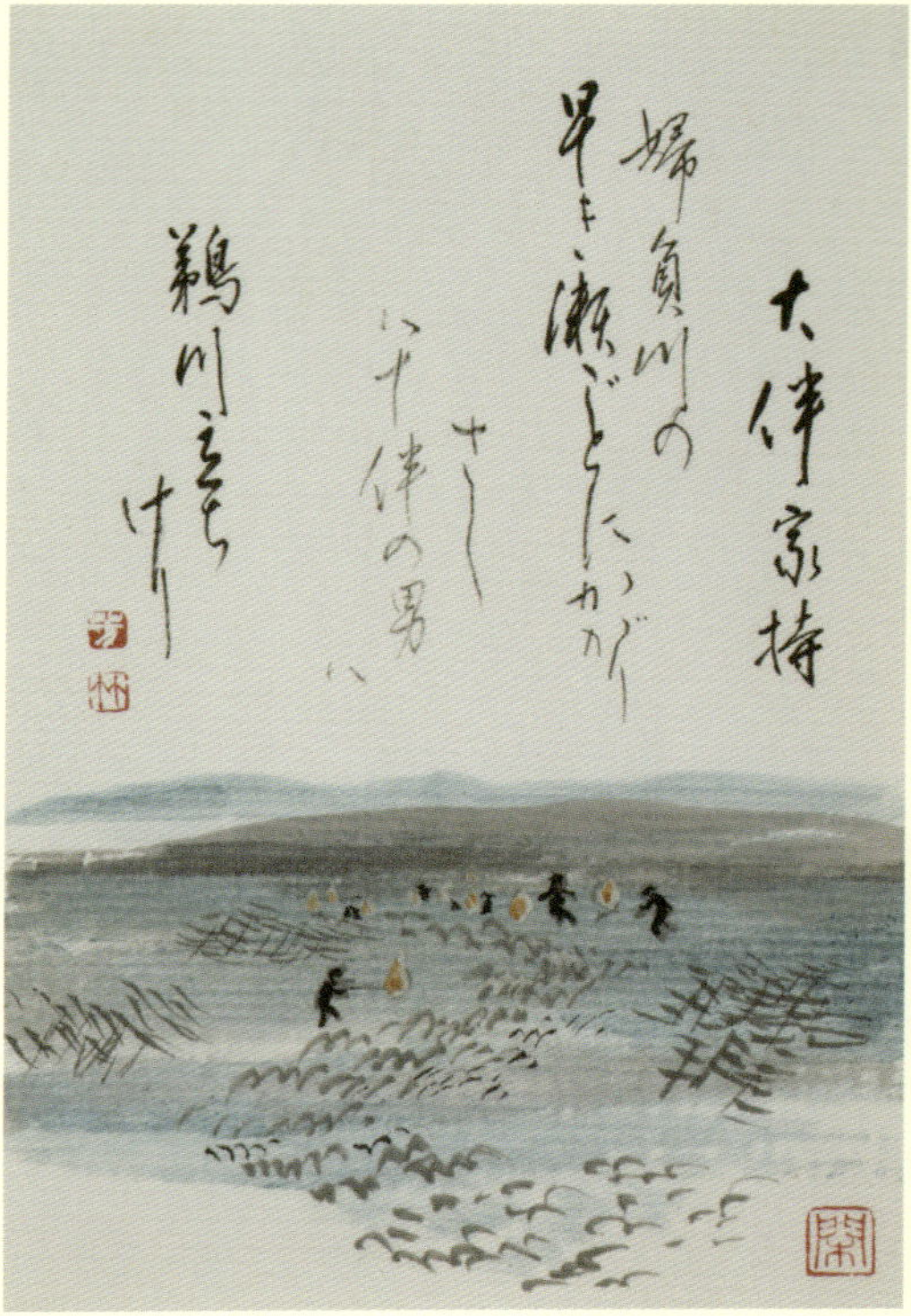

【現代語訳】
婦負河《めいがわ》の流れの速い瀬ごとに、かがり火をたいて、たくさんの官人《かんじん》たちが鵜飼《うかい》を楽しんでいる。

【解説】
37に続いて「婦負郡《めい》」の「婦負河《めいがは》（神通川《じんづうがわ》もしくは常願寺川《じょうがんじがわ》のこと）」で詠《よ》まれた一首です。「八十《やそ》伴《とも》の男《を》」は「たくさんの官人《かんじん》」の意味で、一《いっ》般的《ぱんてき》には朝廷《ちょうてい》で働《はたら》く人のことですが、ここは越《えっ》中《ちゅう》国の役人《やくにん》のことを言っているようです。その役人たちが「婦負河」で篝火《かがりび》を頼《たよ》りにおこなった「鵜川《うかは》」とは、鵜飼《うかい》のことです。鵜飼は春から夏にかけておこないますが、もしかすると、春の川に入って少女たちが「葦附《あしつき》」を採《と》る場合（36）と同様に、家持《やかもち》の国内巡行《じゅんこう》にあわせて、その土地の風物《ふうぶつ》を紹介しようと特別におこなわれたものだったかもしれません。（新谷秀夫）

39

立山《たちやま》の　雪《ゆき》し来《く》らしも　延槻《はひつき》の　河《かは》の渡《わた》り瀬《ぜ》　鐙《あぶみ》浸《つ》かすも

大伴家持《おおとものやかもち》
巻17・四〇二四

大伴家持
立山の
雪し来らしも
延槻の
川の渡瀬
鐙浸かすも

【現代語訳】
立山《たちやま》の雪が解《と》けて流れてきたらしい。延槻河《はいつきがわ》の渡り瀬で、ふえた水かさであぶみまでも水に濡《ぬ》らした。

【解説】
「新川《にいかわ》郡」までやってきた家持《やかもち》は、魚津《うおづ》市と滑川《なめりかわ》市の境界《きょうかい》を流れる現在の早月川《はやつきがわ》にあたる「延槻河《はひつき》」で、雪解《ど》け水の水量に驚き、それを「立山《たちやま》の雪《ゆき》し来《く》らしも」と歌います。一般的《いっぱんてき》に第二句は「雪し消《く》らしも（雪が消えはじめたらしい）」と解釈《かいしゃく》されています。しかし、早月川は立山連《たてやまれん》峰《ぽう》を源《みなもと》とする日本屈指《くっし》の急流です。橋のないところで渡る川の浅瀬で、馬に乗る時に足を置く「鐙《あぶみ》」までも濡《ぬ》れたと歌っているので、あたかも雪が到来《とうらい》したかのように「雪し来《く》らしも」と歌ったと解釈する方が、越中《えっちゅう》の風土《ふうど》を実体験《じったいけん》した者の歌としてふさわしいでしょう。

（新谷秀夫）

40

之《し》乎《を》路《ぢ》から　直越《ただこ》え来《く》れば　羽咋《はくひ》の海《うみ》　朝《あさ》なぎしたり　船梶《ふねかぢ》もがも

大伴家持《おおとものやかもち》
巻17・四〇二五

【現代語訳】
之乎路《しおじ》の山道をまっすぐに越えてくると、羽咋《はくい》の海は今まさに朝凪《あさなぎ》している。船の櫂《かい》でもあったらよいのに。

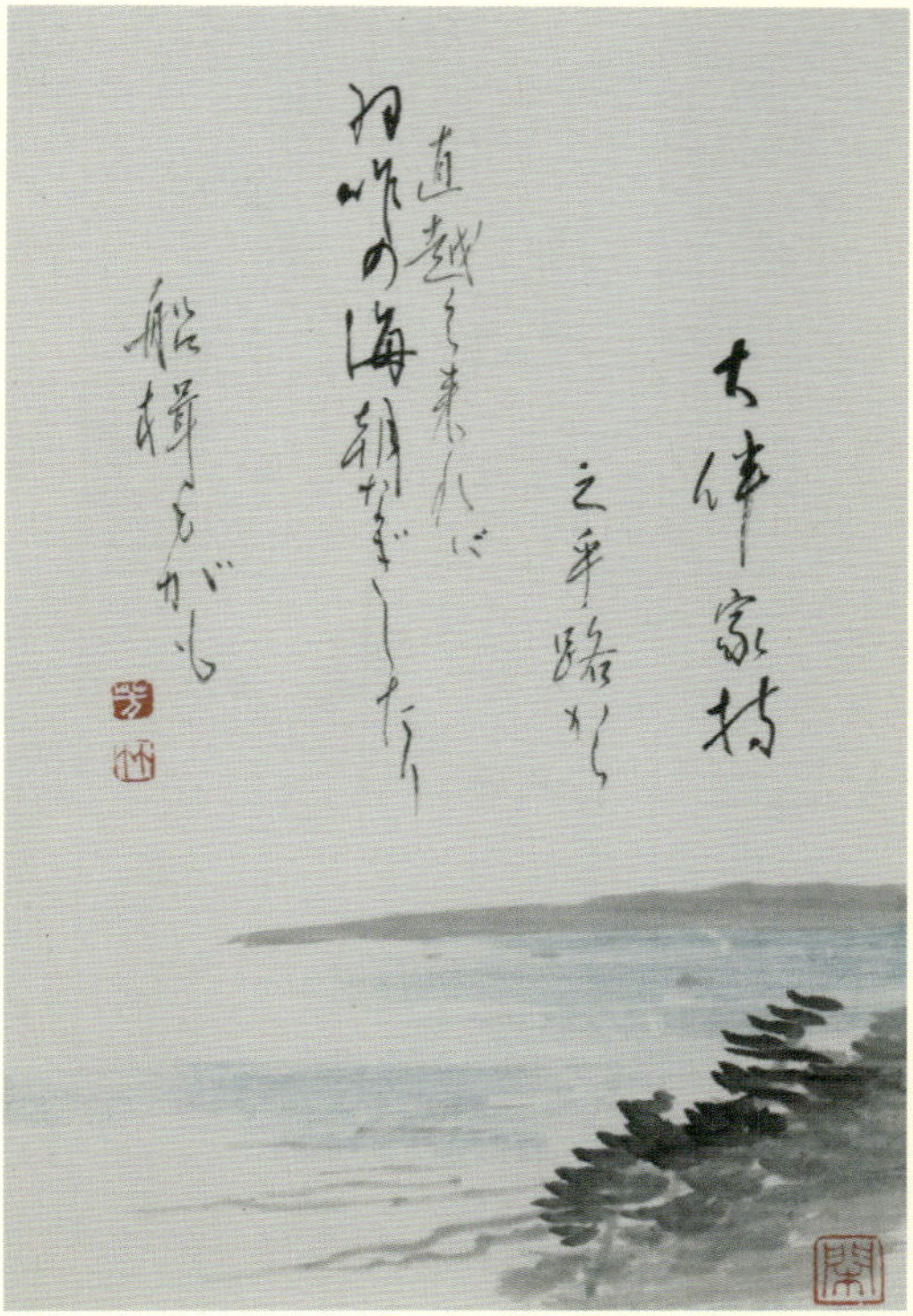

【解説】
天平《てんぴょう》二十年（七四八）春の「出挙《すいこ》」（36参照）の旅は、富山県内を東へ進んだあと、いったん越中《えっちゅう》国の役所のあった高岡市伏木《ふしき》に戻ってから、あらためて能登《のと》へと出かけました。能登への旅の最初に家持《やかもち》は、いまも石川県羽咋《はくい》市に残る氣多大社《けたたいしゃ》に参詣《さんけい》したあと、海辺を進んでいる時にこの歌を詠《よ》みました。しかし、歌は「之乎《しお》路《じ》」の山道を越えている時の歌となっています。おそらく「羽咋《はくい》の海」の海辺を進んでいた家持は、山道で峠《とうげ》に立った時に、朝凪《あさなぎ》で波ひとつ無い静かな水面に朝日が映《は》えるのを見た時の感動を思い出して、この歌を詠んだのでしょう。

（新谷秀夫）

41

珠洲《すず》の海《うみ》に　朝開《あさびら》きして　漕《こ》ぎ来《く》れば　長浜《ながはま》の浦《うら》に　月照《つきて》りにけり

大伴家持《おおとものやかもち》
巻17・四〇二九

【現代語訳】
珠洲《すず》の海に朝早く舟を出して漕いで来ると、長浜の浦にはもう月が照り輝いていた。

【解説】
能登《のと》半島《はんとう》の先端《せんたん》、珠洲《すず》から越中国府《こくふ》へ帰るための一日がかりの船旅を歌っています。

家持は越中能登をめぐる長い旅のはてに、珠洲までやって来ました。あとは船で帰るだけです。珠洲の海を朝、船出《ふなで》して、陸地《りくち》づたいに国府近くまで富山湾を南下《なんか》したのでしょう。歌には、一日をかけた船旅《ふなたび》のはてに、長浜の浦で仰《あお》ぎ見た月が詠《よ》まれています。朝の珠洲と、月がのぼる夕刻の長浜をならべて、長い時間と広い空間を詠《よ》み込んでいるのです。「長浜の浦」は、渋谿《しぶたに》の崎（高岡市の雨晴《あまはらし》海岸）から氷見《ひみ》にかけての海岸線と考えられています。（垣見修司）

42

奈呉《なご》の海《うみ》に　舟《ふね》しまし貸《か》せ　沖《おき》に出《い》でて　波立《なみた》ち来《く》やと　見《み》て帰《かへ》り来《こ》む

田辺福麻呂《たなべのさきまろ》

巻18・四〇三二

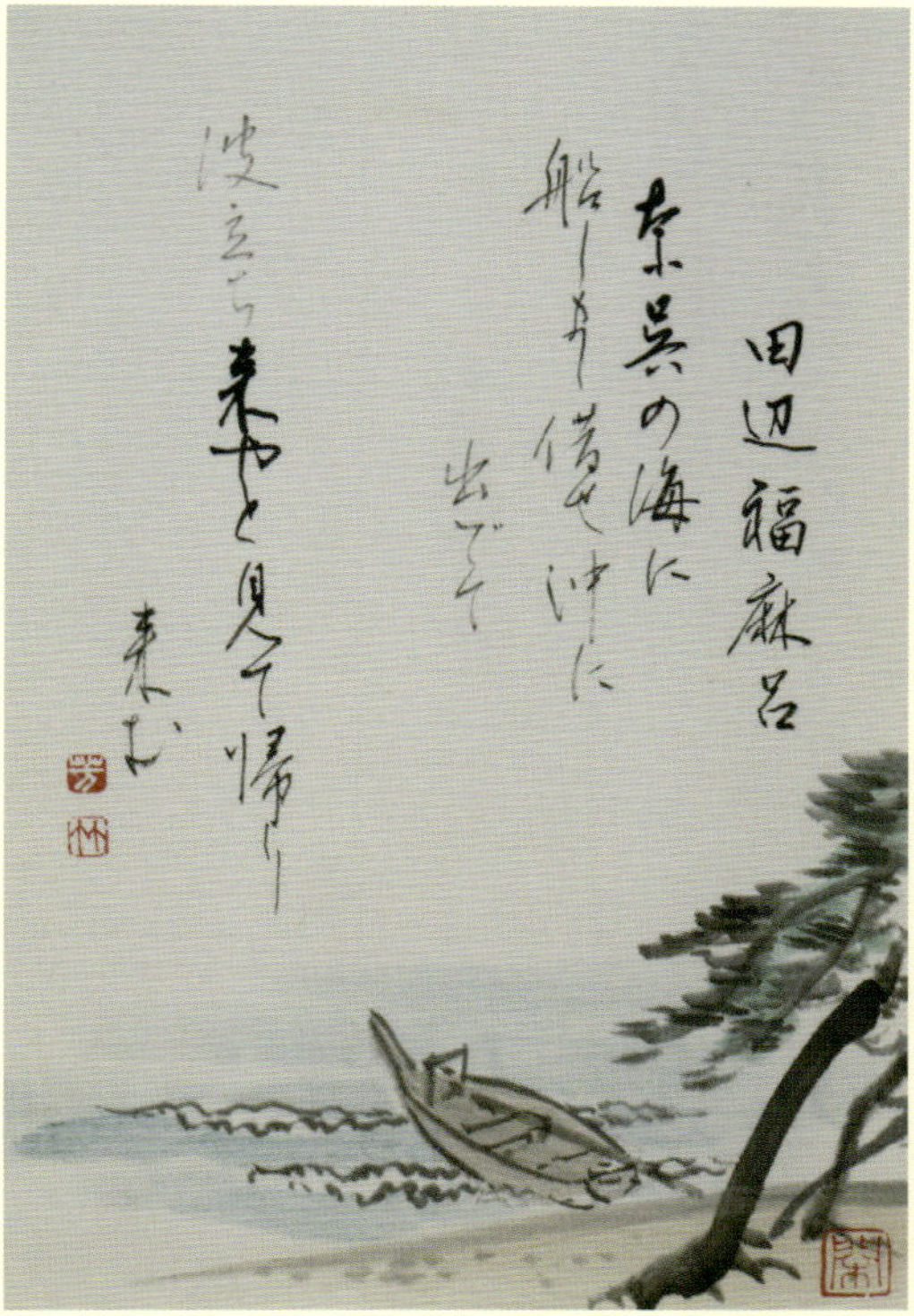

【現代語訳】
奈呉《なご》の海に出るのに、舟をしばらくの間《あいだ》貸してください。沖《おき》に出て、波が立って来《こ》ないかと見て帰って来ましょう。

【解説】
天平《てんぴょう》二十年（七四八）三月二十三日（太陽暦《たいようれき》の四月二十九日）、左大臣《さだいじん》橘《たちばなの》諸兄《もろえ》の使者《ししゃ》として都《みやこ》からやって来た田辺福麻呂《たなべのさきまろ》を歓迎《かんげい》する宴会《えんかい》が家持《やかもち》の館《やかた》でおこなわれました。当時、このような宴会では、歓迎される客と主人とがまず最初に挨拶《あいさつ》の歌を詠《よ》んで宴会をはじめるのが決まりでした。家持が住んでいた館は、現在高岡市伏《ふし》木《き》気《き》象《しょう》資《し》料館《りょうかん》がある場所にあったと考えられています。その館から「奈呉《なご》の海（射水《いみず》市から高岡市伏木《ふしき》にかけての海のこと）」が見えたのでしょう。福麻呂は、そのおだやかな海を歌に詠んで歓迎会に対する感謝《かんしゃ》をあらわしました。（新谷秀夫）

43

波立《なみた》てば　奈呉《なご》の浦廻《うらみ》に　寄《よ》る貝《かひ》の　間《ま》なき恋《こひ》にそ　年《とし》は経《へ》にける

田辺福麻呂《たなべのさきまろ》
巻18・四〇三三

【現代語訳】
波が立つたびに奈呉《なご》の浦《うら》あたりに寄ってくる貝のように、絶え間なく恋しているうちに、年月《としつき》が経《た》ってしまいました。

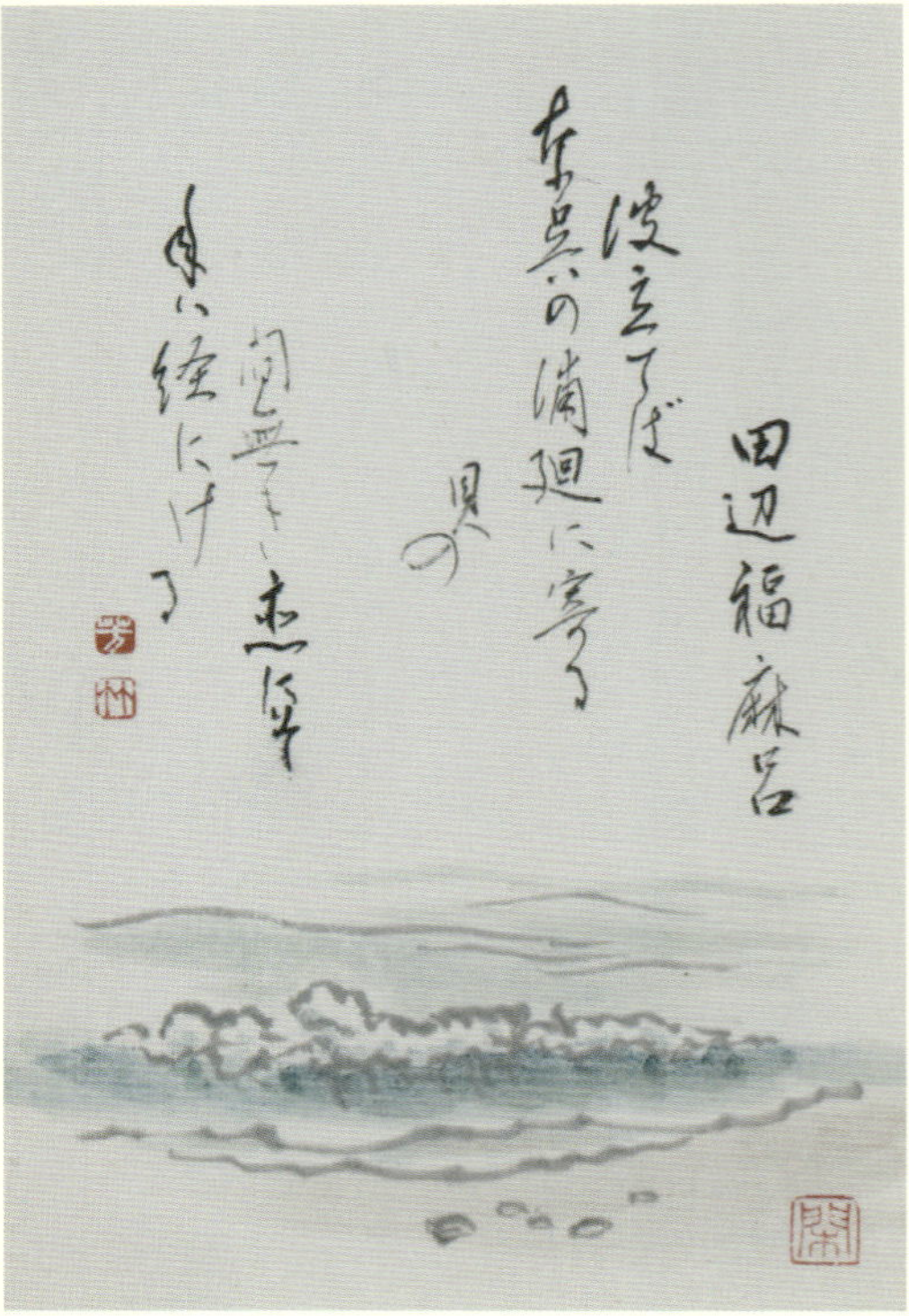

【解説】
42の歌に続いて田辺福麻呂《たなべのさきまろ》が詠《よ》んだ歌です。42で、おだやかな「奈呉《なご》の海」に波が立たないか見に行ってきますと詠んだのを受けて、その波が立つたびに「浦廻《うらみ》（岸辺《きしべ》あたり）」に近づいてくる貝と同じように、ずっとあなたのそばに近づきたいと恋しく思って何年も経《た》ってしまいましたと歌っています。福麻呂と大伴家持《おおとものやかもち》は、都《みやこ》にいたときに顔見《かおみ》知りだったのでしょう。越《えっ》中《ちゅう》に赴任《ふにん》していた家持と久しぶりに会えたので、貝が岸辺に近づくようにやっと家持のいる越中にやってくることができたと歌って、その喜びを伝えたのです。

（新谷秀夫）

44

乎布《をふ》の崎《さき》　漕《こ》ぎたもとほり　ひねもすに　見《み》とも飽《あ》くべき　浦《うら》にあらなくに

大伴家持《おおとものやかもち》

巻18・四〇三七

【現代語訳】

乎布《おふ》の崎は、漕ぎまわりつつ一日じゅう見ていても飽きるような浦ではないですよ。

【解説】

天平《てんぴょう》二十年（七四八）三月二十三日（太陽暦《たいようれき》の四月二十九日）、橘 諸兄《たちばなのもろえ》の使者《ししゃ》田辺福麻呂《たなべのさきまろ》を、家持《やかもち》の館に迎えた宴での大伴家持の歌です。

布勢水海《ふせのみずうみ》での遊覧《ゆうらん》を誘《さそ》う家持に対して、福麻呂が「いかにある　布勢《ふせ》の浦そも　ここだくに　君《きみ》が見《み》せむと　我《われ》を留《とど》むる」（巻18・四〇三六）と、布勢の浦はどれほど素晴らしい場所なのかと歌で尋ねたのに対して、家持が答えた歌です。「乎布の崎」が現在のどこに当たるのは不明ですが、前年、家持を布勢水海に誘った大伴池主《おおとものいけぬし》の長《ちょう》歌《か》（巻17・三九九三）によると、見飽きることのない、素晴らしい景色だったことがわかります。

（関　隆司）

45

玉《たま》くしげ　いつしか明《あ》けむ　布勢《ふせ》の海《うみ》の　浦《うら》を行《ゆ》きつつ　玉《たま》も拾《ひり》はむ

田辺福麻呂《たなべのさきまろ》
巻18・四〇三八

【現代語訳】（たまくしげ）いつになったら夜が明けるのだろう。布勢《ふせ》の海の浦《うら》を行きながら玉を拾《ひろ》いたいのに。

【解説】
布勢《ふせ》の水海《みずうみ》（現在の氷見《ひみ》市にあった湖《みずうみ》）はすばらしい場所なのかと歌で質問した福麻呂《さきまろ》に対して、大伴家持《おおとものやかもち》は「見飽《みあ》きることはありません」と答えました（44）。それを聞いた福麻呂が、早く夜が明けて水海に出かけ、「玉（きれいな石、宝石）」を拾《ひろ》いたいと詠《よ》んだ歌です。「玉くしげ」とは「玉」で飾《かざ》られた櫛《くし》を入れる箱「くしげ」のことで、箱にはかならず「ふた」があるので「二上山《ふたがみやま》」の枕詞《まくらことば》として使われたりもしますが、ここは「ふた」はかならず開けるので「（夜が）明《あ》ける」の枕詞として使われています。

（新谷秀夫）

46

浜辺《はまへ》より　わがうち行《ゆ》かば　海辺《うみへ》より　迎《むか》へも来《こ》ぬか　海人《あま》の釣舟《つりぶね》

大伴家持《おおとものやかもち》
巻18・四〇四四

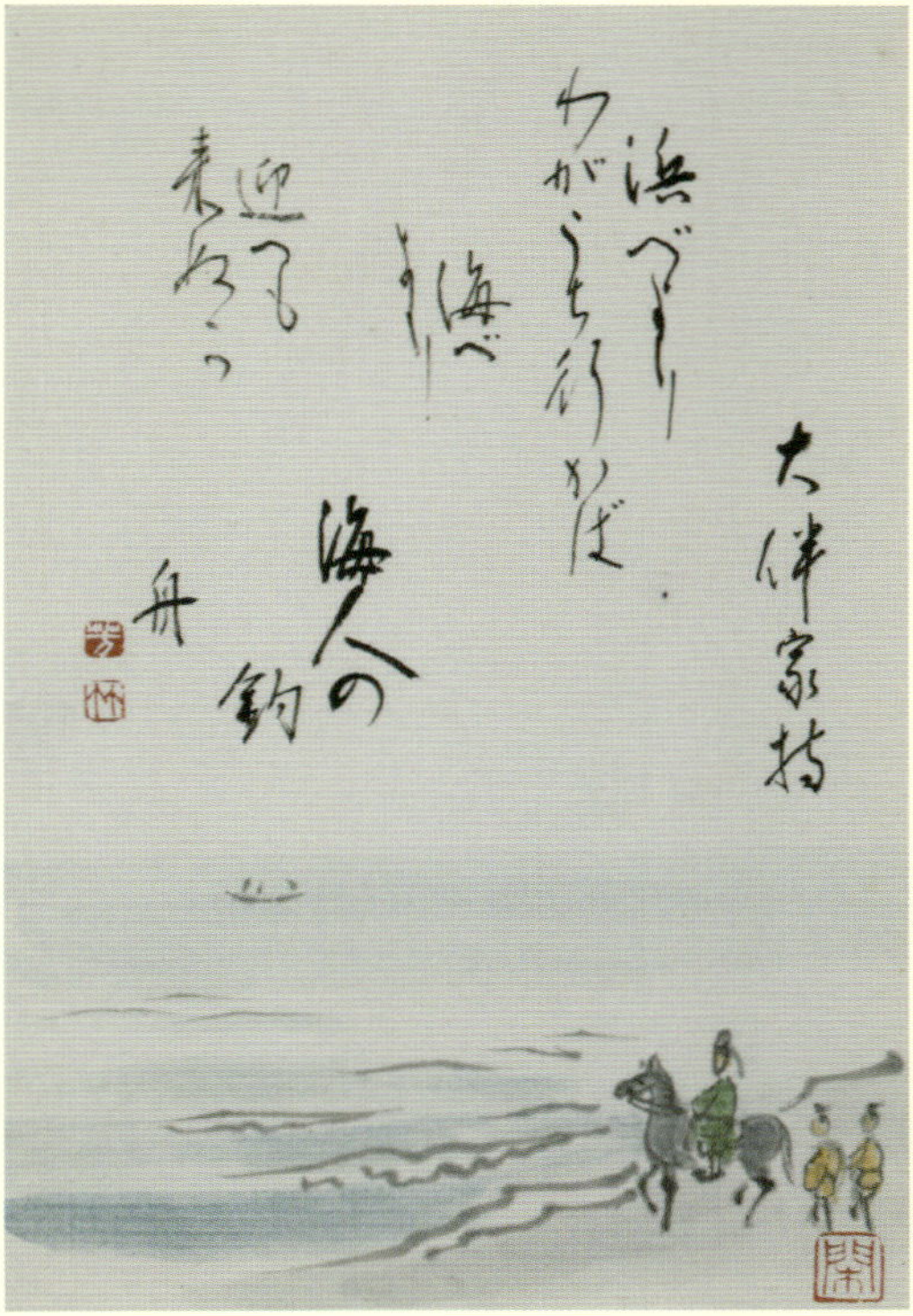

【現代語訳】
浜辺《はまべ》を通ってわたしが行ったならば、沖《おき》のほうから迎えに来てくれないものか、海人《あま》の釣舟《つりぶね》が。

【解説】
天平《てんぴょう》二十年（七四八）三月二十五日（太陽暦《たいようれき》の五月一日）、いよいよ家持は田辺福麻呂《たなべのさきまろ》を布勢《ふせ》の水海《みずうみ》へと案内することになりました。その途中で、馬の上で声を出して歌った二首のうちの一首です（もう一首は巻18・四〇四五）。「海人《あま》（漁師）」が海に舟《ふね》を出して魚を釣《つ》っているのを、家持たちは浜辺から見ているので、おそらく当時の役所があった高岡市伏木《ふしき》の地から浜伝いに水海へ向かう途中、現在の雨晴《あまはらし》海岸から氷見《ひみ》市島尾《しまお》あたりで詠《よ》んだのでしょう。声を出して歌ったというのですから、きっと家持たちは楽しくて仕方《しかた》なかったにちがいありません。（新谷秀夫）

47

垂姫《たるひめ》の　浦《うら》を漕《こ》ぐ舟《ふね》　梶間《かぢま》にも　奈良《なら》の我家《わぎへ》を　忘《わす》れて思《おも》へや

大伴家持《おおとものやかもち》
巻18・四〇四八

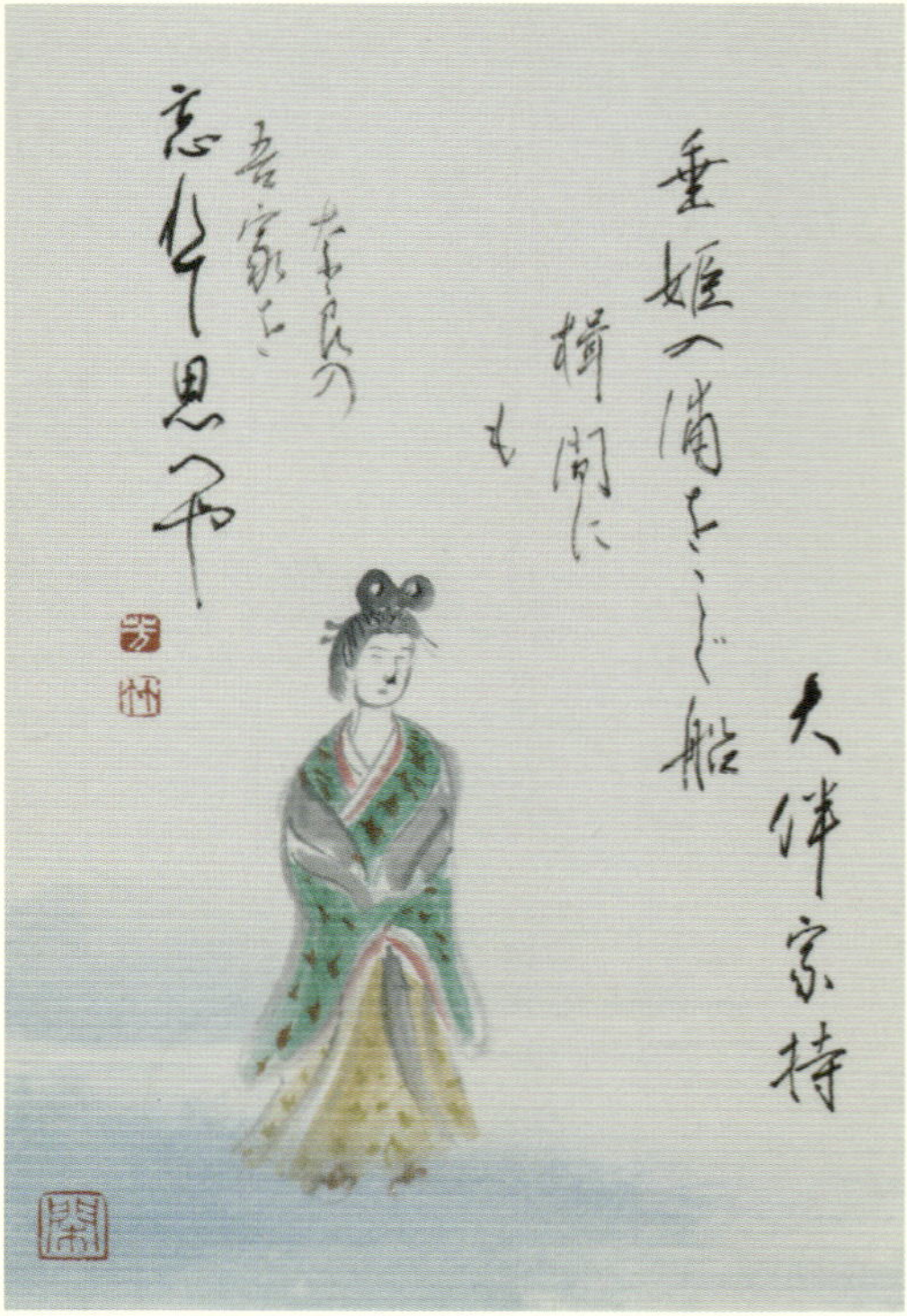

【現代語訳】
垂姫《たるひめ》の浦を漕ぐ舟の櫂《かい》を取るほどの、わずかな間でさえも、奈良のわが家を忘れてしまったりするものか。片時も忘れられないものだ。

【解説】
天平《てんぴょう》二十年（七四八）三月二十五日（太陽暦《たいようれき》の五月一日）、橘諸兄《たちばなのもろえ》の使者《ししゃ》田辺福麻呂《たなべのさきまろ》とともに布勢《ふせ》の水海《みずうみ》を舟に乗って遊覧《ゆうらん》した時の歌です。

布勢水海を訪れた福麻呂は、「垂姫の崎」を「見《み》れども飽《あ》かず　いかに我《われ》せむ（見ても見飽きることがない、私はどうすればいいでしょうか）」（四〇四六）と讃美しました。「見れども飽かず」は、伝統的な土地讃美《さんび》の表現です。その讃美を受けて家持は、垂姫の浦での遊覧の楽しさの間も、都にある奈良の家のことを忘れることがないと応《こた》えたのです。都から来た福麻呂が越中《えっちゅう》の土地を讃え、越中にいる家持が都のことを歌い、心を通わせたのです。

（関　隆司）

48

おろかにそ　我《われ》は思《おも》ひし　乎《を》布《ふ》の浦《うら》の　荒《あり》磯《そ》のめぐり　見《み》れど飽《あ》かずけり

田辺福麻呂《たなべのさきまろ》
巻18・四〇四九

【現代語訳】
おろそかに私は思っていたことだ。乎布《おふ》の浦の荒磯《あらいそ》のあたりは、見ても見飽きないですね。

【解説】
47に続く天平《てんぴょう》二十年三月二十五日の遊覧《ゆうらん》での田辺福麻呂《たなべのさきまろ》の作です。

福麻呂は、布勢《ふせ》の水海《みずうみ》の景色の美しさは、前もって家持《やかもち》の歌によって知らされていました。初句「おろか」は、「おろそか。いい加減《かげん》」の意。福麻呂は、たいしたことはないだろうと思っていたのでしょう。ところが、布勢の水海の一部である乎布《おふ》の浦の荒磯《あらいそ》の辺りを漕ぎ巡ると、想像以上の美しさです。その感動を、「見れど飽かずけり」と歌ったのです。「けり」は詠嘆《えいたん》の助動詞ともいわれ、「いまそのことに気づいた」と詠嘆・驚嘆《きょうたん》の気持を含めて述べるのに用《もち》いられることばです。

（関　隆司）

49

めづらしき　君《きみ》が来《き》まさば　鳴《な》けと言《い》ひし　山《やま》ほととぎす　なにか来鳴《きな》かぬ

久米広縄《くめのひろなわ》
巻18・四〇五〇

【現代語訳】すばらしいあなたが来られたら鳴け、と言っておいた山にいるほととぎすよ、なぜ来て鳴かないのか。

【解説】天平《てんぴょう》二十年（七四八）三月二十五日（太陽暦《たいようれき》の五月一日）、都からやって来た田辺福麻呂《たなべのさきまろ》を連れて布勢《ふせ》の水海《みずうみ》に出かけて来た時の歌です。前日におこなわれた宴会《えんかい》で福麻呂は「藤波《ふぢなみ》の　咲《さ》きゆく見《み》れば　ほととぎす　鳴《な》くべき時《とき》に　近《ちか》づきにけり（藤《ふじ》の花が次々と咲いてゆくのを見ると、ほととぎすの鳴くべき時がとうとう近づいてきました）」（巻18・四〇四二）とホトトギスの鳴き声を期待する歌を詠《よ》んでいます。広縄《ひろなわ》は、この歌に応えて、「めづらしき君」が来られたのにと福麻呂を誉《ほ》め、鳴かないホトトギスを叱《しか》る歌を詠んで福麻呂の気持ちをなぐさめました。（新谷秀夫）

50

多祜《たこ》の崎《さき》　木《こ》の暗茂《くれしげ》に　ほととぎす　来鳴《きな》きとよめば　はだ恋《こ》ひめやも

大伴家持《おおとものやかもち》
巻18・四〇五一

【現代語訳】

多祜《たこ》の崎の木陰《こかげ》が暗くなるほどの茂《しげ》みに、ほととぎすが来て鳴き立ててくれたら、こんなにも恋い慕《した》うことなどないのに。

【解説】
49の歌を受けて、布勢《ふせ》の水海《みずうみ》に出かけて来たときの歌の締《し》めくくりとして家持《やかもち》が詠《よ》んだ歌です。家持は「恋《こ》ひめやも」という反語《はんご》（「…であろうか、いや…ではない」という意味）を使って「ホトトギスが来《き》て鳴《な》いてくれさえすれば、こんなにも恋《こ》い慕《した》うことがあろうか、いや恋い慕うことなどない」と歌いました。すばらしい人がやって来たのに、どうして鳴かないのかと詠んだ久《く》米広縄《めのひろなわ》の歌に引き続いて、「鳴かないからこそなおさら恋い慕うのですよ」と、ホトトギスが鳴くのを期待していた福麻呂《さきまろ》の思いをなぐさめるために詠んだのです。
（新谷秀夫）

51

ほととぎす　こよ鳴《な》き渡《わた》れ　灯火《ともしび》を　月夜《つくよ》になそへ　その影《かげ》も見《み》む

大伴家持《おおとものやかもち》
巻18・四〇五四

【現代語訳】

ほととぎすよ、ここを鳴いて通っておくれ。灯火《ともしび》を月の光に見立てて、せめてその姿でも見たいものだ。

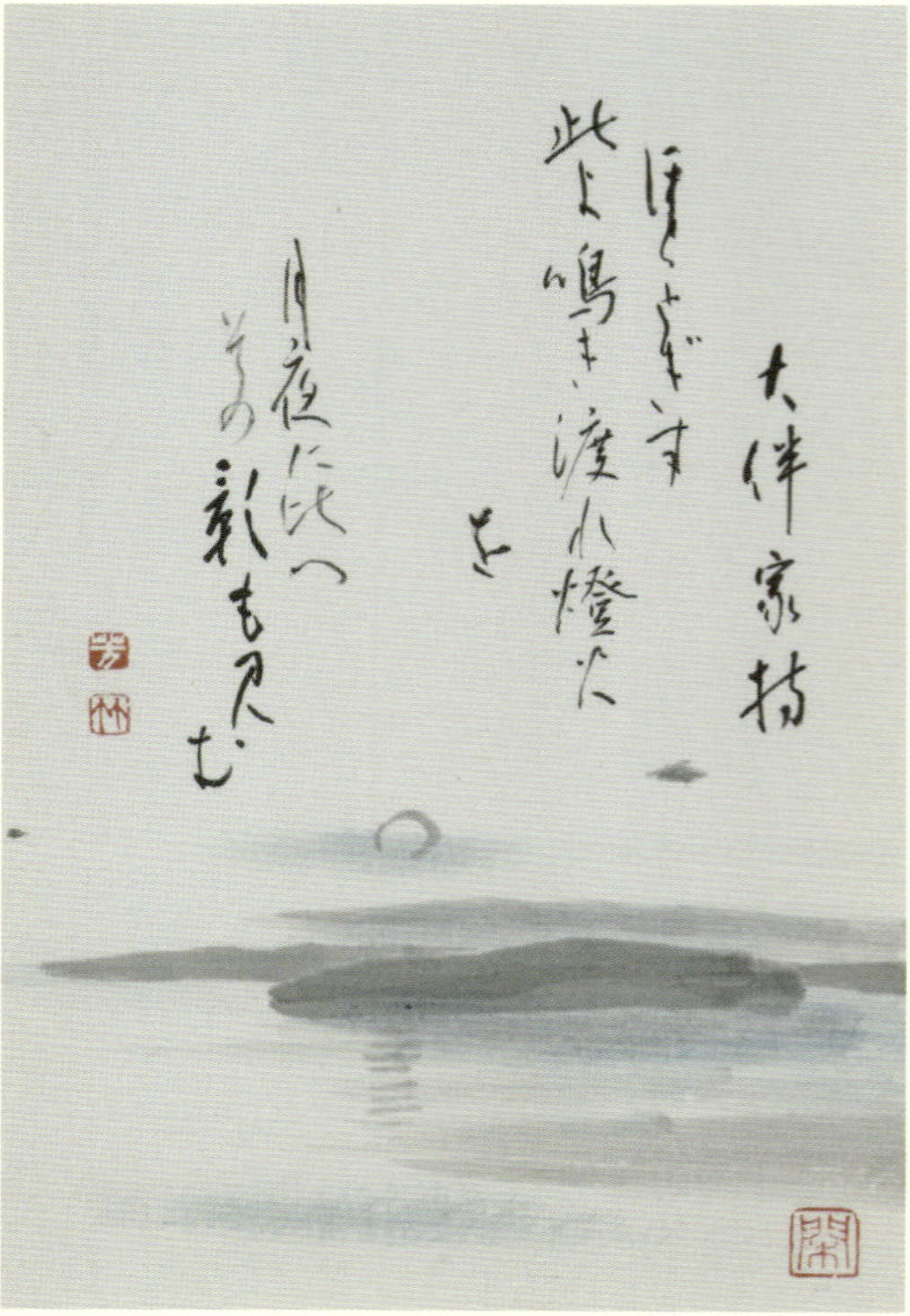

【解説】
奈良《なら》の都《みやこ》から、歌人の田辺福麻呂《たなべのさきまろ》がやって来ました。大伴家持《おおとものやかもち》や久米広縄《くめのひろなわ》は歓迎の宴《うたげ》をもうけ、布勢《ふせ》の水海《みずうみ》に案内してもてなします。福麻呂は数日間滞在して、晩春《ばんしゅん》の越中《えっちゅう》の自然を楽しみました。もうすぐ、ほととぎすが来て鳴く初夏《しょか》の季節《きせつ》になります。家持たちは越中のほととぎすが鳴く声を、明日には都に帰ろうという福麻呂にも聞かせたいと願って、このあたりを鳴きながら飛んでおくれと、まだ見ぬほととぎすに呼びかけています。そして、月の出にはまだ時間があるので、かわりに灯火《ともしび》で、その姿を見たいと歌っているのです。（垣見修司）

52

朝開《あさびら》き　入江《いりえ》漕《こ》ぐなる　梶《かぢ》の音《おと》の　つばらつばらに　我家《わぎへ》し思《おも》ほゆ

山上臣《やまのうえのおみ》
巻18・四〇六五

【現代語訳】

朝早く港《みなと》を出て入江《いりえ》を漕いでいる舟の櫂《かい》の音のように、しきりにわが家《や》のことが思われる。

【解説】
射水《いみず》郡の「駅館《やくかん》」の柱《はしら》に書き記《しる》されていた歌で、舟が進むあいだはツバラツバラと櫂《かい》を漕ぐ音が止《や》まないように、「つばらつばら」（しみじみと）わが家《や》のことが懐《なつ》かしく思われると、旅《たび》先《さき》での寂《さび》しさを歌っています。駅館は駅家《うまや》とも言われ、仕事で旅をする人が休憩《きゅうけい》したり、乗っていた馬を交換《こうかん》するために、都と地方の役所《やくしょ》を結ぶ道沿《ぞ》いに等間隔《とうかんかく》に設置《せっち》されていた施設《しせつ》です。この歌の作者は「山上臣《やまのうえのおみ》」とあって、詳《くわ》しい名前はわかっていませんが、この歌を書き残した家持は、父（大伴《おおともの》旅人《たびと》）と親しかった山《やまの》上憶良《うえのおくら》の息子の歌かもしれないと考えていたようです。（新谷秀夫）

53

二上《ふたがみ》の　山《やま》に隠《こも》れる　ほととぎす　今《いま》も鳴《な》かぬか　君《きみ》に聞《き》かせむ

遊行女婦土師《うかれめはにし》
巻18・四〇六七

【現代語訳】

二上《ふたがみ》の山にこもっているほととぎすよ、今すぐ鳴いてくれないか。わが君にお聞かせしたい。

【解説】
天平《てんぴょう》二十年（七四八）四月一日（太陽暦《たいようれき》の五月六日）に、部下《ぶか》である久米広縄《くめのひろなわ》の館《やかた》でおこなわれた宴《えん》会《かい》で詠《よ》まれた歌です。この年は、翌日の四月二日が立夏《りっか》でした。大伴家持《おおとものやかもち》が生まれ育った都では立夏の日にほととぎすがやってきて鳴きはじめたので、越中《えっちゅう》でも「今《いま》も鳴《な》かぬか（今すぐ鳴いてくれないか）」と歌ったのでしょう。この歌の作者である土師《はにし》は、「遊行女婦《うかれめ》」と呼ばれていた人です。若いときに都で働いていた人も多く、教養《きょうよう》や知識《ちしき》もあり、その場にふさわしい歌を詠んだりなどして宴会を盛り上げる役割《やくわり》を果《は》たしていました。
（新谷秀夫）

54

しなざかる　越《こし》の君《きみ》らと　かくしこそ　柳《やなぎ》かづらき　楽《たの》しく遊《あそ》ばめ

大伴家持《おおとものやかもち》
巻18・四〇七一

【現代語訳】
（しなざかる）越《こし》の国《くに》のあなたがたと、こうやって柳をかずらにして楽しく遊ぼう。

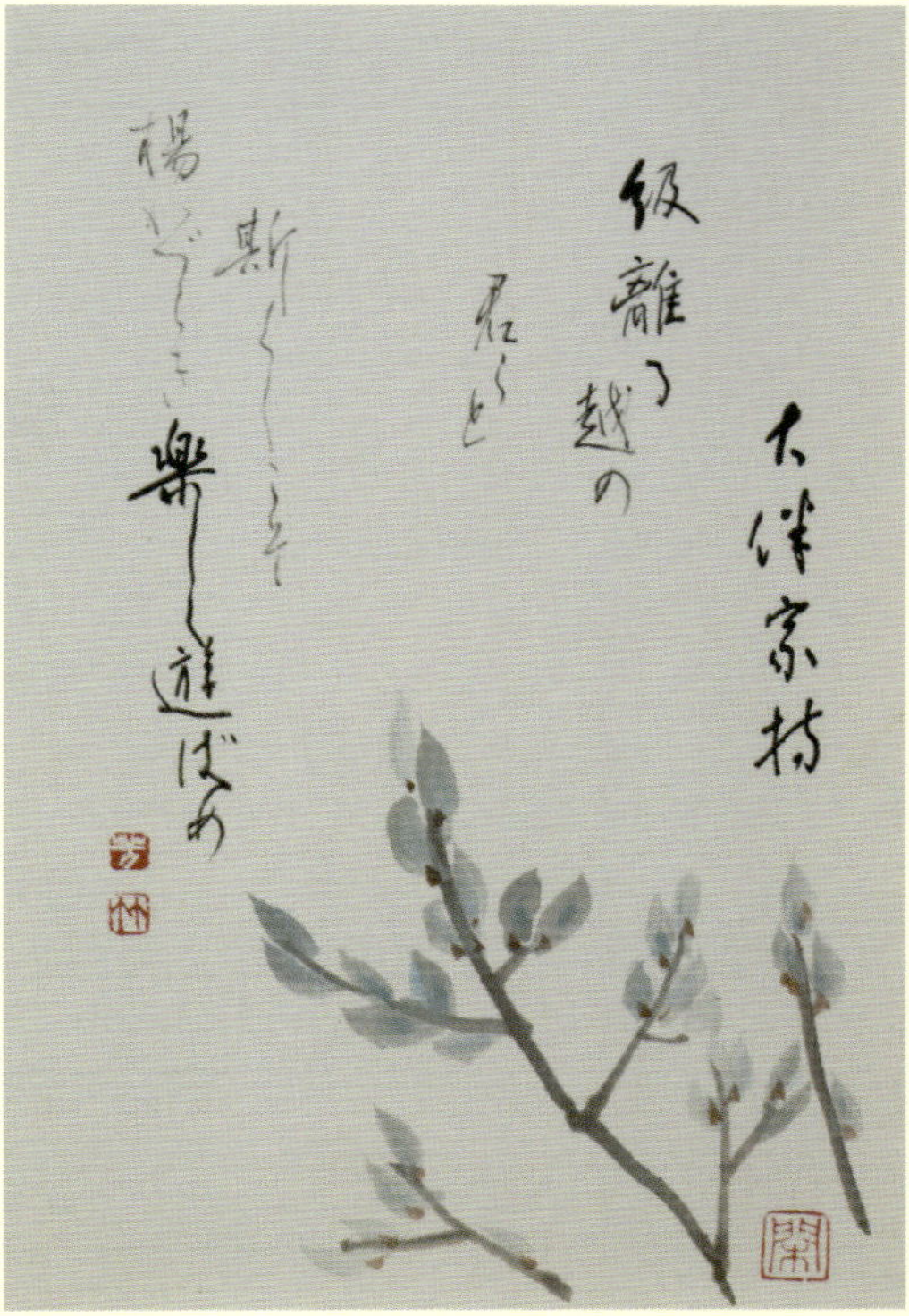

【解説】
前後の歌の日付から考えて、この歌は天平《てんぴょう》二十一年（七四九）の作です。巻19・四二三八の左注《さちゅう》に「越中の風土に、梅花柳絮《ばいくわりうしょ》三月にして初めて咲くのみ」とあるので、「柳かづらく」（柳を縵にする）と歌われたこの歌の時節《じせつ》は、三月上旬《じょうじゅん》だったと思われます。前の四〇七〇歌の左注によると、先の国師《こくし》の従僧《じゅうそう》であった清見《せいけん》という者が奈良の都に帰る時に、家持が催《もよお》した送別の宴での作です。「しなざかる」は「越」に掛《か》かる枕詞《まくらことば》。「かくしこそ」（このように）とその現場の様子を示しているところに、家持が越の人々と楽しみを共有《きょうゆう》していることがよく分かります。

（坂本信幸）

55

ぬばたまの　夜渡《よわた》る月《つき》を　幾夜経《いくよふ》と　数《よ》みつつ妹《いも》は　我待《われま》つらむそ

大伴家持《おおとものやかもち》
巻18・四〇七二

【現代語訳】
（ぬばたまの）夜空《よぞら》を渡ってゆく月を見て、もう幾夜経《いくよた》ったかと数えながら、いとしい人はわたしを待っていることだろう。

【解説】
『万葉集《まんようしゅう》』の目録《もくろく》に前歌とこの歌について「大伴家持重ねて作る二首」とあり、前歌と同じ天平《てんぴょう》二十一年（七四九）の清見《せいけん》送別の宴《うたげ》の作と判《わか》ります。左注《さちゅう》に「此《こ》の夕《ゆふへ》月光遅《おそ》く流れ、和風梢《やや》く扇《あふ》ぐ」（この夜月の光はゆったりと流れ、やわらかな風がゆるやかに吹いている）と記しています。夕暮れ頃に見え始める月は満ちてゆく月。「遅く流れ」と月の沈むのがゆっくりとしていることを考えると、満月に近付いた三月十日頃の月でしょう。「数《よ》む」とは、ここでは日数を数えること。天平十八年の赴任《ふにん》から、妻と別れてすでに二年八ヶ月を過ぎていました。（坂本信幸）

56

わが背子《せこ》が 古《ふる》き垣内《かきつ》の 桜花《さくらばな》 いまだふふめり 一目見《ひとめみ》に来《こ》ね

大伴家持《おおとものやかもち》
巻18・四〇七七

【現代語訳】あなたの以前《いぜん》の屋敷《やしき》の庭の桜の花は、まだつぼみのままです。一目見に来なさいよ。

【解説】天平《てんぴょう》二十一年（七四九）三月十五日（太陽暦《たいようれき》の四月十日）、越中《えっちゅう》の隣《となり》の国越前《くにえちぜん》に転任《てんにん》した元《もと》の部下《ぶか》、大伴池主《おおとものいけぬし》から贈られてきた歌、「桜花《さくらばな》 今《いま》ぞ盛《さか》りと 人《ひと》は言《い》へど 我《われ》はさぶしも 君《きみ》としあらねば（桜の花は今がまっ盛りだと人は言いますが、わたしは寂《さび》しくてなりません。あなたと一緒でないので。）」（巻18・四〇七四）に答えて詠《よ》んだ歌です。池主が越中で住んでいた家の西北の隅《すみ》に桜の木がありました。越前で桜の花をひとりで見ていると寂しいと言う池主に、一緒《いっしょ》に花見《はなみ》を楽しんだ桜の木を見に来なさいと家持はなぐさめているのです。

（新谷秀夫）

57

三島野《みしまの》に　霞《かすみ》たなびき　しかすがに　昨日《きのふ》も今日《けふ》も　雪《ゆき》は降《ふ》りつつ

大伴家持《おおとものやかもち》
巻18・四〇七九

【現代語訳】
三島野《みしまの》に霞《かすみ》がたなびいていて、それなのに昨日も今日も雪が降りつづいています。

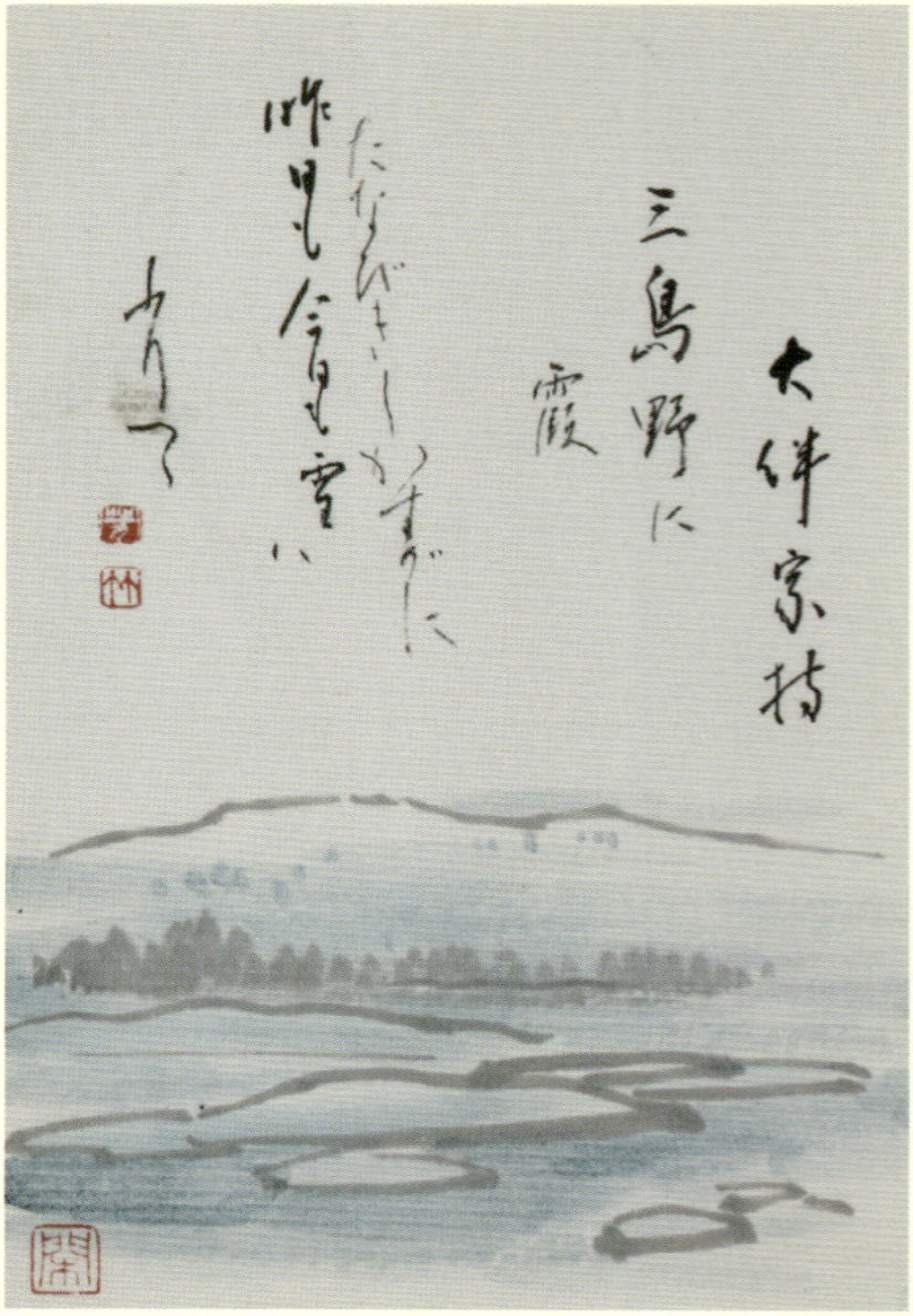

【解説】
天平《てんぴょう》二十一年（七四九）三月十六日（太陽暦《たいようれき》の四月十一日）の大伴家持《おおとものやかもち》の歌です。

前日に、かつての部下《ぶか》で、当時越前国掾《じょう》（第三等官）となっていた大伴池主《おおとものいけぬし》から歌が送られてきました。それに応《おう》じた四首の中の一首です。題詞《だいし》に「さらに矚目《しょくもく》して」とあるので、眼前の風景を詠んだ歌とわかります。

三句目の「しかすがに」は、それはそれとして、それなのに、の意で、この歌の場合は、奈良であれば春の訪れを感じさせる霞《かすみ》がたなびいているのに、越中では連日雪が降っていることを感《かん》慨《がい》深く思っていることを示します。（関　隆司）

58

焼《や》き大刀《たち》を　礪波《となみ》の関《せき》に　明日《あす》よりは　守部《もりへ》遣《や》り添《そ》へ　君《きみ》を留《とど》めむ

大伴家持《おおとものやかもち》
巻18・四〇八五

【現代語訳】
（やきたちを）礪波《となみ》の関に、明日からは番人《ばんにん》をもっと増やして、あなたを引き留めよう。

【解説】
天平感宝《てんぴょうかんぽう》元年（七四九）五月五日（太陽暦《たいようれき》の五月二十九日）の大伴家持《おおとものやかもち》の歌です。

「焼《や》き大刀《たち》」は火に焼いて鍛《きた》えた大刀。それを礪石《といし》（砥石《といし》）で磨《と》ぐことから、トナミのトにかけた枕詞《まくらことば》です。礪波《となみ》の関《せき》は、越前国加賀《かが》郡との境が礪波郡だったことによります。

題詞《だいし》によると、この日、東大寺《とうだいじ》の占墾地使《せんこんちし》の僧平栄《へいえい》らを家持がもてなし、酒を送った時の歌です。四月一日の宣命《せんみょう》によって寺々の墾田《こんでん》が許されたのを受けて、早速東大寺から墾田にする土地の状況を確かめに使者として僧が派遣《はけん》されたのです。都から来た僧を、家持たちも盛大《せいだい》に歓迎したことでしょう。

（関　隆司）

59

英遠《あを》の浦《うら》に　寄《よ》する白波《しらなみ》　いや増《ま》しに　立《た》ちしき寄《よ》せ来《く》　あゆをいたみかも

大伴家持《おおとものやかもち》
巻18・四〇九三

【現代語訳】
阿尾《あお》の浦にうち寄せる白波は、いよいよひどく、ひっきりなし立ってしきりに寄せて来る。あゆの風が激しいからだろうか。

【解説】
天平感宝元年《てんぴょうかんぽう》（七四九）五月十日頃《ごろ》（太陽暦《たいようれき》の六月初旬）、家持《やかもち》は阿尾《あお》の浦に訪《おとず》れました。見ると阿尾の浦にはしきりに白波が打ち寄せています。それを、海風が強いからかと推量《すいりょう》したのです。「あゆ」は海から陸に向かって吹く風を意味する越中方言《えっちゅうほうげん》で、『万葉集《まんようしゅう》』ではいずれも大伴家持が詠んでいます。「英遠《あを》の浦」は現在の氷見市《ひみし》阿尾付近の海。弓なりに長く続く浜に、内陸《ないりく》の山から連《つら》なるようにしてせり上がった断《だん》崖《がい》が突《つ》き出て、その白い岩肌《いわはだ》はとても目を引きます。天然の要害《ようがい》として中世には阿尾城も築《きず》かれました。家持も、青い海に浮かぶ白い絶壁《ぜっぺき》が印象に残ったのでしょうか。（垣見修司）

60

紅《くれなゐ》は うつろふものそ 橡《つるはみ》の なれにし衣《きぬ》に なほ及《し》かめやも

大伴家持《おおとものやかもち》
巻18・四一〇九

【現代語訳】
紅《くれない》染めは色褪《あ》せやすいもの。ドングリ染めの着古した衣に、やはりかなうはずがない。

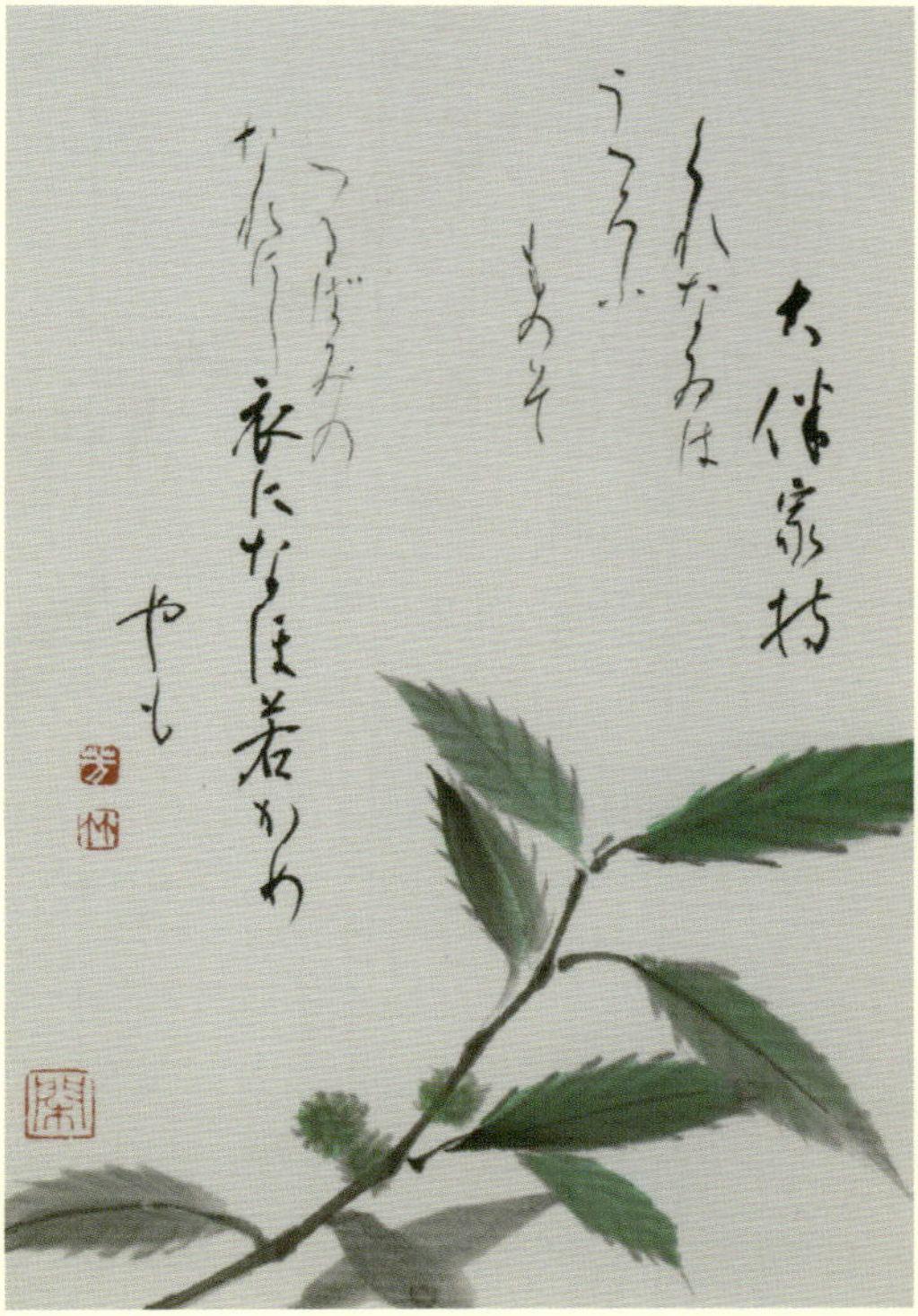

【解説】
大伴家持《おおとものやかもち》の部下《ぶか》の尾張少咋《おわりのおくい》という史生《ししょう》（ヒラの事務官）は、都に妻がいながら左夫流児《さぶるこ》という名の遊行女婦《うかれめ》（宴会場などにいる接待係の女性）に夢中になってしまいました。そこで家持が、少咋に注意して諭《さと》すために詠《よ》んだ歌です。「紅《くれない》染め」はベニバナの花びら染めのこと。花やかな紅色に染まりますが、すぐに退色《たいしょく》するので、浮《うわ》気《き》相手の女性にたとえています。それに対して「橡《つるばみ》（ドングリ）染め」は、黒や茶色の地味な色ですが変色しません。慣れ親しんだ妻は、橡染めの布のようなもの、絶対にかなわないよ、というのです。

（田中夏陽子）

61

なでしこが　花見《はなみ》るごとに　娘子《をとめ》らが　笑《ゑ》まひのにほひ　思《おも》ほゆるかも

大伴家持《おほとものやかもち》
巻18・四一一四

【現代語訳】
なでしこの花を見るたびに、あの娘《こ》の笑顔のあでやかさが思い出されてならない。

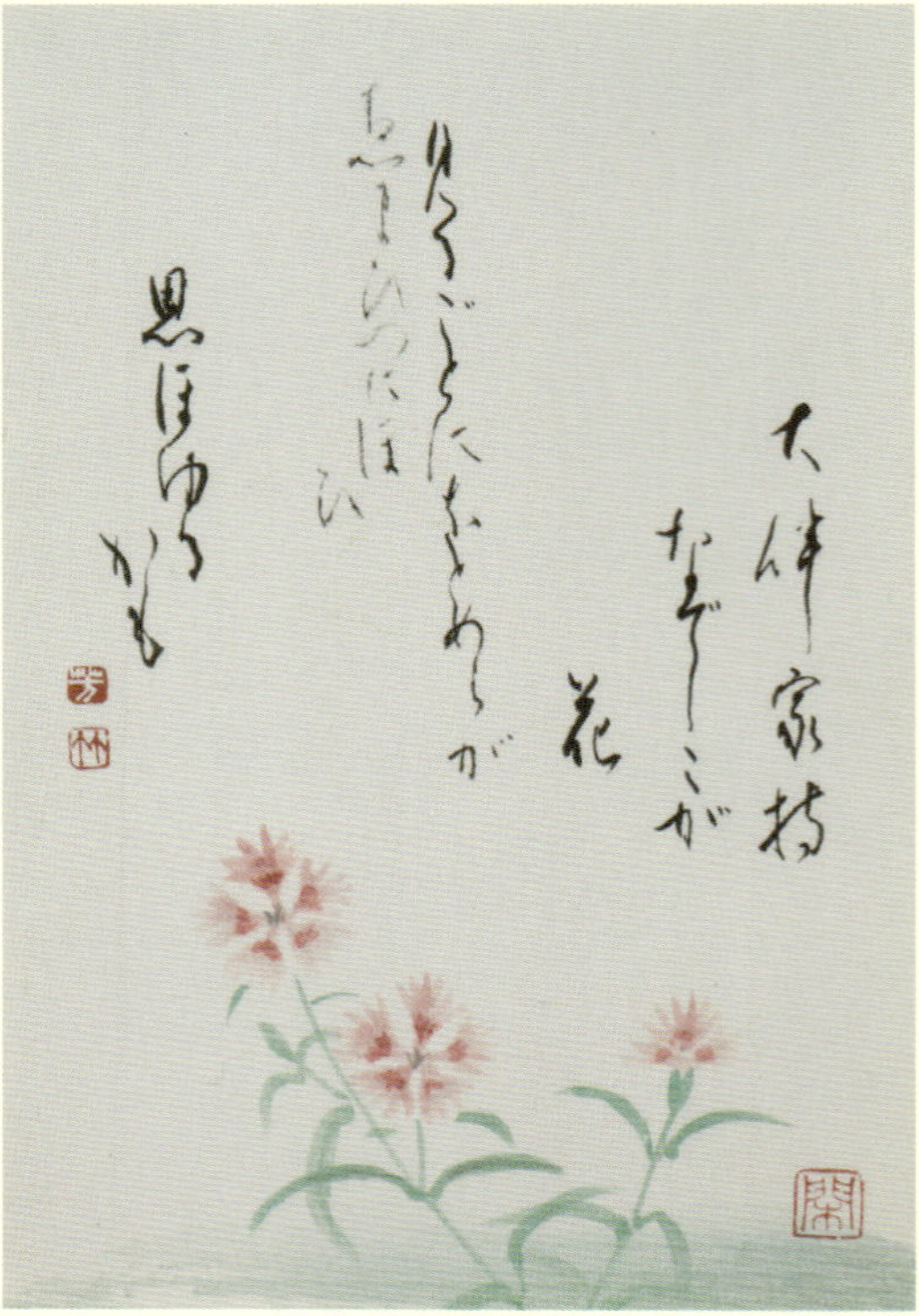

【解説】
題詞《だいし》に「庭《には》の中《うち》の花の作歌《うた》一首 并《あは》せて短歌」とある長歌《ちようか》の反歌《はんか》で、家持《やかもち》が越中《えつちゆう》赴任《ふにん》時代に生活をしていた国守館《こくしゆかん》の庭に咲くナデシコを詠《よ》んだ歌です。詠んだのは旧暦《きゆうれき》の五月二十六日（太陽暦《たいようれき》の七月中旬）で、ナデシコの花盛りの頃。長歌《ちようか》（四一一三）によると、家持は妻がいない単身赴任の淋《さび》しさを、庭に蒔《ま》いて咲かせたナデシコを見てなぐさめていたようです。「娘子《をとめ》ら」は妻坂上大嬢《さかのうえのおおいらつめ》を指しています。「ら」は、ここでは複数を意味するのではなく親しみをあらわす接尾辞《せつびじ》。「笑《ゑ》まひのにほひ」は、香りではなく笑った時の顔色の美しさのことです。

（田中夏陽子）

62

この見《み》ゆる　雲《くも》ほびこりて　との曇《ぐも》り　雨《あめ》も降《ふ》らぬか　心足《こころだ》らひに

大伴家持《おおとものやかもち》
巻18・四一二三

【現代語訳】今見えているこの雲が広がっていって、一面《いちめん》にかき曇《くも》って雨が降ってくれないかなあ、満足《まんぞく》するまで。

【解説】天平感宝《てんぴょうかんぽう》元年（七四九）は、閏《うるう》五月六日以来干《かん》ばつになり、田畑は枯《か》れかけていました。六月一日になってやっと雨雲《あまぐも》が見えたので、家持《やかもち》は雨乞《あまご》いの思いを込めて雲の歌を作りました。その長歌《ちょうか》の反歌《はんか》です。日照《ひで》りが続いて稲《いね》が実らなければ飢饉《ききん》となります。二年前の天平十九年七月の干ばつでは聖武天皇《しょうむてんのう》が雨乞いをしたにもかかわらず穀物《こくもつ》は枯れ、天皇は「自分に徳《とく》がないからだ」とその責任を負《お》いました。国守家持は天皇の代理《だいり》で国を治《おさ》める立場です。越中国の干ばつは国守の責任であり、天皇の責任でもあります。家持の必死《ひっし》の願いは神に聞きとどけられ、六月四日に雨は降ったのでした。（坂本信幸）

63

天《あま》の川《がは》　橋渡《はしわた》せらば　その上《へ》ゆも　い渡《わた》らさむを　秋《あき》にあらずとも

大伴家持《おおとものやかもち》

巻18・四一二六

【現代語訳】

天の川に橋を渡してあったら、その上を通ってでも渡って行かれるだろうに、秋でなくても。

【解説】

織姫《おりひめ》と彦星《ひこぼし》をへだてる天《あま》の川《がわ》。渡ることができるのは年に一度、七夕《たなばた》の夜だけです。離れて暮らす寂《さび》しさは、単身赴任《たんしんふにん》中《ちゅう》の家持《やかもち》にも深く共感《きょうかん》できたことでしょう。越中《えっちゅう》にいる自分が都の妻のもとを訪ねるには、いくつもの山を越えなければならない。だからこそ逢《あ》わずにいるが、彦星なら川に橋を一つかければ、いつでも会いに行けるのに、なぜ一年に一度の逢瀬《おうせ》で我慢《がまん》しているのだろう、と想像しているのです。

天平勝宝《てんぴょうしょうほう》元年（七四九）七月七日の夜に、天の川を仰《あお》ぎ見て作ったと記録されています。この時、家持は三十二歳でした。（井ノ口史）

64

雪《ゆき》の上《うへ》に　照《て》れる月夜《つくよ》に　梅《うめ》の花《はな》　折《を》りて贈《おく》らむ　愛《は》しき子《こ》もがも

大伴家持《おおとものやかもち》
巻18・四一三四

【現代語訳】
雪の上に照《て》り映《は》える月が美しい夜に、梅の花を折って贈《おく》ってやりたいと思うような、かわいい子がいたらなあ。

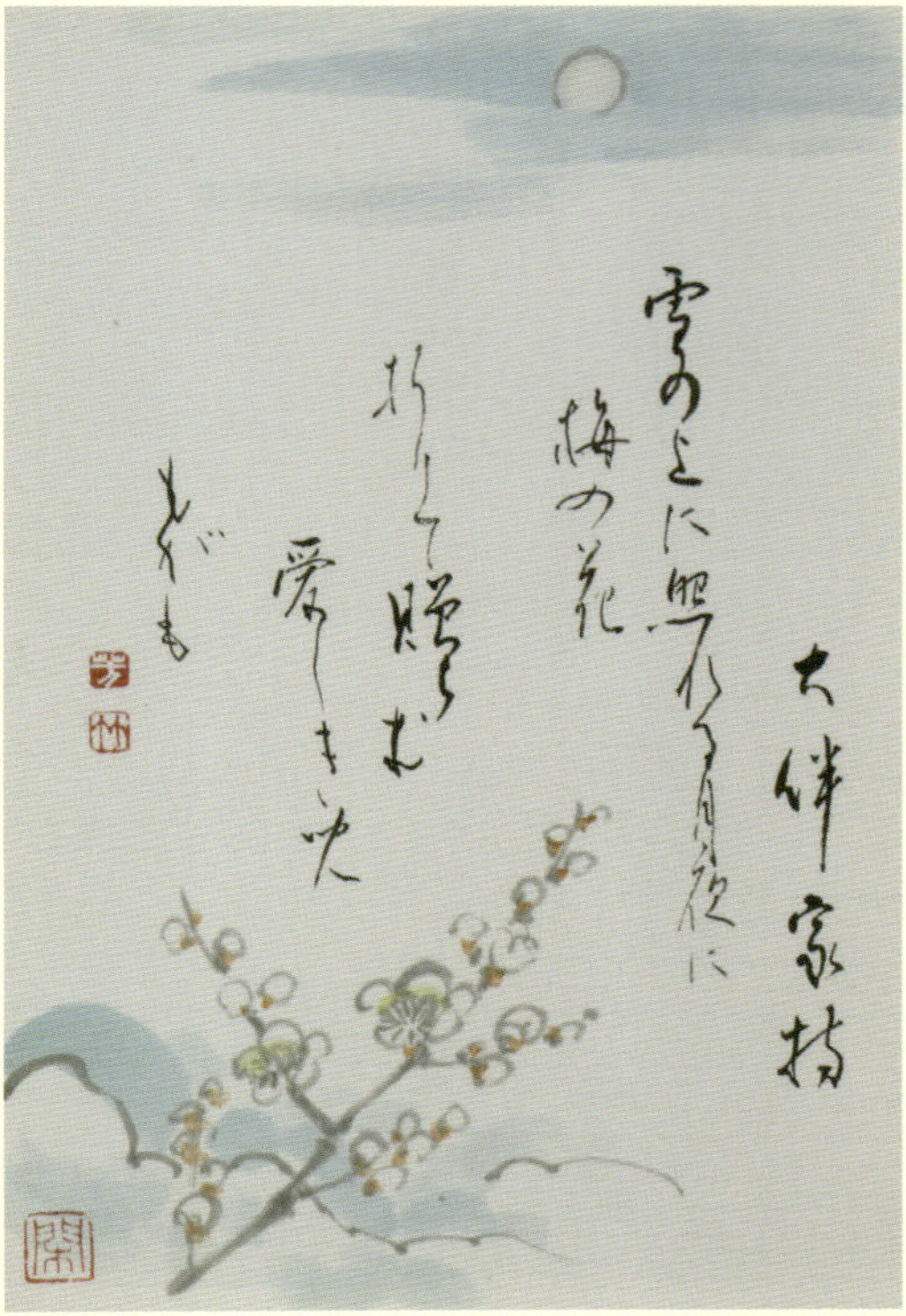

【解説】
天平勝宝元年《てんぴょうしょうほう》（七四九）十二月（太陽暦《たいようれき》の一月中旬～二月中旬）、家持《やかもち》が「雪・月・梅の花」という三つの素材《そざい》を同時に詠《よ》むことに挑戦《ちょうせん》した歌です。家持は別のところで、越中《えっちゅう》では梅の花は三月になってやっと咲《さ》きはじめると言っています（巻19・四二三八）。すると、この歌を詠んだときにはまだ梅の花は咲いてなかった可能性が高いと思います。題詞《だいし》には宴席《えんせき》で詠んだ歌だと記されています。おそらく、白い雪が木に降《ふ》り積《つ》もっているさまを白い梅が咲いたように見立《みた》てて歌を詠むことを楽しむ宴会《えんかい》が開かれたときに詠んだ歌なのでしょう。

（新谷秀夫）

65

あしひきの　山《やま》の木末《こぬれ》の　ほよ取《と》りて　かざしつらくは　千歳《ちとせ》寿《ほ》くとぞ

大伴家持《おおとものやかもち》

巻18・四一三六

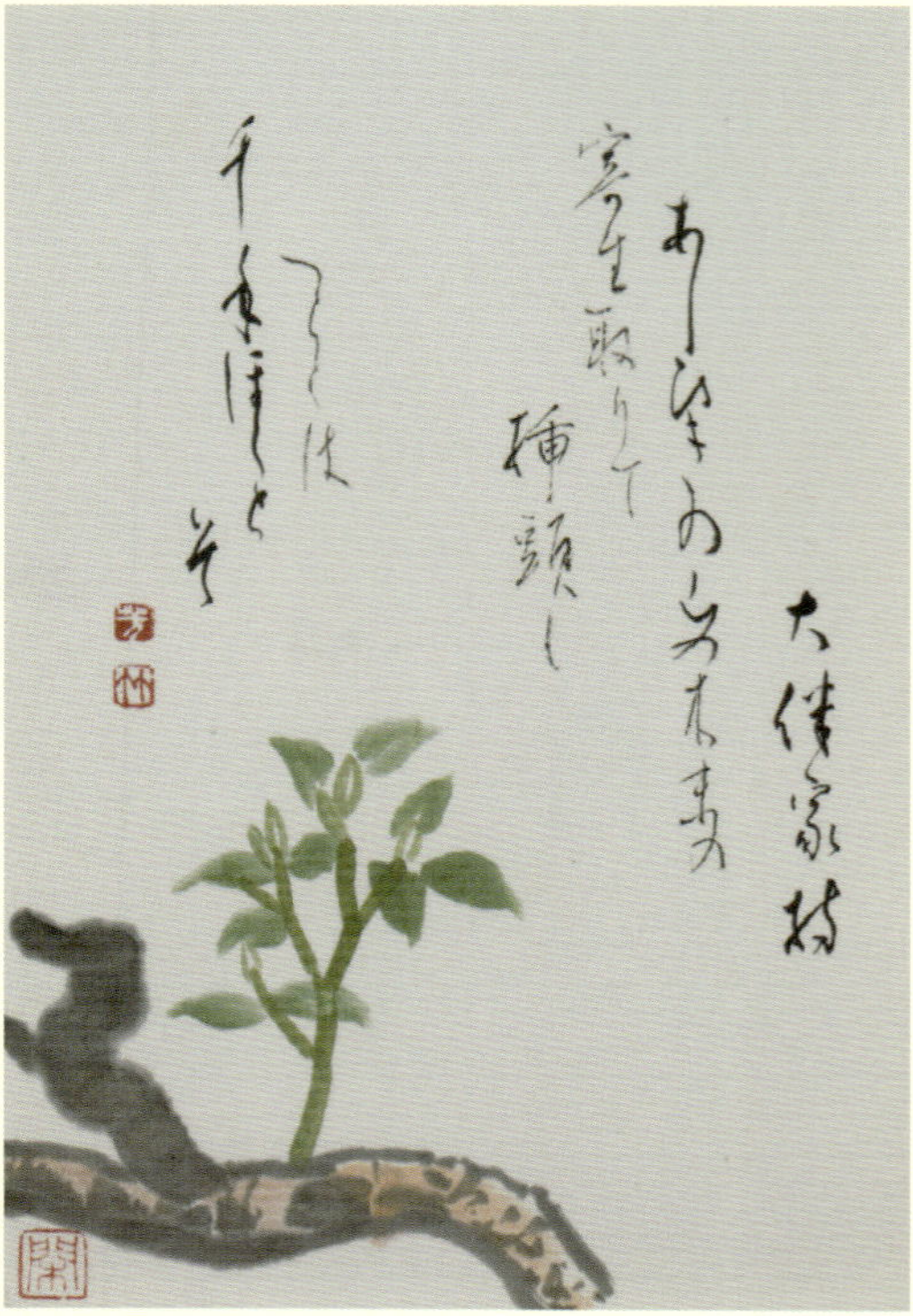

【現代語訳】

（あしひきの）山の木々《きぎ》の梢《こずえ》の寄生木《やどりぎ》を取って髪《かみ》に挿《さ》したのは、千年の寿命《じゅみょう》を祝《いわ》う気持《きも》ちからだ。

【解説】

天平勝宝《てんぴょうしょうほう》二年（七五〇）正月二日に、越中国庁において家持が催《もよお》した宴での歌です。元日には国守《こくしゅ》は天皇に代わって、部下《ぶか》である国郡の役人を饗応《きょうおう》する習いでした。「ほよ」は落葉高木《らくようこうぼく》に寄生《きせい》する「寄生木《やどりぎ》」のこと。落葉樹が葉を落としても青々と葉を繁《しげ》らせているヤドリギは、生命力の強い木として神聖視《しんせいし》されました。花や青葉を折り取り挿頭《かざし》（髪に挿すこと）にすると、その力がうつるという感染呪術《かんせんじゅじゅつ》があります。一年の初めにあたり、特に生命力の強い寄生木を挿頭にして長寿を願ったためでたい歌です。

（坂本信幸）

66

夜夫奈美《やぶなみ》の　里《さと》に宿借《やどか》り　春雨《はるさめ》に　隠《こも》り障《つつ》むと　妹《いも》に告《つ》げつや

大伴家持《おおとものやかもち》
巻18・四一三八

【現代語訳】
夜夫奈美《やぶなみ》の里で宿を借り、春雨《はるさめ》に降りこめられていると、いとしい人に告げてやったか。

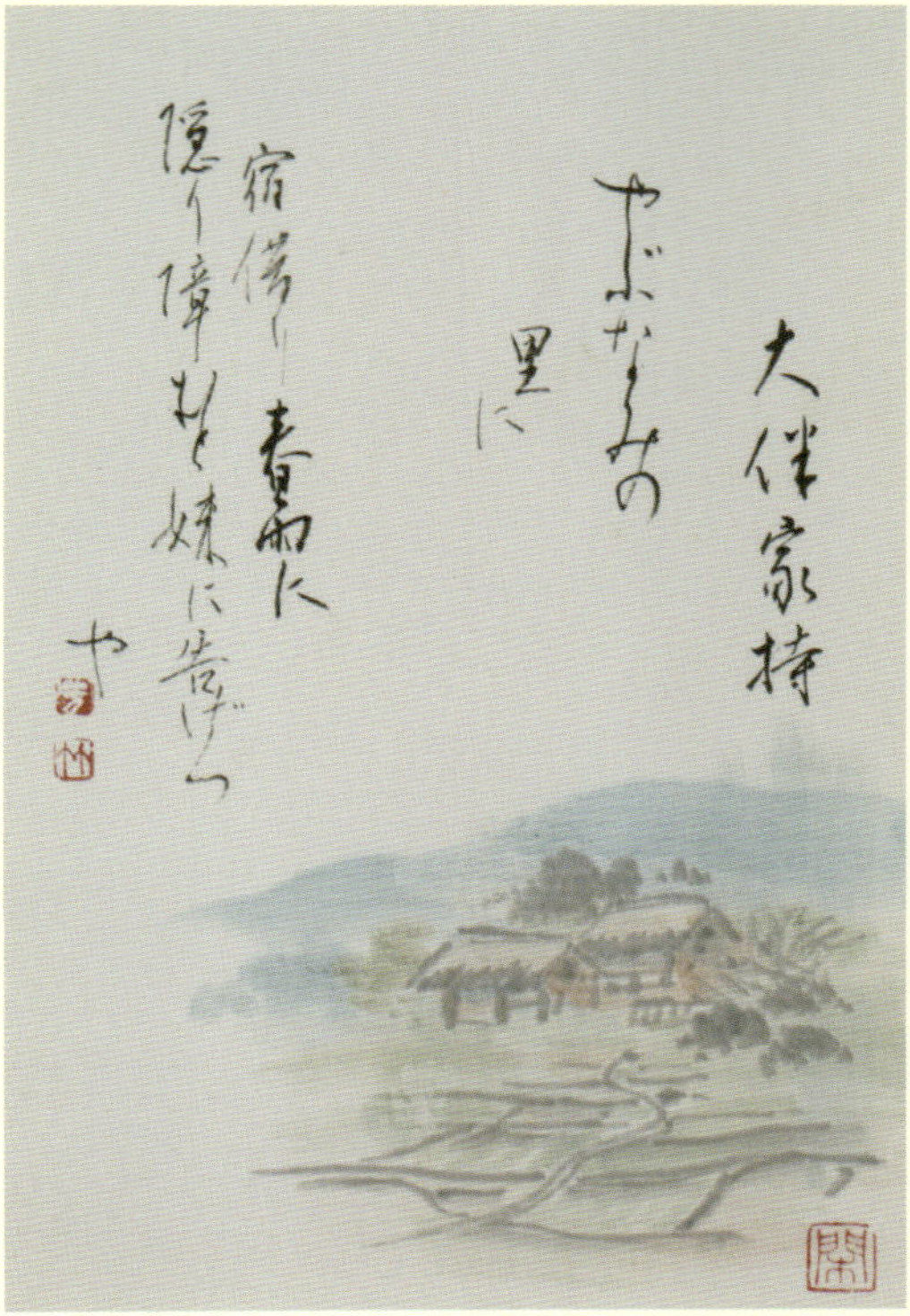

【解説】
天平《てんぴょう》勝宝《しょうほう》二年（七五〇）二月十八日（太陽暦《たいようれき》の四月三日）の大伴家持《おおとものやかもち》の歌です。

題詞《だいし》に「墾田地《こんでんち》を検察《けんさつ》する事に縁《よ》りて、礪《と》波郡《なみのこほり》の主帳《しゅちやう》多治比部北里《たぢひべのきたざと》が家に宿る。ここに忽《たちま》ちに風雨起こり、辞去《じきよ》すること得《え》ずして作る歌」とあります。主帳は郡司《ぐんじ》の第四等官。家持たちは、礪波郡の墾田地を視察時に、郡の第四等官の家に泊まり、風雨が激しくなって帰れなくなったようです。

結句《けつく》に「妹」と見えるので、この時までに家持の妻が越中《えつちゆう》に来ていたと考える説もありますが、確かなことはわかりません。（関　隆司）

67

春《はる》の苑《その》　紅《くれなゐ》にほふ　桃《もも》の花《はな》　下照《したで》る道《みち》に　出《い》で立《た》つ娘子《をとめ》

大伴家持《おおとものやかもち》
巻19・四一三九

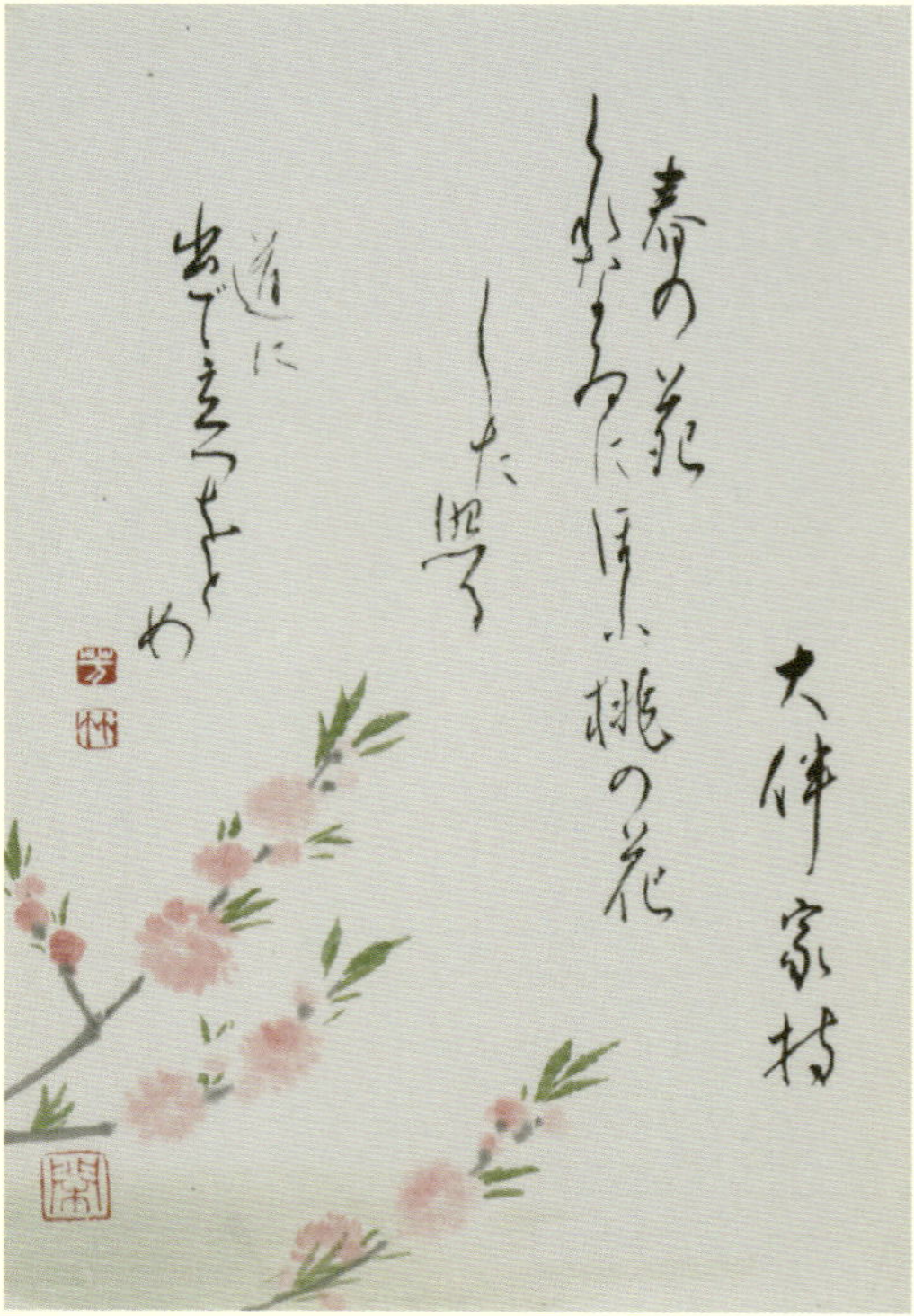

【現代語訳】
春の庭園《ていえん》が紅色に美しく照り映《は》えている。桃の花の下まで咲《さ》き照《て》る道に、出《で》てたたずむ娘子《おとめ》よ。

【解説】
越《えつ》中《ちゅう》秀《しゅう》吟《ぎん》と称《しょう》される巻十九冒頭《ぼうとう》歌群（四一三九〜四一五〇）の最初の歌。題詞《だいし》に「天平《てんぴょう》勝宝《しょうほう》二年三月一日の暮《ゆふへ》に、春苑桃李《しゅんゑんたうり》の花を眺《てう》矚《しょく》して作る二首」とある第一首目です。三月一日は太陽暦《たいようれき》では四月十五日にあたります。「桃李の花」は桃と李《すもも》の花で、この歌の紅の桃の花と対称的《たいしょうてき》に、第二首は白い李の花を詠《よ》んでいるのです。「春の苑」は漢語《かんご》「春苑」の訓読《くんどく》語で集中唯一《ゆいいつ》例です。「にほふ」は色が美しく照り映《は》える意。「下照る道」は桃の花が咲いて樹下までも紅に明るむ道で、そこに華やかな若い娘子が出てたたずんでいる絵画的で幻想《げんそう》的な美をもつ名歌です。

（坂本信幸）

68

わが園《その》の　李《すもも》の花《はな》か　庭《には》に散《ち》る　はだれのいまだ　残《のこ》りたるかも

大伴家持《おおとものやかもち》

巻19・四一四〇

【現代語訳】私の園のすももの花が庭に散るのだろうか。それともうす雪がまだ残っているのであろうか。

【解説】

「天平勝宝《てんぴょうしょうほう》二年三月一日の暮《ゆふへ》に、春苑桃李《しゅんゑんたうり》の花を眺矚《てうしょく》して作る二首」のうちの第二首目。原文三句目「庭尓落」を「庭に降《ふ》る」と訓《よ》んで、「私の園の李《すもも》の花だろうか。それとも、庭に降った薄雪がまだ消え残っているのだろうか」と二《に》句《く》切れに解する説もあります。「落」の字はチルともフルとも訓めます。しかし、家持の父旅《たび》人《と》に「我《わ》が園に　梅の花散る　ひさかたの　天《あめ》より雪の　流れ来るかも」（巻5・八二二）という園に散る花を歌った同趣《どうしゅ》の詠があることから考えて三句《さんく》切れと解すべきと考えられます。

（坂本信幸）

69

春《はる》まけて　もの悲《がな》しきに　さ夜《よ》ふけて　羽振《はぶ》き鳴《な》く鴫《しぎ》　誰《た》が田《た》にか住《す》む

大伴家持《おおとものやかもち》
巻19・四一四一

【現代語訳】春になってなんとなく悲しい時に、夜も更けてから羽ばたきながら鳴く鴫《しぎ》は、誰の田んぼに住みついているのであろうか。

【解説】
67や68と同じ天平勝宝《てんぴょうしょうほう》二年（七五〇）三月一日に作られました。越中《えっちゅう》秀吟《しゅうぎん》の第三首目になります。この前の年、家持《やかもち》が敬愛《けいあい》していた聖武《しょうむ》天皇が譲位《じょうい》し、女性である孝謙《こうけん》天皇が即位《そくい》しました。都を離れて四度目の春を迎えた家持は、時代の変化を敏感《びんかん》に察《さつ》して、あせり始めていたのかもしれません。決まったすみかを持たない渡り鳥であるシギの声に、将来への不安を聞きとっているかのようです。

「もの悲し」ということばは、思い当たる理由もなく悲しい気持ちになることを表します。繊細《せんさい》な家持らしいことばです。（井ノ口史）

70

春《はる》の日《ひ》に　萌《は》れる柳《やなぎ》を　取《と》り持《も》ちて　見《み》れば都《みやこ》の　大路《おほち》し思《おも》ほゆ

大伴家持《おおとものやかもち》
巻19・四一四二

【現代語訳】春の日の光のなかに芽《め》をふいている柳の枝《えだ》を手に取り持って見ると、奈良の都の大路《おおじ》が思い出される。

【解説】題詞《だいし》に「二日に柳黛《りゅうたい》を攀《よ》ぢて京師《みやこ》を思ふ歌一首」とあり、天平勝宝《てんぴょうしょうほう》二年（七五〇）三月二日の作。「黛」は眉墨《まゆずみ》の意ですが、ここでは新柳の葉を美人の眉に見立てた表現で、漢詩に倣《なら》った趣向《しゅこう》です。平城京《へいじょうきょう》の朱雀大路《すざくおおじ》は、幅《はば》約七〇メートルあり、街路樹《がいろじゅ》として柳が植えられていました。一条から九条までの大路でも幅一六メートルから三六メートルあり、大路は都を代表する景観《けいかん》でした。そこを多くの柳眉《やなぎまゆ》の美女が往来《おうらい》していたのです。巻10・一八五三の「梅の花　取り持ちて見れば　我《わ》がやどの　柳の眉し　思ほゆるかも」を発展《はってん》させた歌です。（坂本信幸）

71

もののふの　八十娘子《やそをとめ》らが　汲《く》みまがふ　寺井《てらゐ》の上《うへ》の　堅香子《かたかご》の花《はな》

大伴家持《おおとものやかもち》
巻19・四一四三

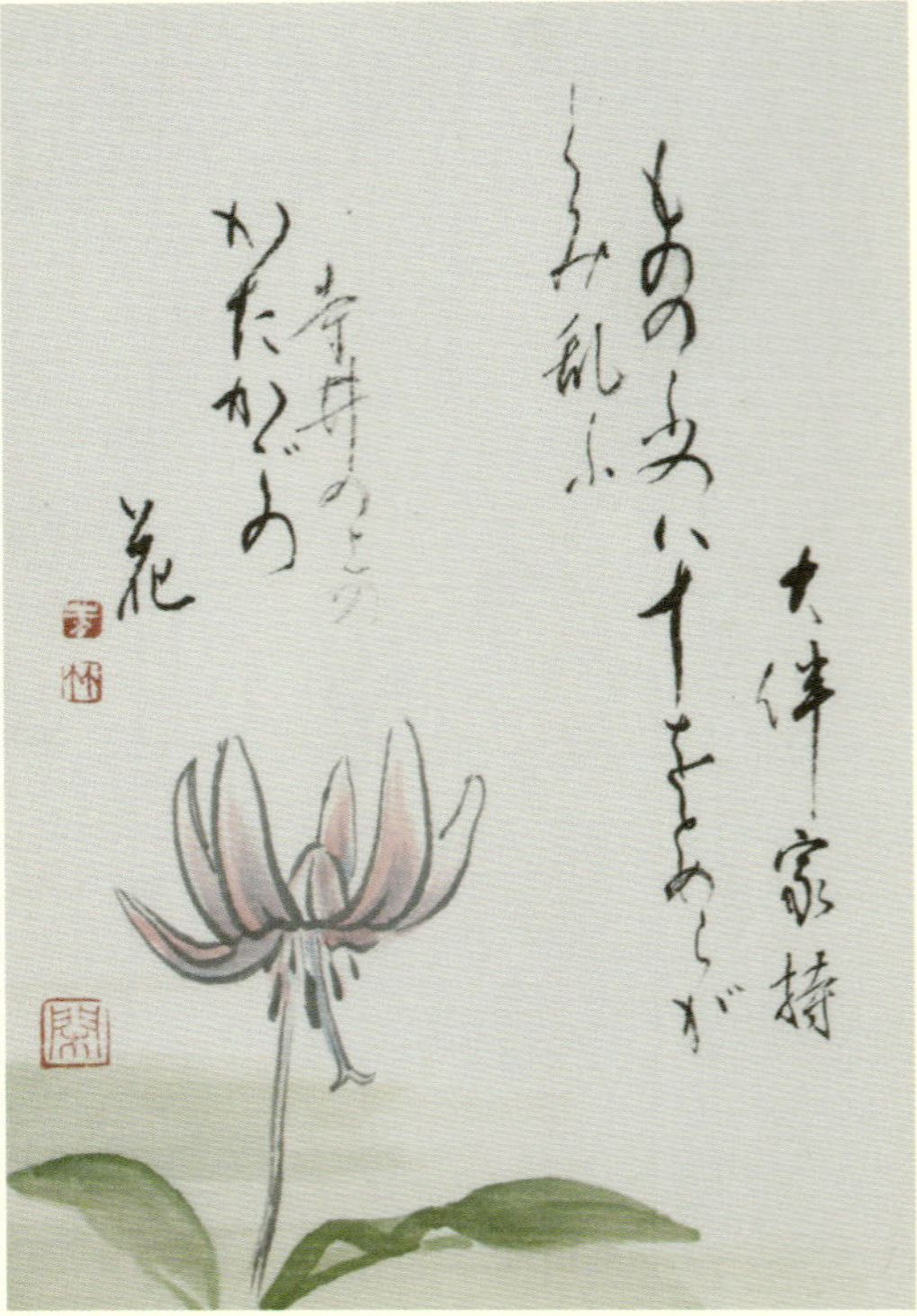

【現代語訳】

（もののふの）たくさんの娘子《おとめ》たちが入《い》り乱《みだ》れて水を汲《く》む、寺井《てらい》のほとりのかたくりの花よ。

【解説】

「もののふの」は「八十《やそ》」に掛《か》かる枕詞《まくらことば》で、数の多いことを象徴的《しょうちょうてき》にいう表現。水を汲《く》むのは女性の仕事で、大勢《おおぜい》の娘子たちが入り乱れて賑《にぎ》やかに水を汲んでいる情景を詠《うた》っています。その井戸《いど》のほとりには一〇㌢ほどの丈《たけ》の花《か》茎《けい》のユリ科の多年草《たねんそう》の堅香子《かたかご》（片栗《かたくり》）の花が群れ咲いており、娘子たちの姿と、清楚可憐《せいそかれん》な花とが映発《えいはつ》し合って新鮮です。『万葉集《まんようしゅう》』中「堅香子」が歌われたのはこの一首のみ。『万葉集』に一例しか見えない語を「孤語《こご》」と称《しょう》し、堅香子はその一つ。堅香子は高岡《たかおか》市の「市の花」です。

（坂本信幸）

72

夜《よ》ぐたちに　寝覚《ねさ》めて居《を》れば　川瀬《かはせ》尋《と》め　心《こころ》もしのに　鳴《な》く千鳥《ちどり》かも

大伴家持《おおとものやかもち》
巻19・四一四六

【現代語訳】
夜中過《よなかす》ぎに眠《ねむ》れずにいると、川の浅瀬伝《あさせづた》いに、聞く人の心もせつなくなるほどに鳴いている千鳥《ちどり》よ。

【解説】
題詞《だいし》に「夜の裏《うち》に千鳥の喧《な》くを聞く歌二首」とある一首目。三月二日の夜の作です。「夜《よ》ぐたち」は夜中を過ぎ明け方近くなった時分、「尋《と》む」は追い求める意。チドリは集中二五首に詠《よ》まれた鳥で、大伴家のある奈良の佐保《さほ》地のチドリは九首詠まれています。青春の頃大神女郎《おおみわのいらつめ》に「さ夜中《よなか》に　友呼ぶ千鳥　物思《ものおも》ふと　わび居《を》る時に　鳴きつつもとな」（巻4・六一八）と夜鳴く千鳥の歌を贈られたこともあります。柿本人麻呂《かきのもとのひとまろ》歌に「近江《あふみ》の海《うみ》　夕波千鳥《ゆふなみちどり》　汝《な》が鳴けば　心もしのに　古《いにしへ》思ほゆ」（巻3・二六六）とあるように懐《かい》旧《きゅう》の鳥であり、家持は故郷を思い出していたのでしょう。

（坂本信幸）

73

杉《すぎ》の野《の》に　さ躍《をど》る雉《きぎし》　いちしろく　音《ね》にしも泣《な》かむ　隠《こも》り妻《づま》かも

大伴家持《おおとものやかもち》
巻19・四一四八

【現代語訳】
杉林の野ではねまわるきじよ、おまえは、はっきりと人に知られるほどに声をあげて泣く隠《こも》り妻《づま》だというのか。

【解説】
越中《えっちゅう》秀吟《しゅうぎん》の中の一首で、天平《てんぴょう》勝宝《しょうほう》二年（七五〇）三月二日に詠《よ》まれた歌です。

周囲に認められていない恋人のことを「隠《こも》り妻《づま》」と呼びます。キジもまた、人間と同じように秘密の恋の相手を思い、声を上げて鳴くのだろうと想像しているのです。求愛《きゅうあい》の行為《こうい》を「さ躍る」という動きで表現する家持は、鋭《するど》い観察《かんさつ》力の持ち主であるといえるでしょう。かつては、越中国庁《こくちょう》のあった勝興寺《しょうこうじ》付近から二上山《ふたがみやま》の麓《ふもと》にかけて、杉木立《すぎこだち》のある笹原が広がっていたといいます。そこにすむキジは、家持にとって親しい生き物だったのでしょう。（井ノ口史）

74

あしひきの　八《や》つ峰《を》の雉《きぎし》　鳴《な》きとよむ　朝明《あさけ》の霞《かすみ》　見《み》れば悲《かな》しも

大伴家持《おおとものやかもち》
巻19・四一四九

【現代語訳】
（あしひきの）峰々《みねみね》のきじが鳴き立てている夜《よ》明《あ》けの霞《かすみ》を見ていると、せつなく悲しいなあ。

【解説】

「暁《あかとき》に鳴く雉《きぎし》を聞く歌二首」とある二首目。三月三日の暁《あかつき》の作です。雉《きじ》は集中八首に詠《よ》まれています。一首目に「杉の野に　さ躍《をど》る雉《きぎし》　いちしろく　音《ね》にしも泣かむ　隠《こも》り妻《づま》かも」（巻19・四一四八）と、人目を忍《しの》ぶ仲《なか》の妻である「隠り妻」が詠まれていることからすると、雉《きじ》が鳴き立てる夜明けの霞《かすみ》を見て悲しく思うのは相聞《そうもん》的情調《てきじょうちょう》といえます。鳥の声と「見れば悲しも」とを組み合わせた歌はほかに一首「朝烏《あさがらす》　早くな鳴きそ　我が背子《わせこ》が　朝明《あさけ》の姿《すがた》　見れば悲しも」（巻12・三〇九五）という相聞歌があり、それに学んだのでしょう。

（坂本信幸）

75

朝床《あさどこ》に　聞《き》けば遥《はる》けし　射水河《いみづかは》　朝漕《あさこ》ぎしつつ　唱《うた》ふ船人《ふなびと》

大伴家持《おおとものやかもち》
巻19・四一五〇

【現代語訳】
朝の床《とこ》で聞くと遠く遥《はる》かに聞こえてくる。射水河《いみずがわ》を朝漕ぎながら唱《うた》う舟人《ふなびと》の声だ。

【解説】
「遥けし」は、「はるか」から派生《はせい》した、遠く遥《はる》かである意の形容詞で、集中にもう一例家持《やかもち》の例（巻17・三九八八）があるのみです。射水河《いみずがわ》は現在の小矢部川《おやべがわ》のこと。当時は小矢部市津沢《つざわ》の南方で庄川《しょうがわ》（万葉でいう雄神河《おがみがわ》）と合流し、国庁があった伏木《ふしき》のあたりから富山湾に注《そそ》いでいました。国守の館は「伏木気象資料館《ふしききしょうしりょうかん》」あたりにあり、河口《かこう》や海岸線は現在より近くて、舟人《ふなびと》の歌声が家持の寝床《ねどこ》にまで聞こえて来たのでしょう。その歌声を「遥けし」と聞くところに、赴任《ふにん》して三年目を迎え、良民《りょうみん》とその風土に親しんだ国守家持の面影《おもかげ》があるといえます。

（坂本信幸）

76

奥山《おくやま》の　八《や》つ峰《を》の椿《つばき》　つばらかに　今日《けふ》は暮《く》らさね　ますらをの伴《とも》

大伴家持《おおとものやかもち》
巻19・四一五二

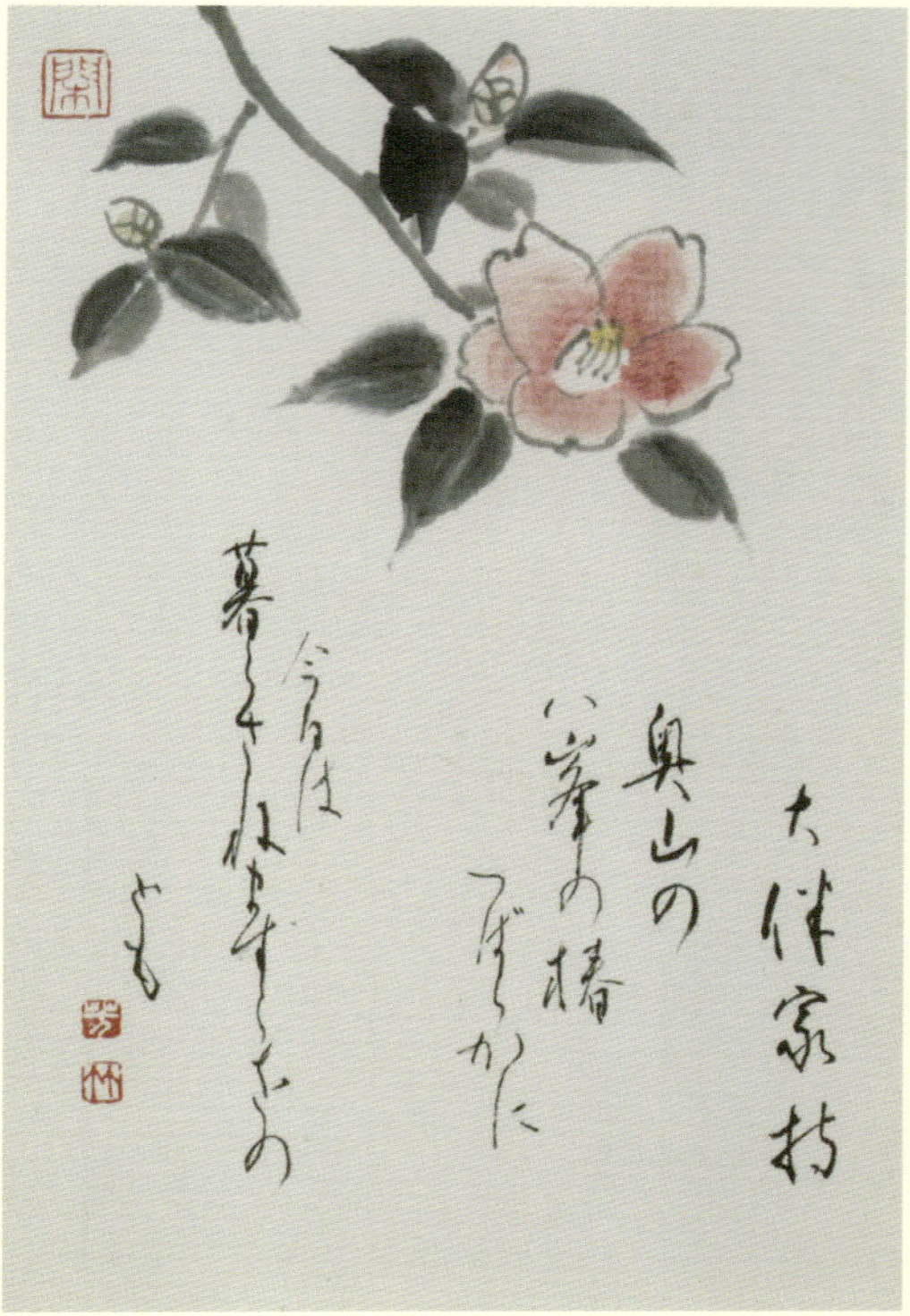

【現代語訳】
奥山の峰々《みねみね》に咲くつばきの名のように、「つばらかに」今日一日楽しくお過《す》ごしください、ますらおたちよ。

【解説】
「八つ峰」という語は集中で全八例。そのうち四一四九を最初として七例が家持《やかもち》の使用で、家持の好んだ用語《ようご》です。「椿《つばき》」は、仁徳天皇《にんとくてんのう》を讃えた磐姫皇后《いわのひめこうごう》の歌に「……葉広《はびろ》　斎《ゆ》つ真椿《まつばき》　其《し》が花の　照《て》り坐《いま》し　其《し》が葉の　広《ひろ》り坐《いま》すは　大君《おほきみ》ろかも」（『古事記』57番歌謡）と歌われたように、呪力《じゅりょく》をもつめでたい木とされていました。そのツバキを序詞《じょことば》に用いて、「つばらかに」（存分に）を導き、歓《かん》を尽《つ》くそうと歌うのです。題詞《だいし》によると、その今日とは「三月三日」。上巳《じょうし》の宴、曲水《きょくすい》の宴が催される日でした。家持は部下《ぶか》たちを招き、上巳の宴を楽しんだのです。（坂本信幸）

77

紅《くれなゐ》の　衣《ころも》にほはし　辟田河《さきたがは》　絶《た》ゆることなく　我《われ》かへり見《み》む

大伴家持《おおとものやかもち》
巻19・四一五七

【現代語訳】
紅の衣を色鮮《あざ》やかに染めて、この辟田河《さきたがわ》を、絶えることなくわたしは訪れて眺《なが》めよう。

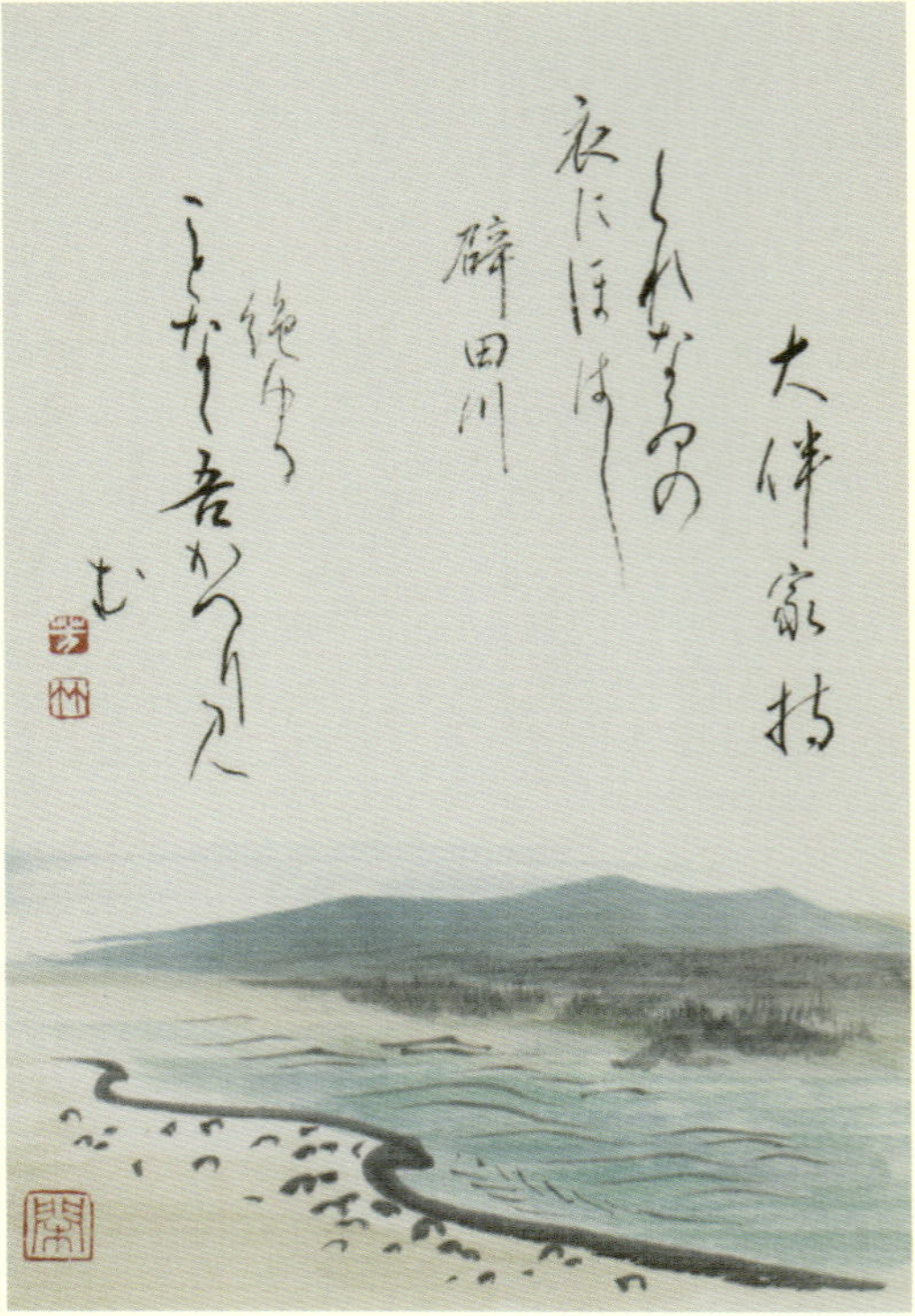

【解説】
天平勝宝《てんぴょうしょうほう》二年（七五〇）三月八日（太陽暦《たいようれき》の四月二十二日）に大伴家持《おおとものやかもち》が詠《よ》んだ歌です。題詞《だいし》に「鸕《う》を潜《かづ》くる歌」とある長歌《ちょうか》一首（四一五六）、短歌二首のうちの第一短歌です。

古語の「にほふ」は嗅覚《きゅうかく》ではなく、色合いが照《て》り映《は》える意味で、ここでは妻が染めて贈ってくれた紅の衣が水に漬《つか》って、いちだんと鮮やかになることをいっています。「辟田河《さきたがは》」は、現在のどの川かは不明です。地名を手がかりに考えると、高岡市西田《さいだ》を流れる川と想像されますが、長歌には「落ち激《たぎ》ち流る」川と描写されており、西田付近の地形には残念ながら合いません。

（関　隆司）

78

年《とし》のはに　鮎《あゆ》し走《はし》らば　辟田河《さきたがは》　鵜《う》八《や》つ潜《かづ》けて　川瀬《かはせ》尋《たづ》ねむ

大伴家持《おおとものやかもち》
巻19・四一五八

【現代語訳】
毎年鮎《あゆ》が躍《おど》るころになったら、辟田河《さきたがわ》で鵜《う》をいっぱい使って、川の瀬をたどって行こう。

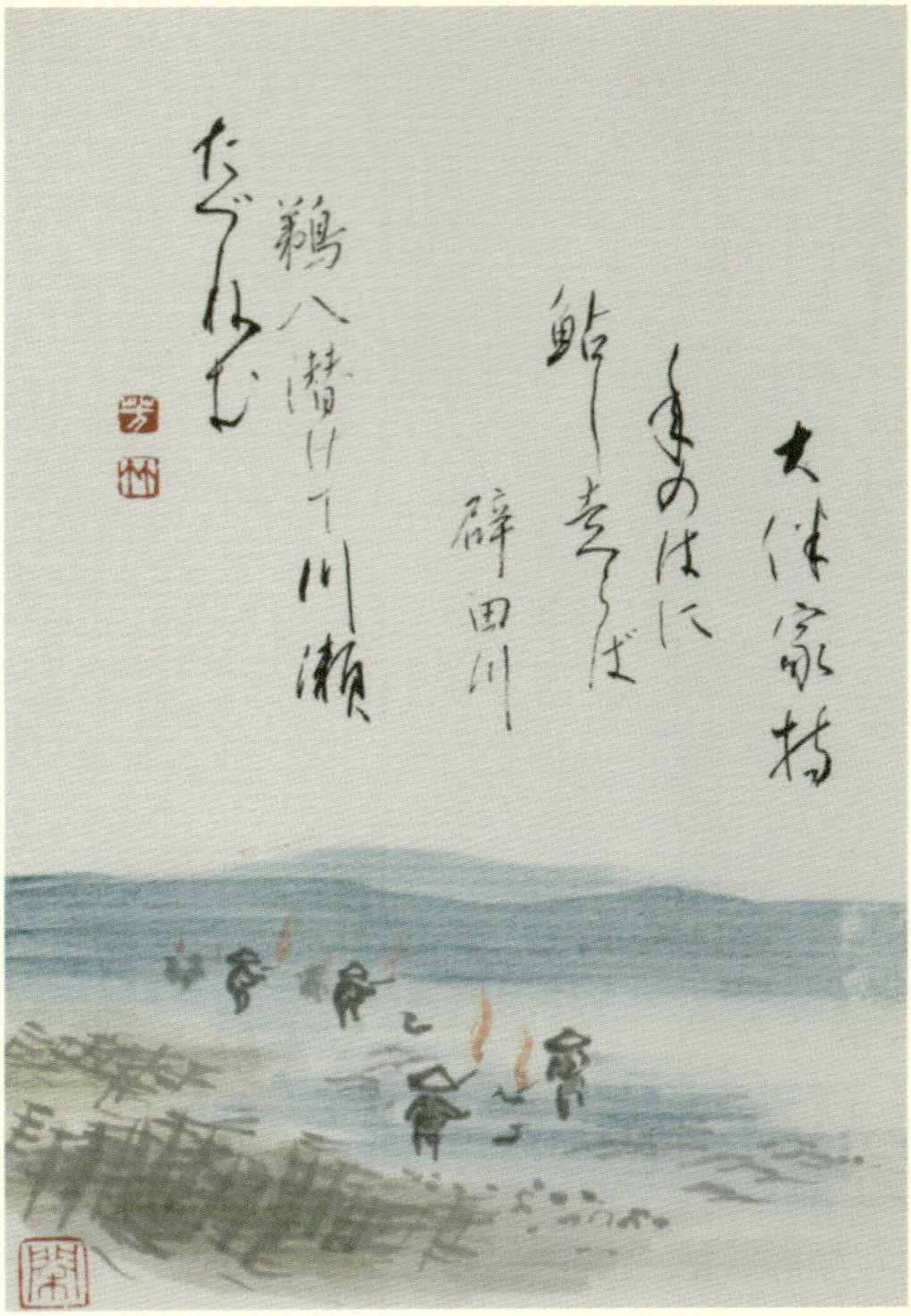

【解説】
天平《てんぴょう》勝宝《しょうほう》二年（七五〇）三月八日（太陽暦《たいようれき》の四月二十二日）の大伴家持《おおとものやかもち》の歌です。題詞《だいし》に「鸕《う》を潜《かづ》くる歌」とある長歌《ちょうか》一首（四一五六）、短歌二首のうちの最後の歌です。

「年のは」は毎年の意。「鵜《う》八《や》つ潜《かづ》けて」の「八《や》」は、数の多いことを示します。カヅクは潜《もぐ》らせることです。現在では長良川《ながらがわ》の鵜飼《うか》いが有名ですが、越中《えっちゅう》では家持《やかもち》の時代から鵜飼いをして鮎《あゆ》を捕る漁が行われていたのです。長歌には「篝《かがり》さし　なづさひ行《ゆ》けば」と、篝火《かがりび》を焚《た》いて水に濡《ぬ》れながら行くさまが歌われているので、夜に行なった「徒歩鵜《かちう》」と呼ばれる漁法《りょうほう》だったと考えられます。

（関　隆司）

79

磯《いそ》の上《うへ》の　つままを見《み》れば　根《ね》を延《は》へて　年深《としふか》からし　神《かむ》さびにけり

大伴家持《おおとものやかもち》
巻19・四一五九

【現代語訳】 海辺の岩の上のつままを見ると、根を長く張《は》っていて、年を重《かさ》ねているらしい。神々《こうごう》しくなっている。

【解説】 題詞《だいし》に「渋谿《しぶたに》の崎に過《よき》り、巌《いはほ》の上の樹を見る歌一首　樹の名は都万麻《つまま》」とあります。ツママは、クスノキ科の常緑高木《じょうりょくこうぼく》の椨《たぶのき》のこと。主に沿岸《えんがん》部《ぶ》に生育し、奈良の都では見ない樹です。都人の知らない樹（集中一例のみ）だから小注《しょうちゅう》で名を記したのです。題詞の「過」の字は、「過ハ訪也」と漢籍《かんせき》にあり、たんに通過するのではなくヨキル（わざわざ訪れる）意。渋谿の崎（高岡市北部の雨《あま》晴《はらし》海岸）には、有名なツママの木が生えていたのでしょう。巌《いわ》の上に生えている生命力溢《あふ》れる神聖《しんせい》なツママを讃美《さんび》し、それを見ることは、見る者の生命力を強くする行為でした。

（坂本信幸）

80

大夫《ますらを》は　名《な》をし立《た》つべし　後《のち》の代《よ》に　聞《き》き継《つ》ぐ人《ひと》も　語《かた》り継《つ》ぐがね

大伴家持《おおとものやかもち》
巻19・四一六五

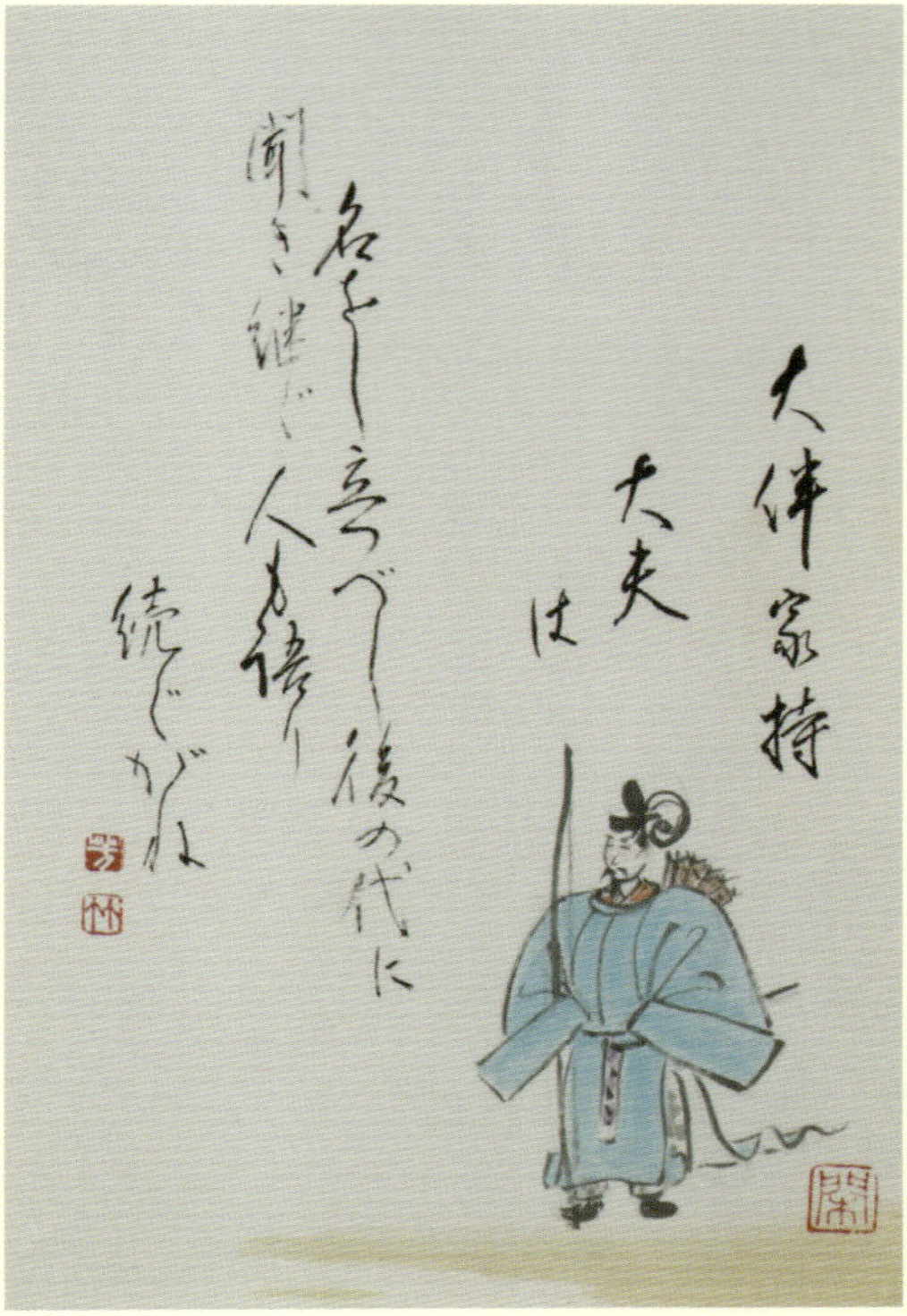

【現代語訳】大夫《ますらお》たる者は名を立てなければならない。のちの世《よ》に伝《つた》え聞く人も、ずっと語り伝えてくれるように。

【解説】「勇士《ゆうじ》の名を振《ふ》るはむことを慕《ねが》ふ歌一首」と題する長歌《ちょうか》の反歌《はんか》です。左注《さちゅう》に「山上憶良臣の作る歌に追和《ついわ》す」と見え、巻6・九七八の山上《やまのうえの》憶良《おくら》の沈痾《ぢんあ》（重病）の時の歌「士《をのこ》やも　空《むな》しくあるべき　万代《よろづよ》に　語《かた》り継《つ》ぐべき　名は立てずして」に唱和《しょうわ》した歌であることがわかります。ただし、憶良が「士《をのこ》」と、官人としての英名《えいめい》を挙《あ》げることを歌うのに対し、家持は「ますらを」と、勇敢《ゆうかん》な武人《ぶじん》としての英名を歌う点で相違《そうい》します。長歌にも「梓弓《あづさゆみ》　末振《すゑふ》り起《お》こし　投矢《なげや》持ち　千尋《ちひろ》射渡《いわた》し　剣大刀《つるぎたち》　腰《こし》に取《と》り佩《は》き」とあり、武門《ぶもん》大伴氏の名の継承《けいしょう》の意識がうかがえます。

（坂本信幸）

81

ほととぎす　鳴《な》き渡《わた》りぬと　告《つ》ぐれども　我《われ》聞《き》き継《つ》がず　花《はな》は過《す》ぎつつ

大伴家持《おおとものやかもち》
巻19・四一九四

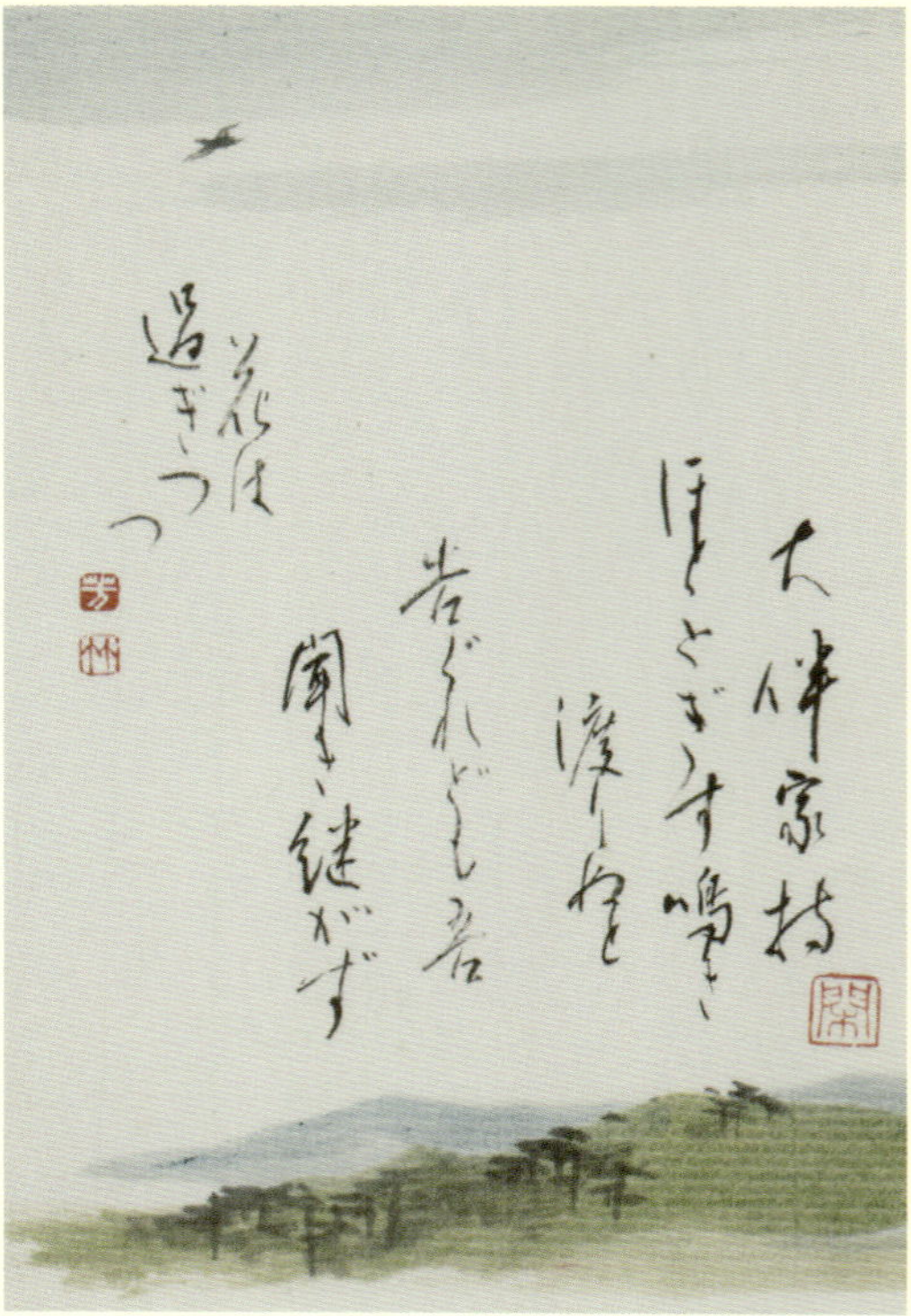

【現代語訳】
ほととぎすが鳴いて渡ったと人が知らせてくれたけれど、わたしはまだ聞いてはいない。藤の花は盛りを過ぎてゆくのに。

【解説】
天平《てんぴょう》 勝宝《しょうほう》二年（七五〇）四月九日（太陽暦《たいようれき》の五月二十二日）に家持《やかもち》が詠《よ》んだ「霍公鳥《ほととぎす》と藤《ふぢ》の花《はな》を詠《よ》む」歌に続けて、ほととぎすの鳴くのが遅いのを恨《うら》んで詠んだ歌のなかの一首です。家持が生まれ育った都《みやこ》（平城京《へいじょうきょう》）では立夏《りっか》の日にほととぎすがやってきて鳴きはじめたのですが、この年は三月二十四日（太陽暦《たいようれき》の五月八日）に立夏を迎《むか》えたのに、それから半月《はんつき》経《た》ってもなかなか鳴かなかったようです。人からほととぎすが鳴いたと聞いた家持は、自分はまだ聞いていないことをじれったく思い、早く自分も聞きたいと思ってこの歌を詠みました。（新谷秀夫）

82

妹《いも》に似《に》る　草《くさ》と見《み》しより　わが標《し》めし　野辺《のへ》の山吹《やまぶき》　誰《たれ》か手《た》折《を》りし

大伴家持《おおとものやかもち》
巻19・四一九七

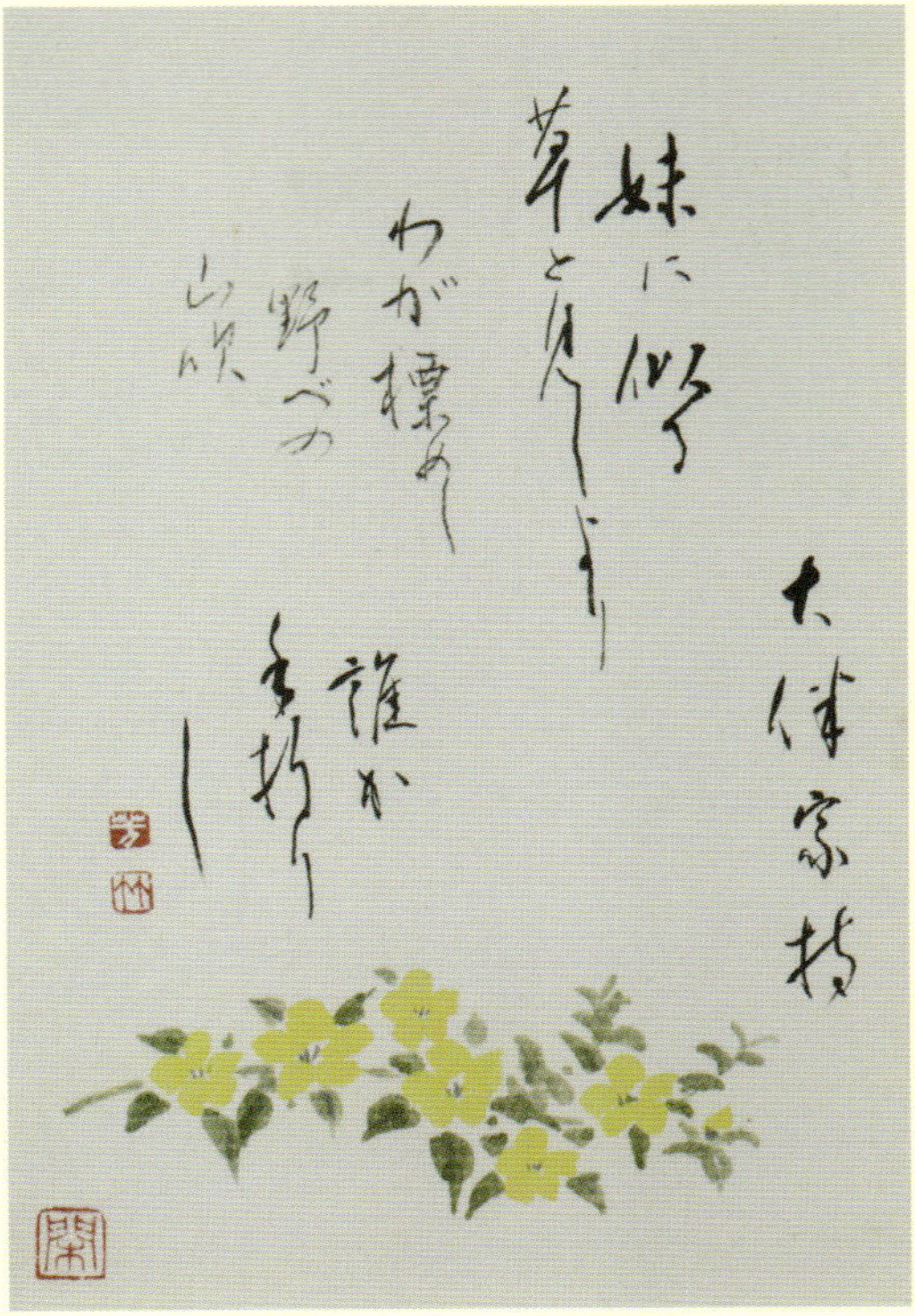
妹に似る
草と見しより
わが標めし
野べの
山吹
誰か
手折りし
大伴家持

【現代語訳】あなたに似た草だと見た時から、わたしが印《しるし》をつけておいた野辺《のべ》の山吹を、いったい誰《だれ》が手折《たお》ったのでしょうか。

【解説】「京人《みやこひと》に贈る歌二首」とある第一首。左注《さちゅう》によってその京人は「留女《りうじょ》の郎女《いらつめ》」（留守中の家を守る女性）で、家持の妹であること、歌は妻の坂《さかの》上大嬢《うえのおおいらつめ》に頼まれて家持《やかもち》が代作《だいさく》したことが分かります。先に妹から大嬢に贈って来た「山吹《やまぶき》の花取《はなと》り持《も》ちて　つれもなく　離《か》れにし妹《いも》を偲《しの》ひつるかも」（四一八四）に対する答歌です。大嬢は天平勝宝《てんぴょうしょうほう》元年十一月頃には越中《えっちゅう》に下向《げこう》していたと考えられます。下二段動詞「標《し》む」は、自分の占有《せんゆう》であることを示すしるしをすること。恋歌仕立てで妹に対する愛情を示した歌です。

（坂本信幸）

83

藤波《ふぢなみ》の　影《かげ》なす海《うみ》の　底清《そこきよ》み　沈《しづ》く石《いし》をも　玉《たま》とぞ我《あ》が見《み》る

大伴家持《おおとものやかもち》
巻19・四一九九

【現代語訳】
藤《ふじ》の花が影を映《うつ》している水海《みずうみ》の水底《みなそこ》までが清く澄《す》んでいるので、沈んでいる石も真珠《しんじゅ》だと私は見てしまう。

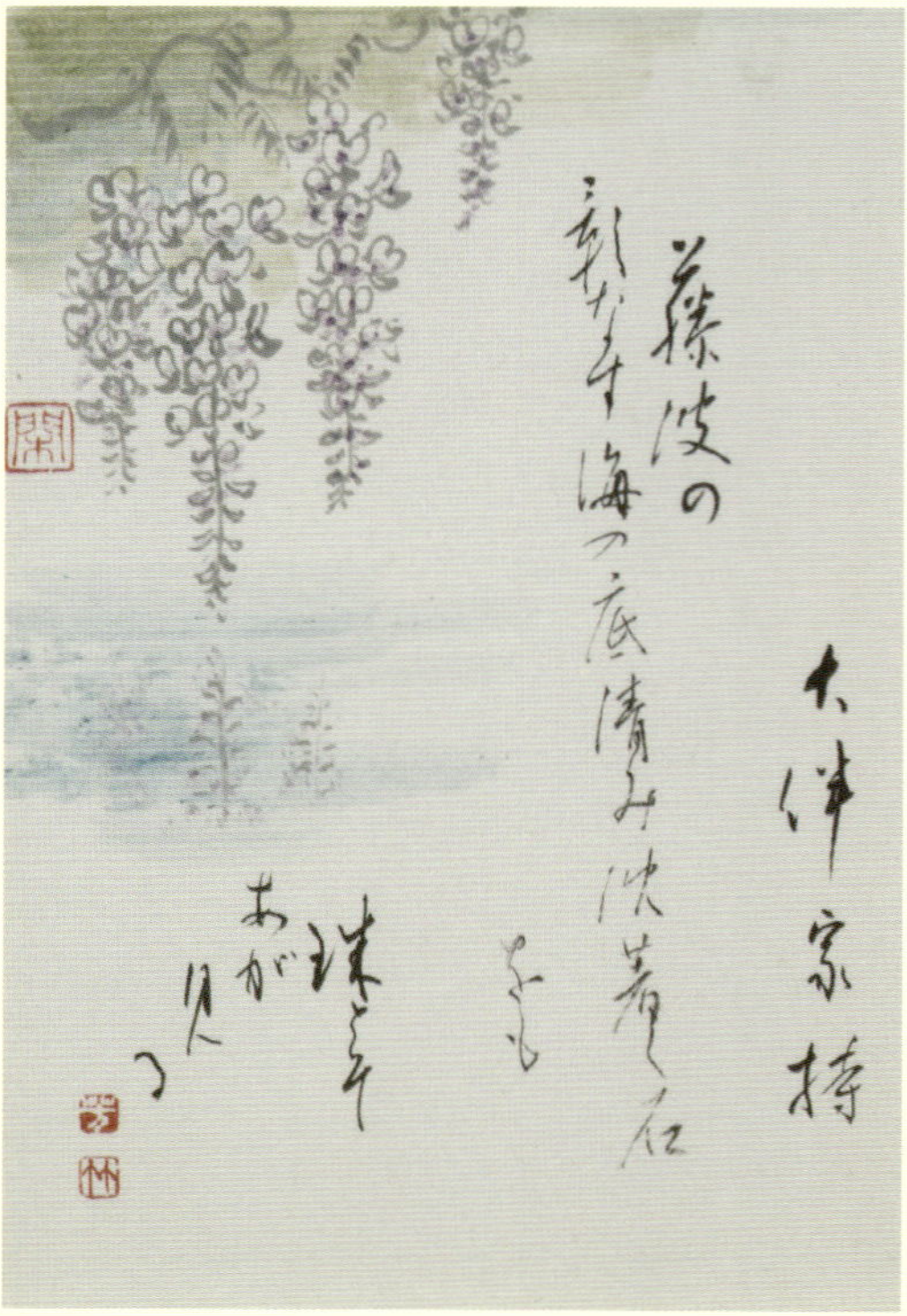

【解説】
天平勝宝《てんぴょうしょうほう》二年（七五〇）四月十二日（太陽暦《たいようれき》の五月二十五日）、布勢《ふせ》の水海《みずうみ》にやってきた家持《やかもち》は、多祜《たこ》の浦《うら》に舟を泊《と》めて藤《ふじ》の花を遠くから眺《なが》めてこの歌を詠《よ》みました。「藤波《ふぢなみ》」は藤の花房《はなぶさ》を波に見立《みた》てたことばで、家持や彼の周《まわ》りの人たちに好《この》まれた表現です。その揺《ゆ》れる藤の花が「影《かげ》なす海《うみ》」と歌うことで、藤の花房があたかも水海に立つ波そのものであったかのような印象《いんしょう》を与《あた》えています。さらに、沈んでいる石が真珠《しんじゅ》に見えるほど水が清く澄《す》んでいると歌いまとめることで、家持は、布勢の水海のすばらしさを表現しています。

（新谷秀夫）

84

多祜《たこ》の浦《うら》の　底《そこ》さへにほふ　藤波《ふぢなみ》を　かざして行《ゆ》かむ　見《み》ぬ人《ひと》のため

内蔵縄麻呂《くらのなわまろ》
巻19・四二〇〇

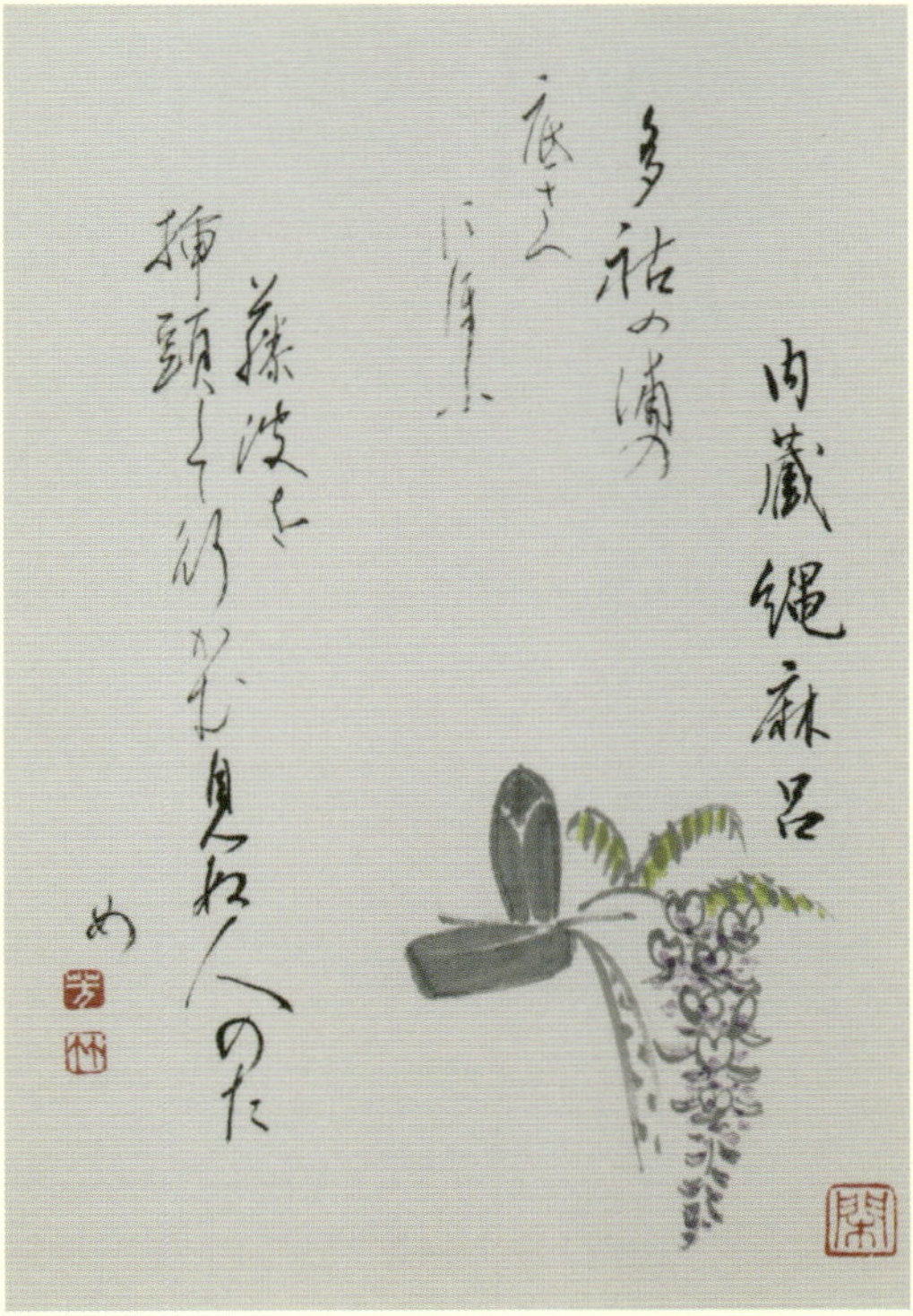

【現代語訳】
多祜《たこ》の浦《うら》の水底《みなそこ》まで照《て》り輝《かがや》くほどの美しい藤《ふじ》の花を、髪に挿《さ》して行こう、まだ見ていない人のために。

【解説】
83の歌と同じ時の歌です。83の家持《やかもち》の歌の「藤波《ふぢなみ》の影《かげ》なす海《うみ》の底清《そこきよ》み」を発展させて、水《みな》底《そこ》までも照《て》り輝《かがや》かせるほどに美しく咲いている藤《ふじ》の花と表現したのです。その美しい藤の花房《はなぶさ》を「かざす」のは藤の花のもつパワーを自分の身に付ける呪術《じゅじゅつ》ですが、ここでは「かざして行《ゆ》」くことで、参加《さんか》しなかった同僚《どうりょう》や家族など「見《み》ぬ人《ひと》」にも見せてやろうと歌っています。これは、布勢《ふせ》の水海《みずうみ》を訪《おとず》れた喜びを分《わ》かち合《あ》うためです。なお、この歌は平安《へいあん》時代以降の和歌に関わる書物に多く取り上げられていて、のちの歌人たちが歌を詠む発想の源《みなもと》となった万葉歌のひとつです。

（新谷秀夫）

85

いささかに　思《おも》ひて来《こ》しを　多祜《たこ》の浦《うら》に　咲《さ》ける藤《ふぢ》見《み》て　一夜《ひとよ》経《へ》ぬべし

久米広縄《くめのひろなわ》

巻19・四二〇一

【現代語訳】

ほんのちょっとと思って来たのだが、多祜《たこ》の浦に咲いている藤《ふじ》を見たら、一夜を過ごしてしまいそうだ。

【解説】

天平《てんぴょう》勝宝《しょうほう》二年（七五〇）、四月十二日（太陽《たいよう》暦《れき》の五月二十五日）、国守《こくしゅ》・大伴家持《おおとものやかもち》を始めとする役所勤めの人々が布勢《ふせ》の水海《みずうみ》（氷見《ひみ》市《し》十《じゅう》二《に》町《ちょう》潟《がた》付近）で船遊びをしました。ちょうど藤の花の美しい時期です。日ごろ仕事に追われる彼らにとって、予想以上に楽しい時間だったようです。週に一日ならぬ六日に一日の万葉の時代の公休日を利用したレクレーションですが、翌日は、また早朝から仕事です。国庁（高岡市勝興寺付近）に帰るため、一泊するのはあきらめたのでしょうか。今も昔も、役所勤めは忙しいものです。

（井ノ口史）

86

藤波《ふぢなみ》を　仮廬《かりほ》に造《つく》り　浦廻《うらみ》する　人《ひと》とは知《し》らに　海人《あま》とか見《み》らむ

久米継麻呂《くめのつぐまろ》
巻19・四二〇二

【現代語訳】
藤《ふじ》の花で仮小屋をふいて浦めぐりをする人とは知らずに、海人だと見られているのではなかろうか。

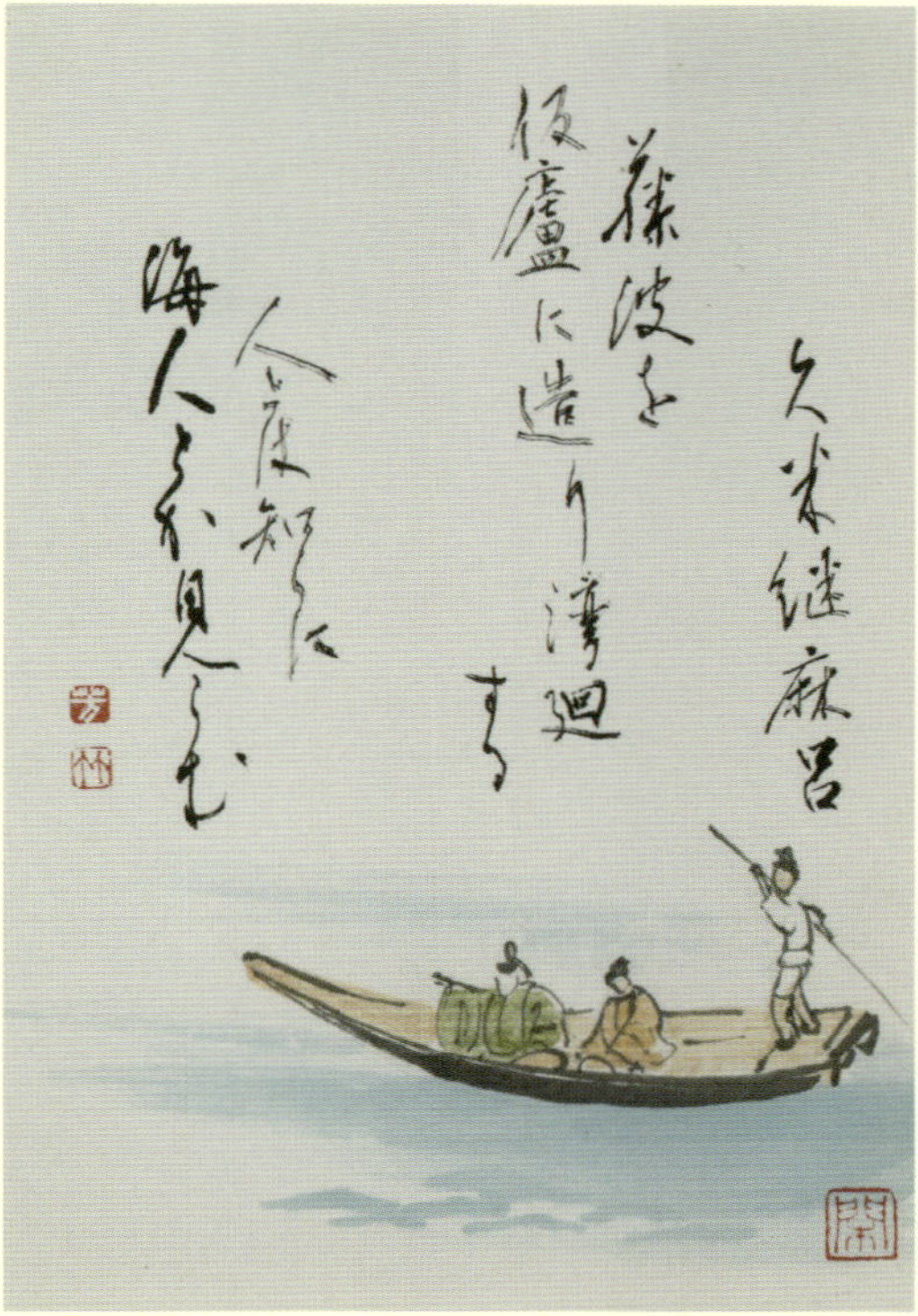

【解説】
前の歌（85）に、「一晩泊まりたい」と歌われたのを意識して、「仮廬」（仮の宿）ということばを使ったのでしょうか。岸辺に咲く藤の花房を仮廬のように見立てて、船をチャーターして水海をめぐる風流。家持《やかもち》とその部下たちの優雅な一日を詠《よ》んだ歌です。初夏の日差しを映《うつ》してまぶしい湖面、船の中では酒を酌《く》み交《か》わし、お互いに歌を披露《ひろう》しあって、移り変わる景色を楽しんだことでしょう。

作者・久米継麻呂《つぐまろ》についてはよくわかっていませんが、高貴な人々に混じって船遊びをする、得意《とくい》げな顔が見えてくるようです。（井ノ口史）

87

家《いへ》に行《ゆ》きて　何《なに》を語《かた》らむ　あしひきの　山《やま》ほととぎす　一声《ひとこゑ》も鳴《な》け

久米広縄《くめのひろなわ》
巻19・四二〇三

久米広縄
家に行きて
何を語らむ
あしひきの
山ほととぎす一声も
鳴け

【現代語訳】
家に帰って何を土産話《みやげばなし》にしようか。（あしひきの）山にいるほととぎすよ、一声だけでも鳴いてくれ。

【解説】
『万葉集《まんようしゅう》』には、ホトトギスの声を聞くと、過去を思い出すという歌が多くあります。それに対して、この歌では「一声」ということばを使っているところが個性的です。平安時代以降、よく使われるようになる和歌のことばですが、その最初の例になるようです。

作者は、大伴池主《いけぬし》の次に越中掾《えっちゅうのじょう》（地方官の三等官）となった人物。九首の歌を残しており、そのうち五首がホトトギスの歌です。他にも過去の歌を「伝読」したり（巻19・四二二七～八）、「伝誦《でんしょう》」したりするなど（巻19・四二三五）、歌への興味を持っていたことがわかります。

（井ノ口史）

88

わが背子《せこ》が　捧《ささ》げて持《も》てる　ほほがしは　あたかも似《に》るか　青《あを》き　蓋《きぬがさ》

講師《こうし》僧恵《そうえ》行《ぎょう》

巻19・四二〇四

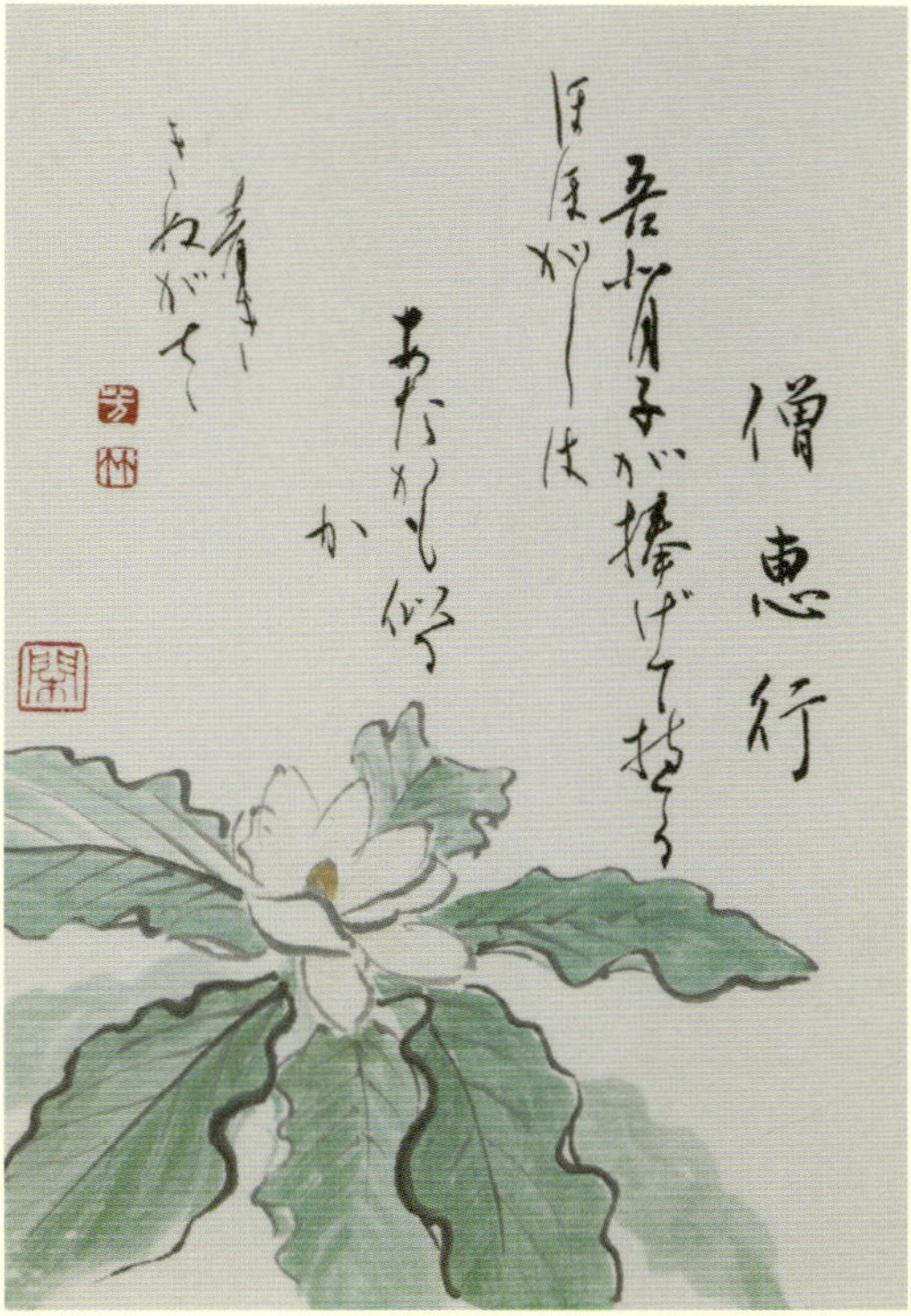

【現代語訳】

あなたが捧《ささ》げて持っておられるほおの木の葉は、まことにそっくりですね、青いきぬがさに。

【解説】

「ほほがしは」とは、モクレン科の落葉高木《らくようこうぼく》で現在の朴《ほお》の木のこと。卵形の大きな葉が放射《ほうしゃ》状《じょう》に寄り集まっている様子が「青き蓋《きぬがさ》」に似ています。そこに面白みを感じたのでしょう。蓋とは、貴人たちにさしかけられるパラソルのようなもので、身分によって用いる色が違い、当時従五位上であった家持《やかもち》には使用自体が許されていないものでした。「家持さまが本物の青い蓋（深緑色、即ち一位）を許される未来が、実現するのを願っております」、という親しみをこめた社交辞令《しゃこうじれい》でしょう。作者は、お経《きょう》の講義をする僧（講師僧）でした。

（井ノ口史）

渋谿《しぶたに》を　さしてわが行《ゆ》く　この浜《はま》に　月夜《つくよ》飽《あ》きてむ　馬《うま》しまし止《と》め

大伴家持《おおとものやかもち》
巻19・四二〇六

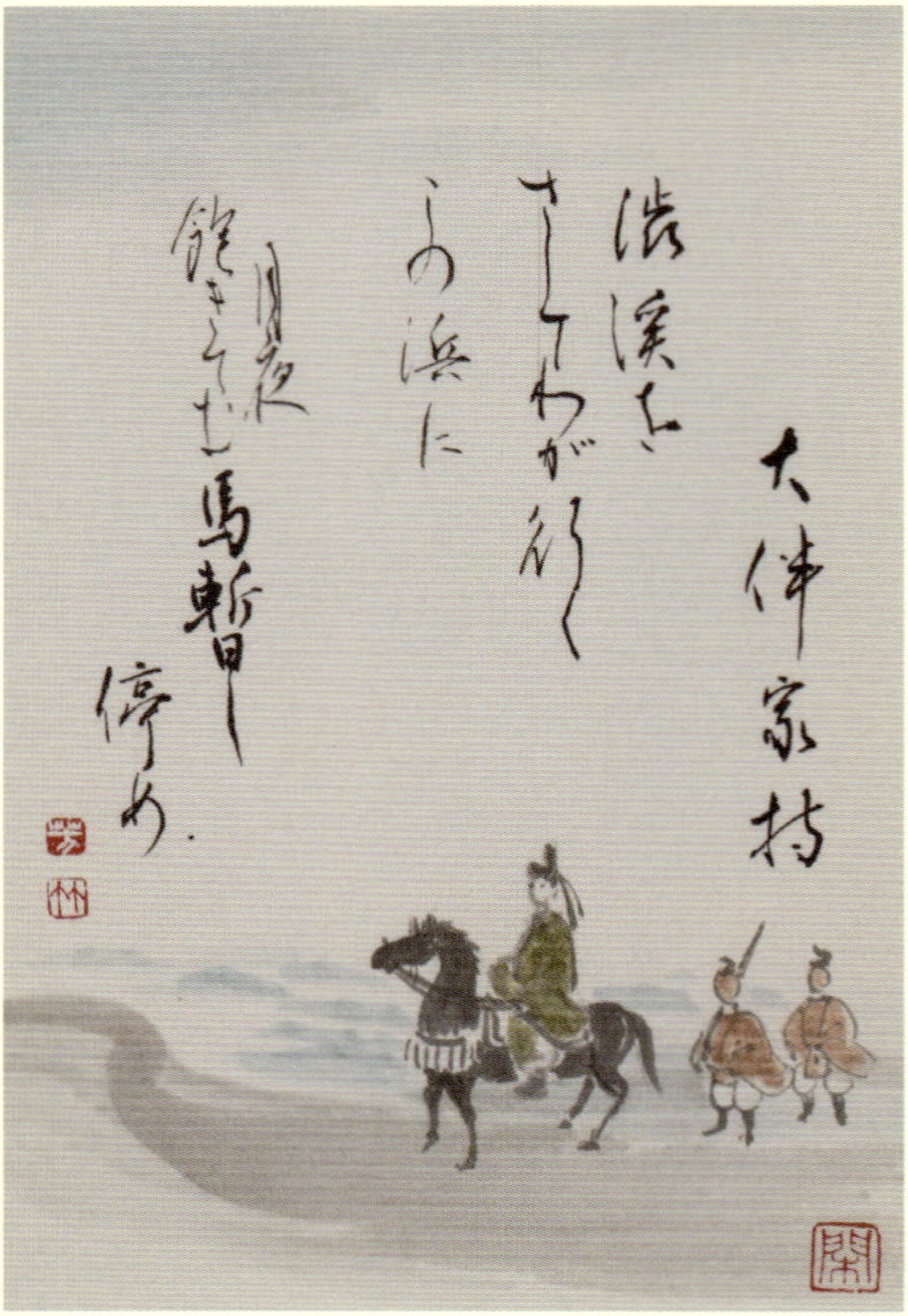
大伴家持
渋渓を
さしてわが行く
この浜に
月夜飽きてむ
馬暫し
停め

【現代語訳】

渋谿《しぶたに》を目指《めざ》してわれらが行くこの浜で、月を飽《あ》きるまで眺《なが》めよう。馬をしばらく止《と》めよ。


【解説】

83〜88の歌が詠《よ》まれた「布勢《ふせ》の水海《みずうみ》」への遊覧《ゆうらん》から家持一行《やかもちいっこう》が越中《えっちゅう》の役所のあった高岡市伏木《ふしき》の地へと帰る途中《とちゅう》、あまりにも月がきれいだったので、「しばらく馬《うま》を止《と》めて眺《なが》めよう」と家持が詠んだ歌です。現在の雨晴《あまはらし》海岸あたりである「渋谿《しぶたに》」を「さして（＝目指《めざ》して）」と歌われていますから、家持がこの歌を詠んだ「浜」とは、現在の氷見《ひみ》市一帯に広がっていた布勢の水海から渋谿に向かう途中の浜、家持が「麻都太要《まつだえ》の長浜《ながはま》」（巻17・三九九一）と詠んだ氷見市島尾《しまお》から雨晴海岸に続く砂浜だったと考えられます。（新谷秀夫）

90

藤波《ふぢなみ》の　茂《しげ》りは過《す》ぎぬ　あしひきの　山《やま》ほととぎす　などか来鳴《きな》かぬ

久米広縄《くめのひろなわ》
巻19・四二一〇

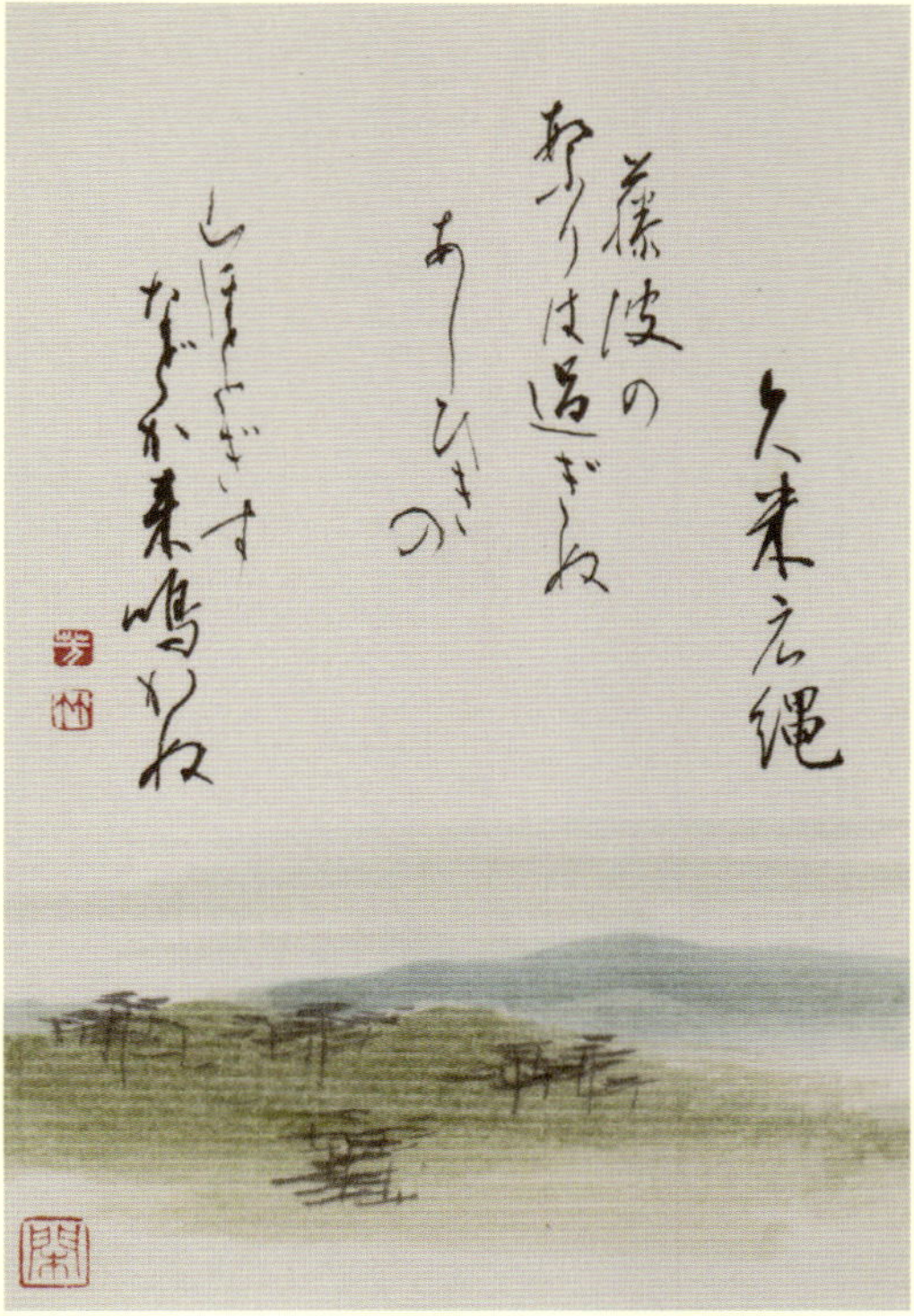

【現代語訳】
藤《ふじ》の花の盛りは過ぎました。（あしひきの）山にいるほととぎすよ、どうして来て鳴かないのだ。

【解説】
家持《やかもち》から贈《おく》られた「あなたの庭の藤《ふじ》の繁《しげ》みで、ホトトギスが鳴くのを知っているよ。どうして知らせてくれないのか」という歌（巻19・四二〇七〜八）に応《こた》えた歌です。この時の長歌《ちょうか》（巻19・四二〇九）には、谷に近い高台にある家に住み、朝夕戸外《こがい》に出てホトトギスを待つ作者の様子が歌われ、「今年はまだホトトギスの声を聞いていません」と説明されています。そして、この短歌でホトトギスを待ち遠しく思う気持ちは私も同じですと、家持への共感《きょうかん》を示しているのです。家持も広縄《ひろなわ》も、気の合う者同士《どうし》一緒にホトトギスの声を聞きたかったのでしょう。

（井ノ口史）

91

あゆをいたみ　奈呉《なご》の浦廻《うらみ》に　寄《よ》する波《なみ》　いや千重《ちへ》しきに　恋《こ》ひわたるかも

大伴家持《おおとものやかもち》
巻19・四二一三

【現代語訳】
あゆの風が激しく吹いて奈呉《なご》の浦辺に寄せる波のように、ますますしきりに恋しく思いつづけています。

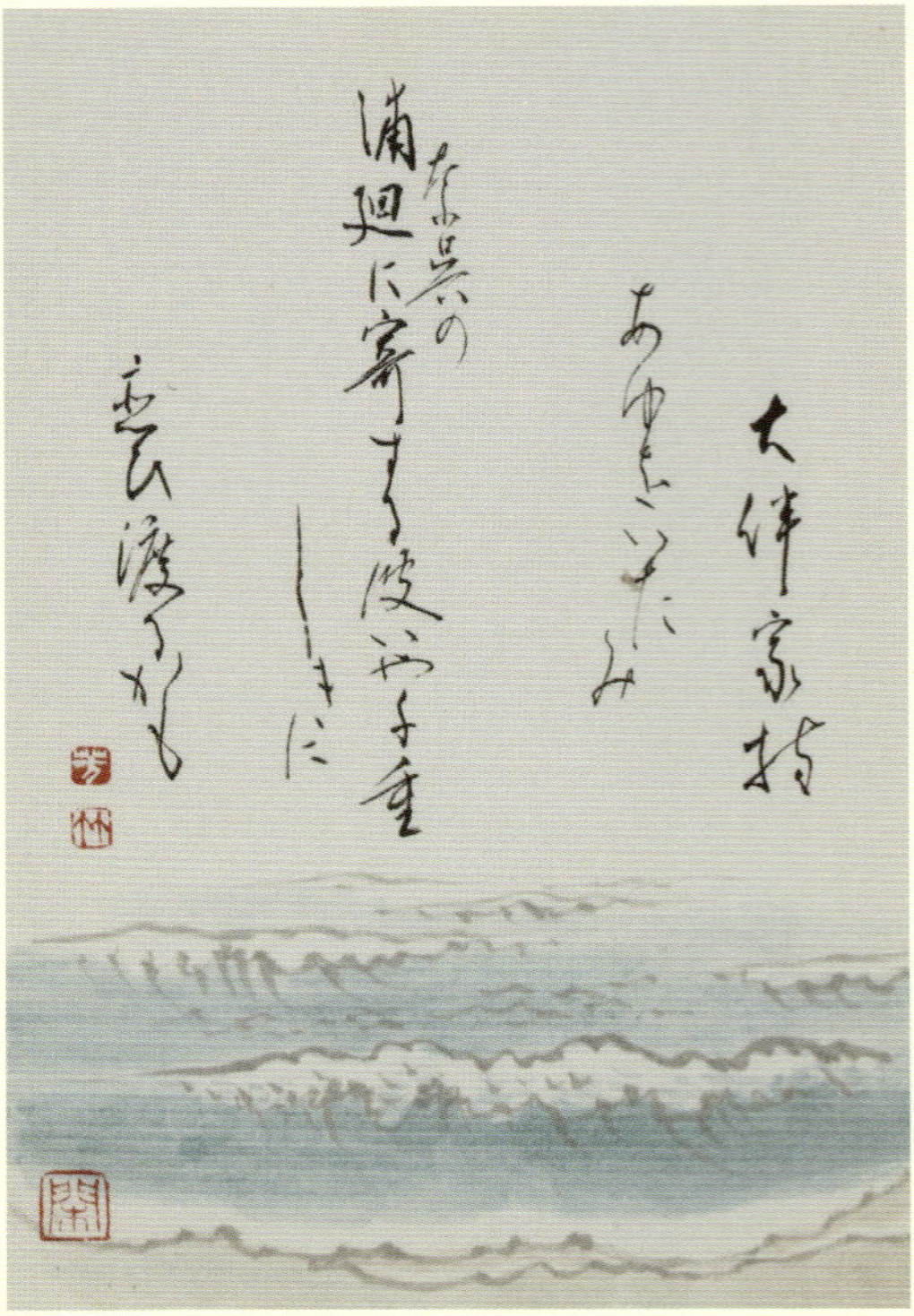

【解説】
海から吹きつける風を、越中《えっちゅう》国のことばで「あゆ（の風）」と呼びます。普段はおだやかな浜辺に、激しく白波《しらなみ》がうち寄せる風景を見て、家持《やかもち》は感動したのでしょう。「奈呉《なご》の浦廻《うらみ》」とは、勤務先である国庁《こくちょう》からほど近い、射水河《いみずがわ》（現在の小矢部《おやべ》川）河口《かこう》付近から射水市新湊《しんみなと》の放生津《ほうじょうづ》潟《がた》一帯にかけての海浜を指します。

天平勝宝《てんぴょうしょうほう》二年（七五〇）五月、平城京《へいじょうきょう》で暮らす親戚の女性のもとに贈った歌のようです。波が絶え間なく浜辺にうち寄せるように、繰り返し、あなたのことを思います、という、離れて暮らす相手を思いやる家持の優しさが伝わってくる歌です。

（井ノ口史）

92

世間《よのなか》の 常《つね》なきことは 知《し》るらむを 心尽《こころつ》くすな ますらをにして

大伴家持《おおとものやかもち》
巻19・四二一六

【現代語訳】 世の中が常《つね》でないことはご存《ぞん》じでしょうに、くよくよなさるな、ますらおの身《み》なのだから。

【解説】 左注《さちゅう》に「聟《むこ》の南右大臣家の藤原二郎の慈母《じぼ》を喪《うしな》ひつる患《うれ》へを弔《とぶら》ふ」とあり、家持《やかもち》の娘婿《むすめむこ》で、藤原南家《なんけ》の右大臣の二男《じなん》が母を失って悲しんでいるのを弔《とむら》った長歌《ちょうか》の第二反歌《はんか》です。二男は、南家の祖の藤原武智麻呂《ふじわらのむちまろ》の長男にあたる右大臣豊成《とよなり》の二男継縄《つぐなわ》と考えられますが、豊成の弟の仲麻呂《なかまろ》を「南右大臣」として仲麻呂の二男久《く》須麻呂《すまろ》とする説もあります。第一反歌「遠音《とほおと》にも　君が嘆《なげ》くと　聞きつれば　音《ね》のみし泣かゆ　相思《あひおも》ふ我《あれ》は」とともに、娘婿のことを思い遣《や》るやさしさに満ちています。（坂本信幸）

93

鮪《しび》突《つ》くと　海人《あま》の燭《とも》せる　いざり火《ひ》の　ほにか出《い》ださむ　わが下思《したもひ》を

大伴家持《おおとものやかもち》
巻19・四二一八

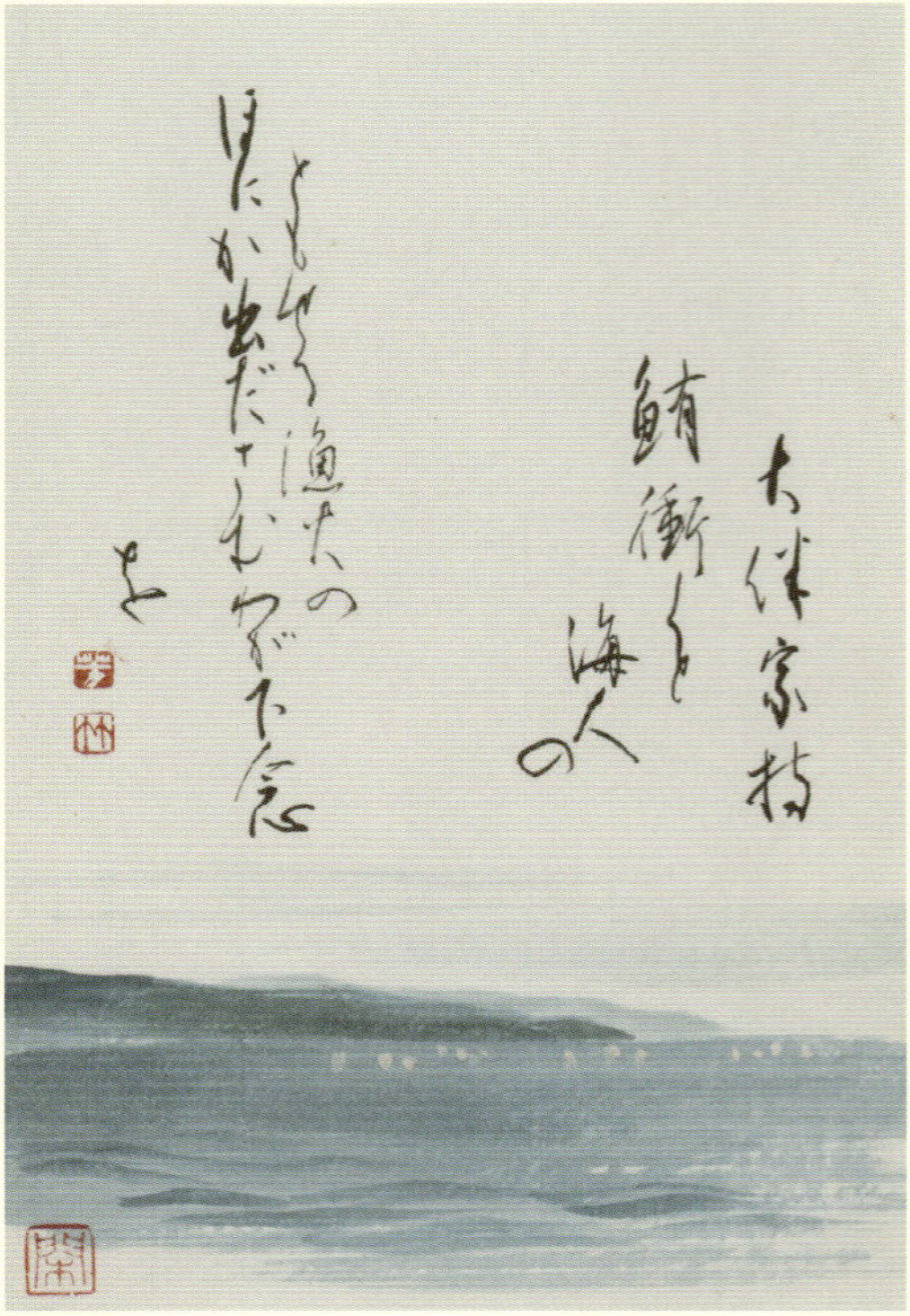

【現代語訳】
鮪《まぐろ》　突《つ》き漁《りょう》で海人《あま》がともしている漁《いさ》り火《び》のように、表《おもて》にはっきりと出してしまおうか、わたしの胸のうちを。

【解説】
天平勝宝《てんぴょうしょうほう》二年（七五〇）五月に、家持《やかもち》が漁師《りょうし》がともす漁《いさ》り火《び》を見て詠《よ》んだ歌です。「鮪《しび》突くと海人《あま》の燭《とも》せるいざり火《ひ》の」は、「ほ（はっきりすること）」を導《みちび》くための序詞《じょことば》、簡単に言うと例《たと》えで、家持の思いは下の二句にこめられています。夜の闇《やみ》に明るく輝《かがや》くたくさんの漁り火を例えに使ったのは、胸に秘めた恋の炎《ほのお》を表現するのにふさわしいと思ったからでしょう。ところで、家持は、マグロの古い呼《よ》び名《な》である「鮪《しび》」を「釣《つ》る」でなく「突《つ》く」と歌っています。おそらく直接マグロ漁《りょう》を経験したか、もしくは漁師から漁の仕方《しかた》を聞いたことがあったのでしょう。

（新谷秀夫）

94

わがやどの　萩《はぎ》咲《さ》きにけり　秋風《あきかぜ》の　吹《ふ》かむを待《ま》たば　いと遠《とほ》みかも

大伴家持《おおとものやかもち》
巻19・四二一九

【現代語訳】わが家の庭の萩《はぎ》が咲《さ》いたよ。秋風が吹いてくるのを待っていたら、待ちきれないからだろうか。

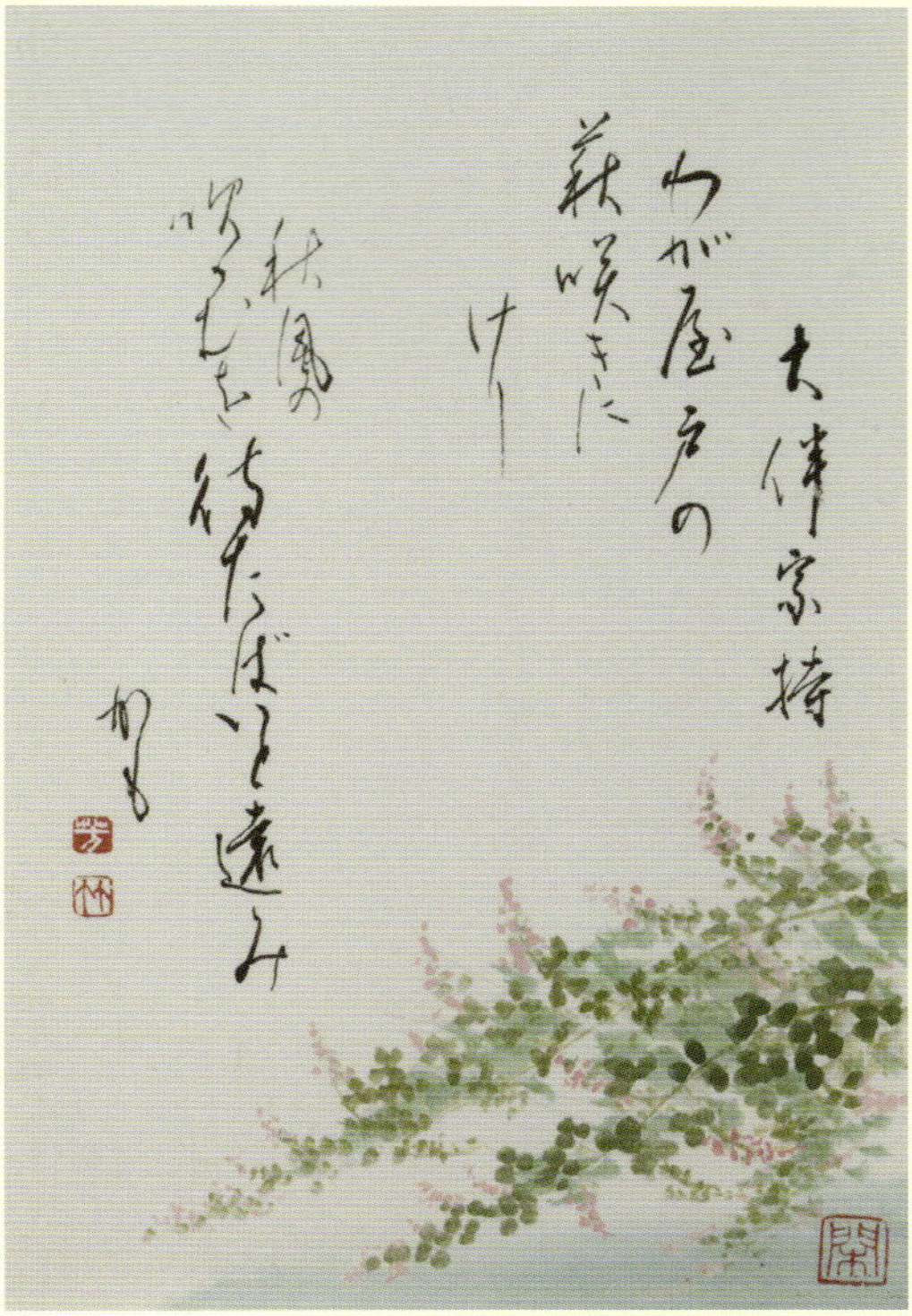
大伴家持
わが屋戸の
萩咲きに
けり
秋風の
吹かむを
待たばいと遠み
かも

【解説】天平勝宝《てんぴょうしょうほう》二年（七五〇）六月十五日（太陽暦《たいようれき》の七月二十六日）に、家持《やかもち》が「萩《はぎ》の早花《はつはな》（初めて咲《さ》いた花）」を見つけて、秋風が吹くのを待ちきれずに咲いてしまったちょっとおっちょこちょいの萩を、おもしろいと思って詠《よ》んだ歌です。「萩」という字は日本で作られた漢字（国字《こくじ》）で、見てもわかるように、「秋」を代表する植物です。野に咲いている萩も愛されたようですが、家持が「わがやどの萩」と詠んでいるように、早くから庭に植えて楽しまれていました。そのため、『万葉集《まんようしゅう》』には約一四〇首もの歌に詠まれ、もっとも多くの歌に詠まれた植物なのです。

（新谷秀夫）

95

あしひきの　山《やま》のもみちに　しづくあひて　散《ち》らむ山路《やまぢ》を　君《きみ》が越《こ》えまく

大伴家持《おおとものやかもち》
巻19・四二二五

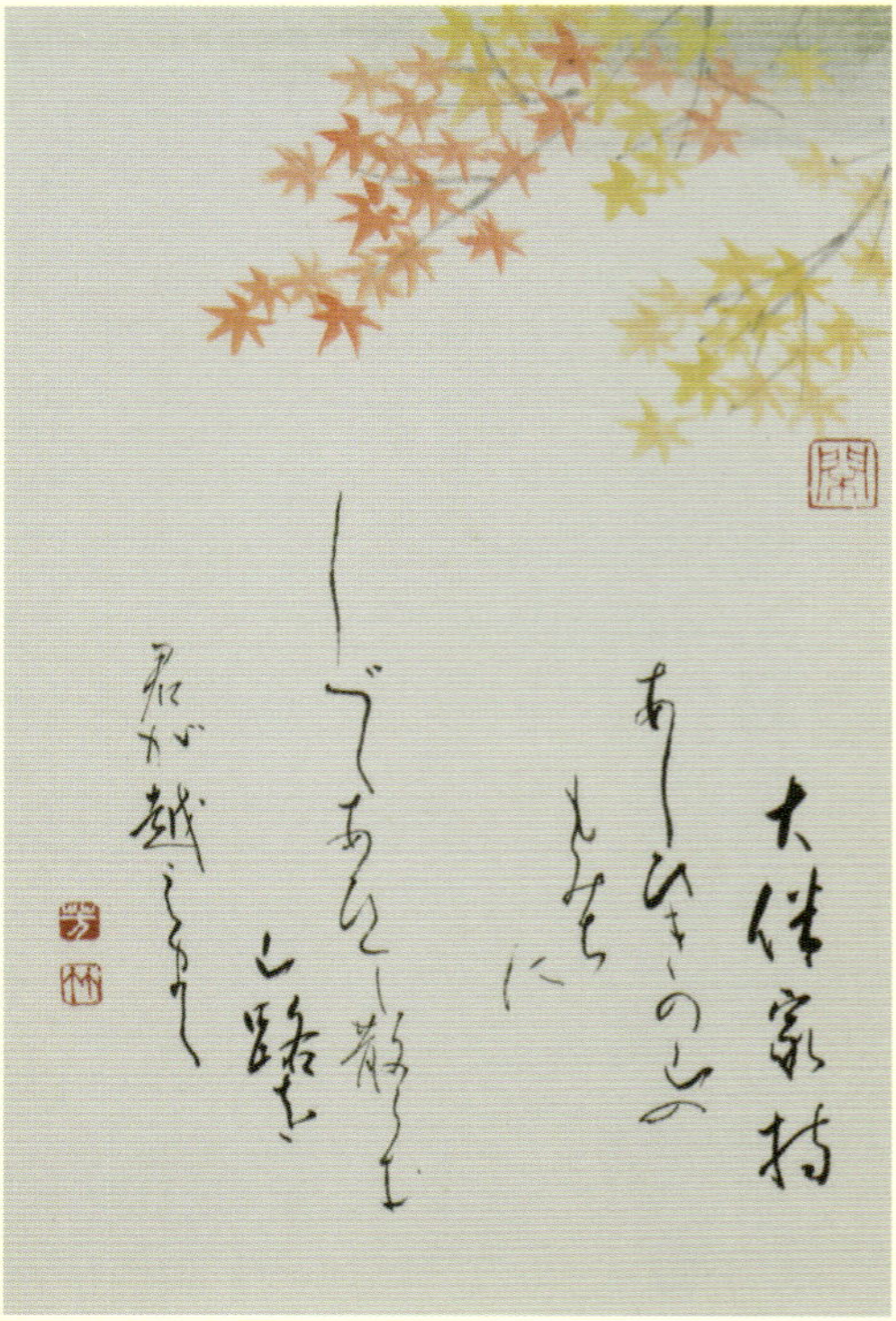

【現代語訳】
（あしひきの）山のもみじが、時雨《しぐれ》のしずくとともに散る山道を、あなたは越えて行くのですね。

【解説】
天平勝宝《てんぴょうしょうほう》二年（七五〇）十月十六日（太陽暦《たいようれき》の十一月二十三日）の作。国政《こくせい》状況の報告書を持参《じさん》する仕事のため、都に向かう部下・秦伊美吉石《はだのいみきいわ》竹《たけ》の送別の宴会で詠《よ》まれました。

平城京《へいじょうきょう》にたどり着くまでには、いくつもの峠《とうげ》を越えて行かなければなりません。北陸《ほくりく》地方では、はやくも冬の寒さが訪れるころです。とくに、敦賀《つるが》・今庄《いまじょう》間の南条《なんじょう》山系《さんけい》や近江の愛発《あらち》山の辺りは道も険《けわ》しく、降水量の多い地域でした。体の芯まで凍《こご》えさせるような冷たい雨の中、山道をたどる部下《ぶか》のことを心配する、家持《やかもち》の思いやりが感じられる歌です。

（井ノ口史）

96

この雪《ゆき》の　消残《けのこ》る時《とき》に　いざ行《ゆ》かな　山橘《やまたちばな》の　実《み》の照《て》るも見《み》む

大伴家持《おおとものやかもち》
巻19・四二二六

【現代語訳】
この雪が消えてしまわないうちに、さあ出かけよう。やぶこうじの実が雪に照《て》り輝くさまも見よう。

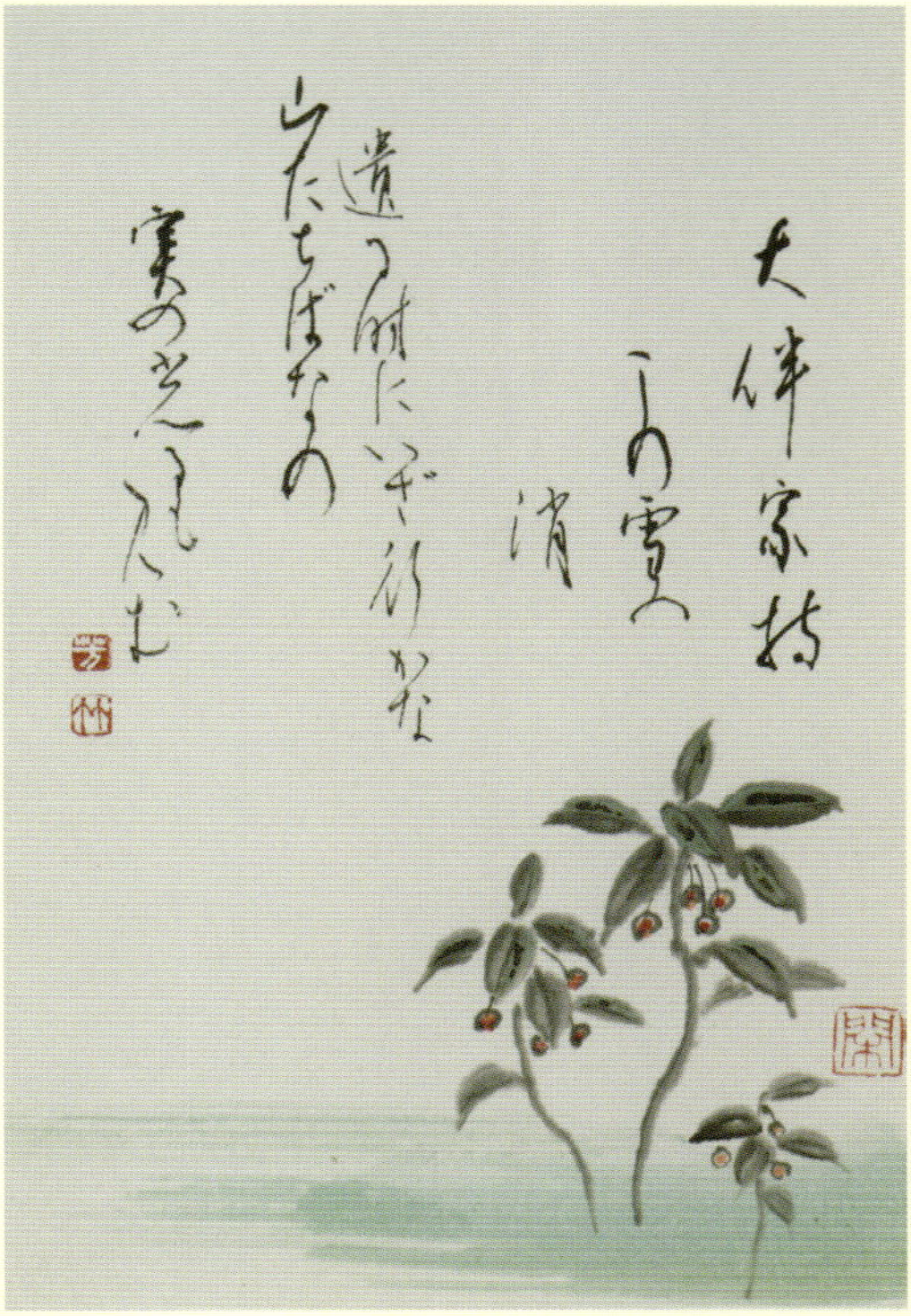

【解説】
雪の日に大伴家持《おおとものやかもち》が作った歌。山橘《やまたちばな》は、丈《たけ》の低い小さな常緑樹《じょうりょくじゅ》で、冬に五ミリほどの小さな赤い実をつけるヤブコウジのこと。地面に降り敷《し》いた雪は日中の光に照《て》らされて、つやのある赤い実が、その雪にいっそう照り輝いています。家持は越中《えっちゅう》での生活で、白い雪の中に赤い山橘の実を見たことがあって、雪が消えないうちにその光景をまた見たいと思ったのでしょう。「さあ出かけよう。」とまわりの人々にさそいかけています。山橘は雪が降り積《つ》もってしまうと隠れて見えなくなるような小さな木です。まだ雪がそんなには積もっていなかったのでしょう。

（垣見修司）

97

降《ふ》る雪《ゆき》を　腰《こし》になづみて　参《まゐ》り来《こ》し　験《しるし》もあるか　年《とし》の初《はじ》めに

大伴家持《おおとものやかもち》
巻19・四二三〇

【現代語訳】
降り積《つ》もる雪に腰まで埋《う》まって参上《さんじょう》した苦労《くろう》の甲斐《かい》がありましたね、年の初めに。

【解説】
天平勝宝《てんぴょうしょうほう》三年（七五一）正月三日に介《すけ》（次官）内蔵忌寸縄麻呂《くらのいみきなわまろ》の館に集まって宴を楽しんだ時の歌です。「腰になづむ」はほかに、「…夏草《なつくさ》を腰《こし》になづみ　いかなるや　人《ひと》の児故《こゆゑ》そ　通《かよ》はすも我子《あご》…」（巻13・三二九五）と見え、障害物《しょうがいぶつ》に阻《はば》まれ難渋《なんじゅう》する意ですが、「参り来」「通ふ」などの語を伴《ともな》い、障害を乗り越えてでも進行する意を表します。障害物があっても行こうとするのは、それだけ魅力《みりょく》のあるところだということで、この歌は宴の主人縄麻呂に敬意《けいい》を表した客人家持《やかもち》の挨拶《あいさつ》歌として機能《きのう》しています。（坂本信幸）

98

石瀬野《いはせの》に　秋萩《あきはぎ》しのぎ　馬並《うまな》めて　初鳥狩《はつとがり》だに　せずや別《わか》れむ

大伴家持《おおとものやかもち》
巻19・四二四九

【現代語訳】
石瀬野《いわせの》で秋萩《あきはぎ》を踏み散《ち》らし、馬を並《なら》べての初鳥狩《はっとりがり》もしないで別れなければならないのか。

【解説】
天平勝宝《てんぴょうしょうほう》三年（七五一）八月四日（太陽暦《たいようれき》の九月二日）の大伴家持の歌です。

家持《やかもち》の少納言転任が決まり、都へ向けて出発する前日に、上京中の久米広縄《くめのひろなわ》の留守《るす》の館に残した悲別の歌のうちの一首です。

「しのぐ」は押し靡《なび》かせる意、「初鳥狩」はその年の秋初めて行う鷹狩《たかがり》のことです。「石瀬野」は、高岡市石瀬《いしぜ》や富山市東岩瀬《いわせ》町一帯と考える説があります。

二句目は長い間「秋萩しぬぎ」とよまれてきましたが、国語学の研究成果によって、現在の読み方が一般的となりました。（関　隆司）

99

しなざかる　越《こし》に五年《いつとせ》　住《す》み住《す》みて　立《た》ち別《わか》れまく　惜《を》しき宵《よひ》かも

大伴家持《おおとものやかもち》
巻19・四二五〇

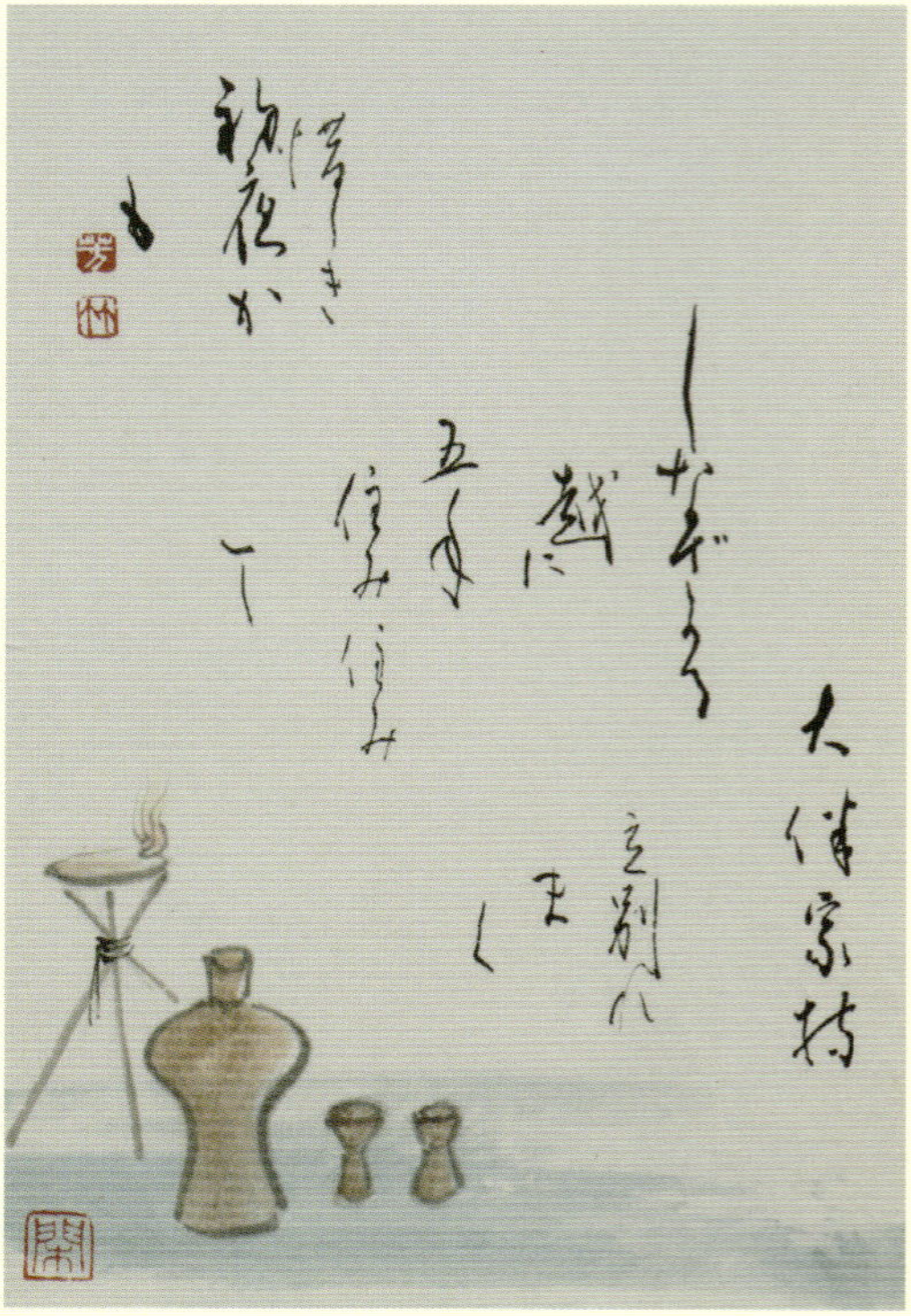

【現代語訳】
（しなざかる）越《こし》の国に五年住み続けて、立ち別れるのが名残惜《なごりお》しい今《こん》夜《や》であることよ。

【解説】
天平勝宝《てんぴょうしょうほう》三年（七五一）七月十七日、家持《やかもち》は少納言《しょうなごん》に転任《てんにん》することが決まります。都へと旅発《だ》つ前夜の八月四日、次官の内蔵忌寸縄麻呂《くらのいみきなわまろ》の館で公式の餞別《せんべつ》の宴が催されました。「しなざかる」は「越」の枕詞《まくらことば》。「住み住みて」には長年住んだ土地を去る感慨《かんがい》がこもっています。父旅人《たびと》が大納言を兼任《けんにん》し都に戻《もど》る時の送別の宴で、山上憶良《やまのうえのおくら》が「天《あま》ざかる　鄙《ひな》に五年《いつとせ》　住《す》まひつつ　都《みやこ》のてぶり　忘《わす》らえにけり」（巻5・八八〇）と歌ったことがありました。家持の心にはこの歌が思い浮かべられていたことでしょう。

（坂本信幸）

100

玉桙《たまほこ》の　道《みち》に出《い》で立《た》ち　行《ゆ》く我《われ》は　君《きみ》が事跡《ことと》を　負《お》ひてし行《ゆ》かむ

大伴家持《おおとものやかもち》
巻19・四二五一

【現代語訳】（たまほこの）道に旅立《たびだ》ちして行くわたしは、あなたの治績《じせき》を背負《せお》って行こう。

【解説】八月五日の午前四時頃、家持《やかもち》は越中《えっちゅう》国庁を後にして都に旅立ちました。次官以下の諸官人が見送る中、射水《いみず》郡の大領《だいりょう》（長官）の安努君広島《あののきみひろしま》の門前では林中に送別の宴が用意されていました。その宴で、内蔵忌寸縄麻呂《くらのいみきなわまろ》が餞別《せんべつ》の盃を捧《ささ》げて歌を歌いました。この歌はそれに和した歌です。コトトは『古事記』（上巻）に「事戸《ことど》を渡す」とあるコトドと同じく「離別《ワカレ》の辞《コトバ》」とする本居宣長《もとおりのりなが》の説もありますが、「功労《こうろう》ノ事迹《じせき》」とする契沖《けいちゅう》の説に従います。後に残る部下《ぶか》の労をねぎらい、その功績《こうせき》を都に伝えようという挨拶《あいさつ》の歌です。

（坂本信幸）

【図解】病気の家持《やかもち》と池主《いけぬし》の歌の贈答

▼『万葉集』巻17には、大伴家持が赴任先《ふにんさき》の越中の地で病《やまい》の床《とこ》に伏《ふ》した時に、部下《ぶか》の大伴池主と交《か》わした書簡《しょかん》が収《おさ》められています。漢文の序《じょ》に続き、春の風物《ふうぶつ》や病に関する短歌や長歌《ちょうか》、漢詩などが記載《きさい》されています。

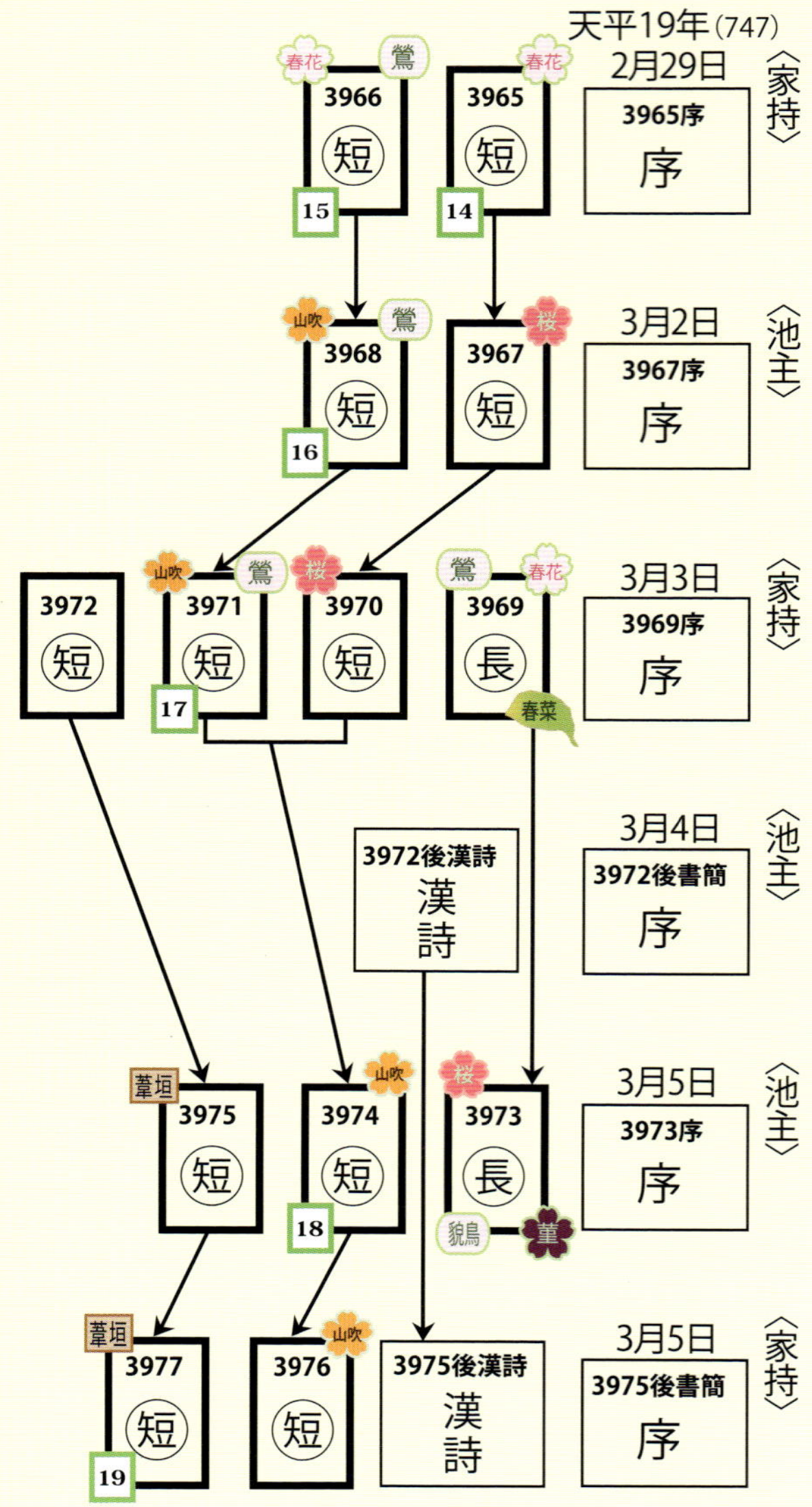

ゴシック文字…歌番号・序や漢詩の位置をしめす略称
太枠…短歌・長歌
細枠…漢文

長…長歌　短…短歌　□…「越中万葉かるた」の番号

※日付は旧暦　※〈　〉内は作者　※矢印は内容の影響関係

越中万葉かるた大会と
その遊び方

どうやって
遊ぶの？

1 越中万葉かるた大会

越中万葉かるた大会は、毎年一月中旬の日曜日に行われる高岡市教育委員会と高岡古城ライオンズクラブ共催のかるた大会です。越中万葉かるたが制作された翌年の昭和五十五年より開催されており、小・中学生を中心に、千人近くの参加者によって、学校別団体戦と個人戦が行われています。近年、一般の部ももうけられました。

2 越中万葉かるた大会のルール

小倉百人一首の競技かるたのルールを元にしていますが、主な違いは次のとおりです（平成二十四年現在）。

1 勝敗は、札を多くとった者が勝者です。

＊競技かるた
持ち札が早くなくなった方が勝者です。

2 四人一組で対戦します。各自二十五枚ずつです。縦四枚×横六枚、一番手前は七枚に、三分間で並べます。百枚全部を並べ、五十首を詠み上げます。残りの五十首は二回戦で使います。暗記時間は五分です。

＊競技かるた
一対一で対戦。取り札は二十五枚ずつ。五十枚だけ並べて、百首読み上げます。暗記時間は十五分。

3 同時に何枚かの札を押さえるようにして取ります。詠み上げられた札に指がかかっていれば、他の札にさわっていてもお手つきにはなりません。

＊競技かるた
札を払うようにして取ります。越中万葉かるた大会は大人数で行うため、なるべく札が散らばらないように考えられています。

4 お手つきをした時は手を挙げて「お手つき札」をもらいます。そして、取った札の枚数からお手つきの枚数を引いた枚数を得点として、4回戦の合計得点で順位を決定します。

＊競技かるた
お手つきした時は、相手から札が送られます。

5 競技中に札の位置を変えてはいけません。動いた時は素早く元に戻します。

＊競技かるた
札の位置は、競技中に相手に宣言することで自由に動かすことができます。

6 順位は、学年ごとに四回戦の取り札の合計得点で決めます。

＊競技かるた
階級ごとにトーナメント方式、リーグ戦方式などがあります。

3　越中万葉かるたの遊び方

小倉百人一首と同じく、さまざまな遊び方があります。

1●源平戦（紅白戦）

源氏チームと平氏チームの二組に分れ、百枚の札を各組五十枚ずつとし、持札の早くなった組を勝ちとします。お手つきをした時は、相手方より一枚送られます。

2●バラトリ戦

百枚の札を全部まき散らし、多数の人がこれを囲んで取り合います。一番多く札を取った人が勝ちとなります。お手つきの回数分、取った札より差し引かれます。

3●個人戦

競技かるたと同じ方法です。一人対一人が対戦し、各自取り札を二十五枚持ちます。敵味方の場にある枚数は五十枚で、読吟者は百枚全部読みますので、読まれても場にない札が五十枚あります。持ち札が早くなった方が勝ちとなります。

4●絵めくり

（1）点取り

取り札を伏せておいて一人一人めくり取り、点数を競う方法です。人物・鳥・花・風景など絵によってあらかじめ点数を決めておきます。

（2）絵あわせ

トランプの神経衰弱と同じ方法で、読み札と取り札の組になったものを伏せておきます。二枚ずつめくって絵が合えば取得でき、その枚数を競い合う方法です。

▼参考「越中万葉かるた」付属の「遊び方・競技の方法」
「高岡古城ライオンズクラブ」ホームページ
http://takaoka-kojyo.lc-jp.net/

4　覚えておくと便利！　一字決まりの札4枚

と（78）

年《とし》のはに　鮎《あゆ》し走《はし》らば　辟田河《さきたがわ》
鵜《う》八《や》つ潜《かづ》けて　川瀬《かわせ》尋《たづ》ねむ

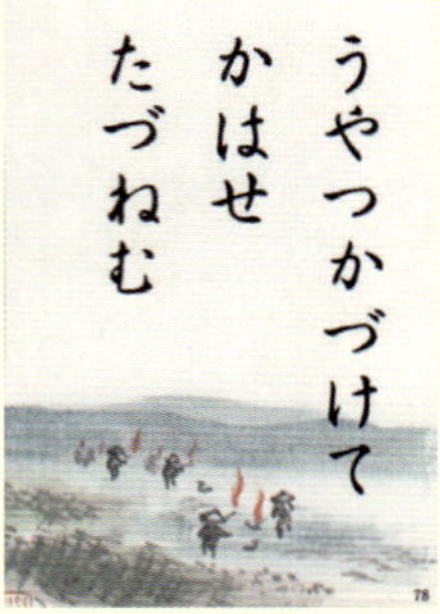
うやつかづけて
かはせ
たづねむ
78

ま（80）

大夫《ますらを》は　名《な》をし立《た》つべし　後《のち》の代《よ》に
聞《き》き継《つ》ぐ人《ひと》も　語《かた》り継《つ》ぐがね

ききつぐ
ひとも
かたりつぐがね
80

も（71）

もののふの　八十娘子《やそをとめ》らが　汲《く》みまがふ
寺井《てらゐ》の上《うへ》の　堅香子《かたかご》の花《はな》

てらゐの
うへの
かたかごのはな
71

ゆ（64）

雪《ゆき》の上《うへ》に　照《て》れる月夜《つくよ》に　梅《うめ》の花《はな》
折《を》りて贈《おく》らむ　愛《は》しき子《こ》もがも

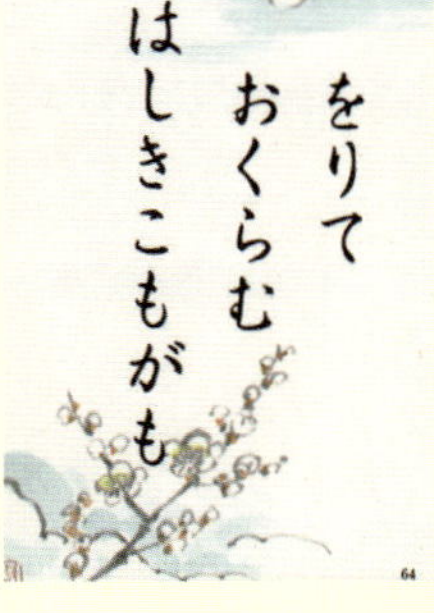
をりて
おくらむ
はしきこもがも
64

10個のかるたを紹介！

館蔵資料でたどる

万葉かるたの世界

『萬葉《まんよう》百首絵《え》かるた』

昭和改元《かいげん》を記念して昭和二年に主婦の友社という出版社が刊行したものです。『万葉集』のなかから名歌を読者投票で一〇〇首選《えら》んで制作《せいさく》しました。歌は、歌人としても有名だった尾上柴舟《おのえさいしゅう》の書です。絵は、当時の代表的な画家だった安田靫彦《ゆきひこ》・前田青邨《せいそん》・野田九浦《きゅうほ》・小林古《こ》径《けい》・平福百穂《ひらふくひやくすい》の五人によって描《えが》かれています。

数ある「万葉かるた」のなかでも傑作《けっさく》のひとつに数えられています。

『犬養孝萬葉《まんよう》かるた』

犬養孝萬葉かるた

高岡市万葉歴史館の名誉《めいよ》館長《かんちょう》だった犬養孝《いぬかいたかし》氏は、昭和二十四年に、当時流通していたタバコの箱の裏側を利用して、みずから筆《ふで》書きされた「万葉かるた」を制作しました。写真は、犬養氏の手元《てもと》に残っていた現物をもとに平成五年に復刻《ふっこく》制作されたものです。

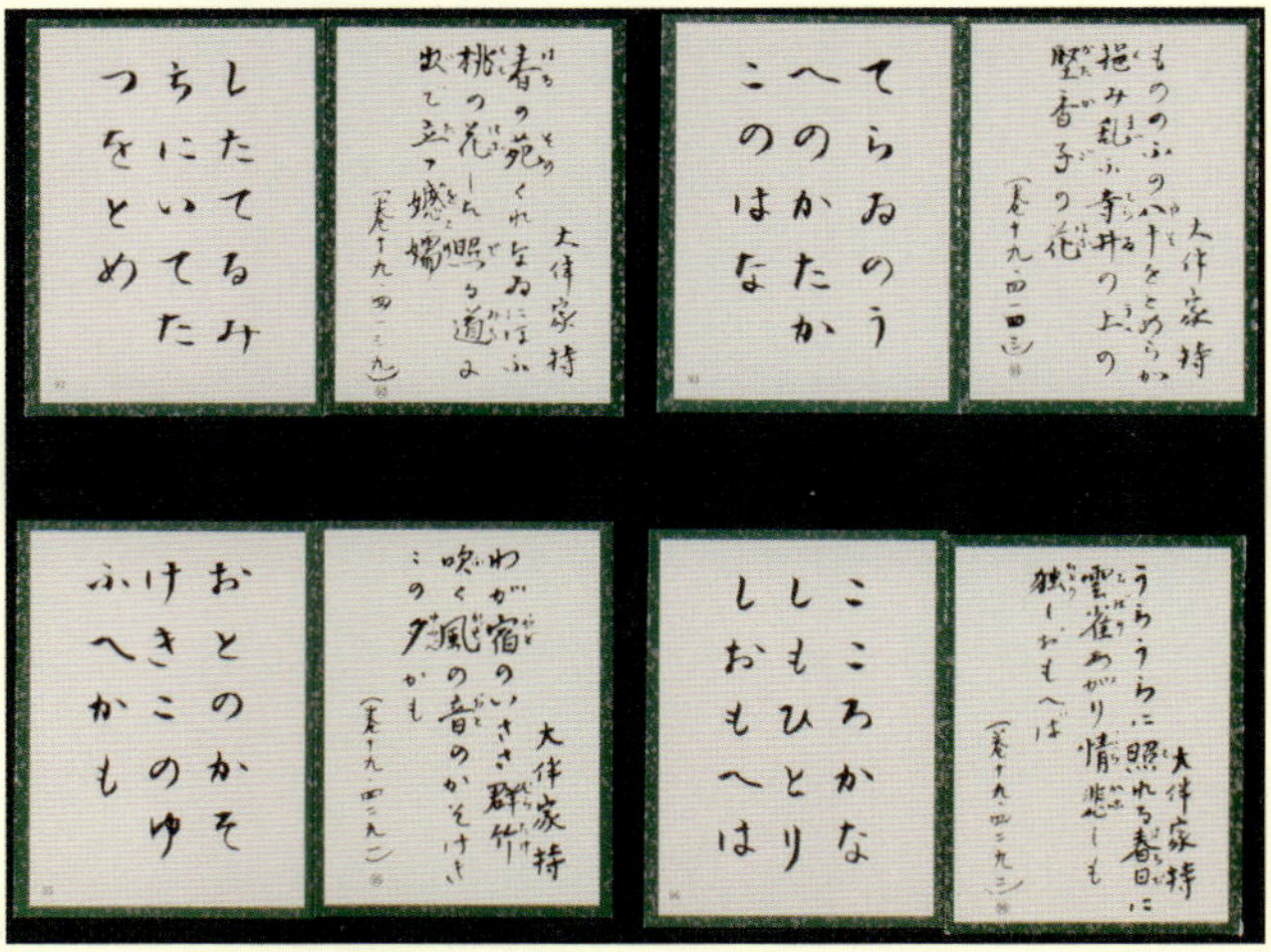
したてるみ
ちにいてた
つをとめ
大伴家持
てらゐのう
へのかたか
このはな
大伴家持
おとのかそ
けきこのゆ
ふへかも
大伴家持
こころかな
しもひとり
しおもへは
大伴家持

『万葉かるた』

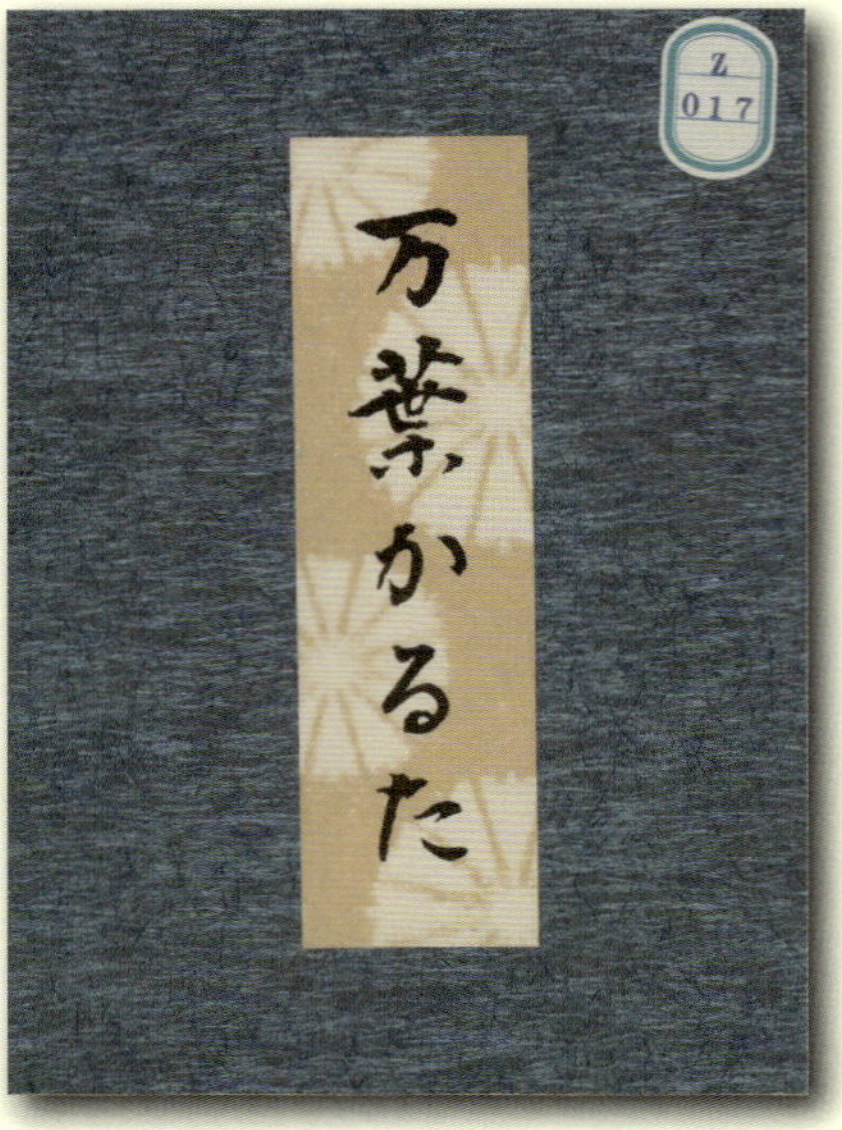

『万葉集』をひろめようという意図で、万葉かるた振興会の石丸寿子さんが企画して、中西進氏と近藤信義氏の協力を得て昭和五十九年に制作したものです。絵は万葉画ひとすじの女流《じょりゅう》画《が》家《か》山口芽能《はぎの》氏、書は全日本書道教育協会理事の古《こ》郡《ごおり》達郎《たつろう》氏の手になります。

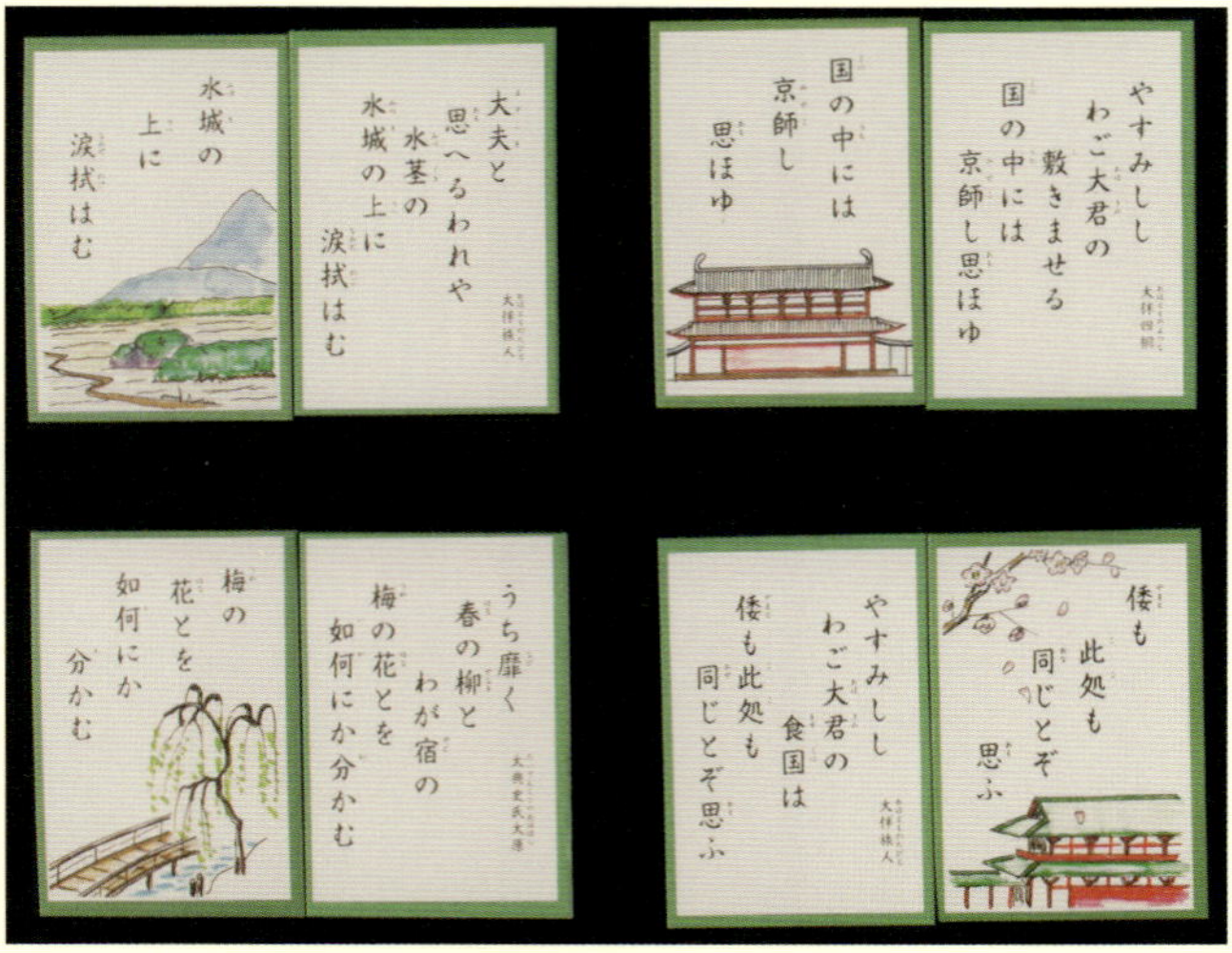

『万葉かるた』

平成十年、作詞家《さくしか》峯陽《みねよう》氏が『万葉集』から歌を選んで、あらたに作詞した詩集『現代訳《いまやく》「萬葉集《まんようしゅう》」』から五〇首を選び、万葉画家である鈴木靖将《やすまさ》氏が、それぞれの万葉歌のイメージを絵に描《えが》いて制作されたかるたです。監《かん》修《しゅう》は高岡市万葉歴史館の小野寛名誉《めいよ》館長《かんちょう》です。

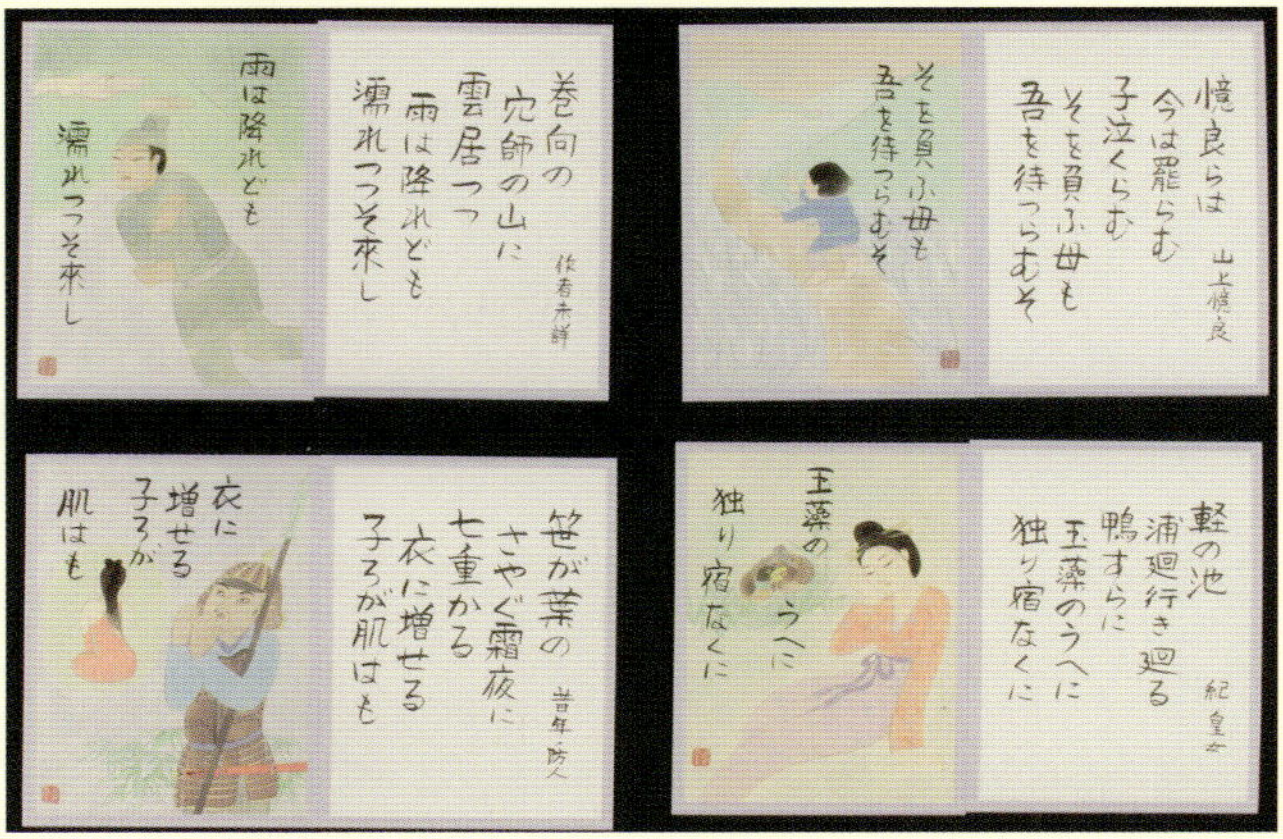

『万葉歌留多《かるた》』

奈良県立万葉文化館には、日本を代表する日本画家によって描《えが》かれた万葉画が一五〇点以上収蔵《しゅうぞう》されています。このかるたは、その日本画のなかから五〇点を選び制作されたものです。

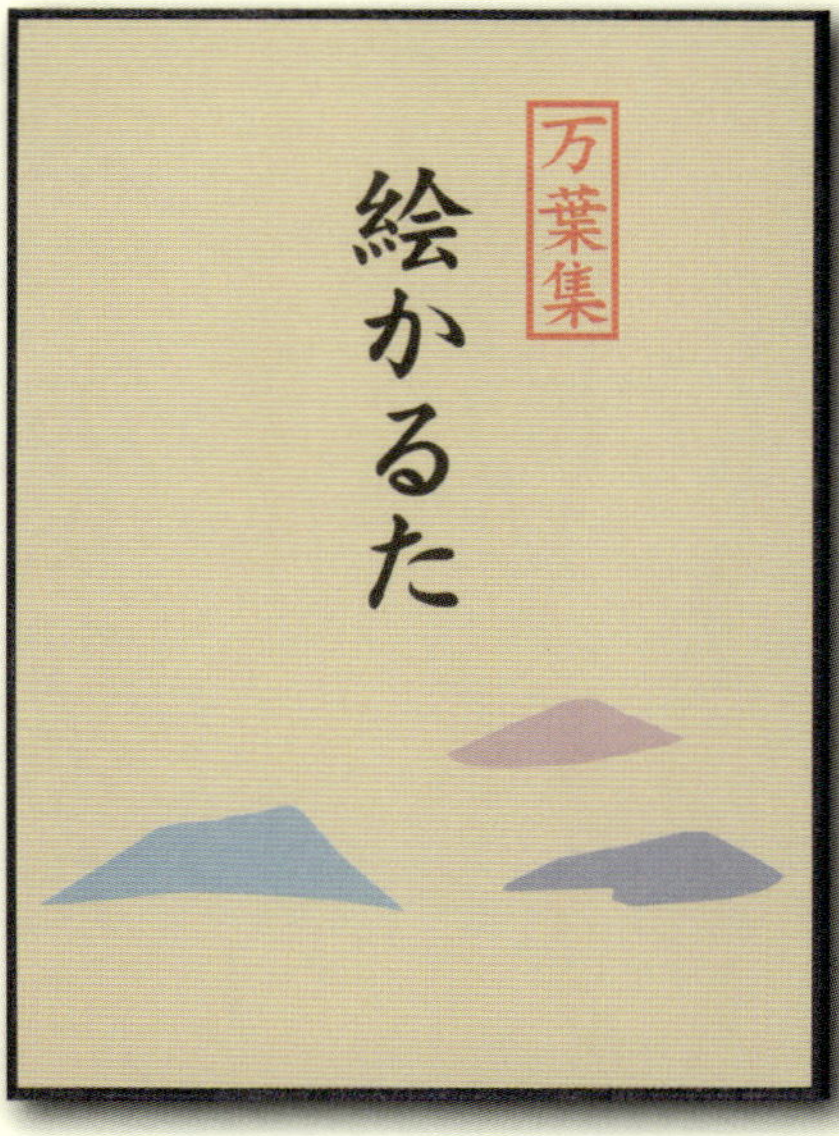

『万葉集絵《え》かるた』

平成二十二年、静岡市清水区にお住まいの主婦桜田康子さんが、約二十年間かけて制作されたかるたです。歌の選定《せんてい》から取り札の作画まで〝手作り〟で制作されました。

『越中万葉《えっちゅうまんよう》かるた』

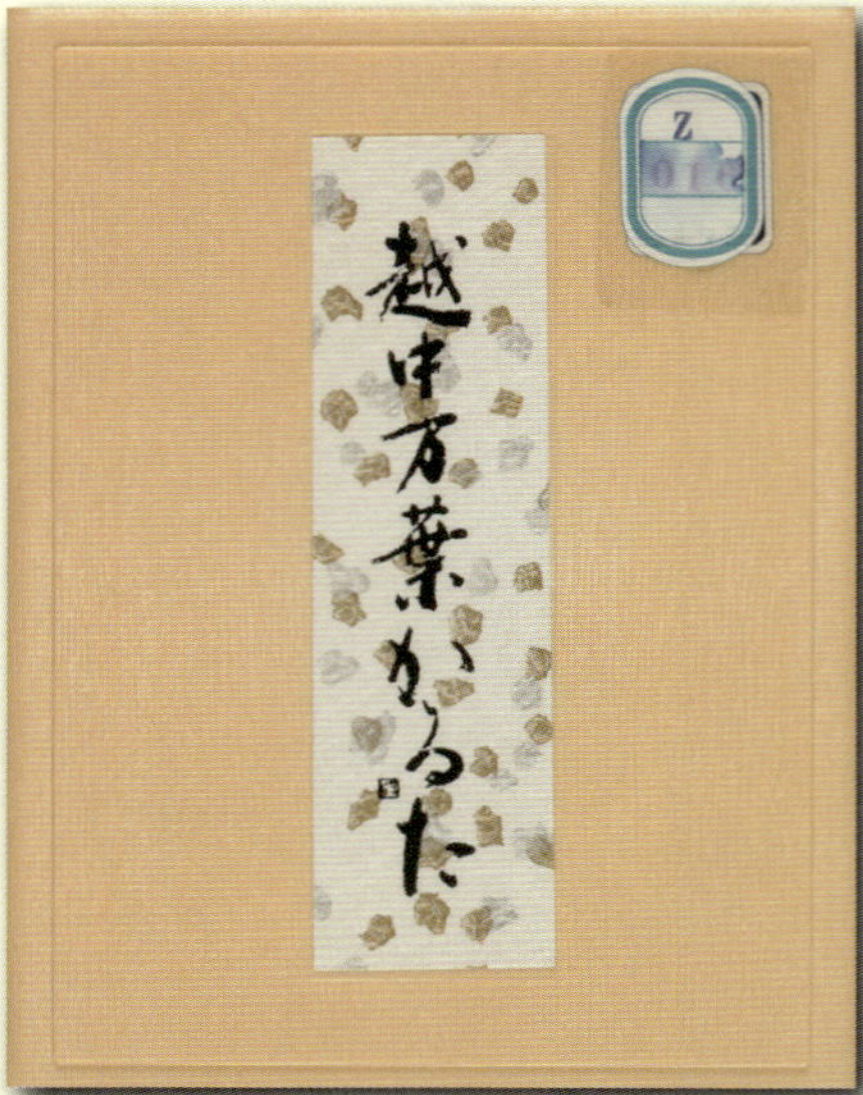

高岡古城《こじょう》ライオンズクラブと高岡市教育委員会の企画で、中西進氏が監修《かんしゅう》して、越中《えっちゅう》で詠《よ》まれた歌から選んで、昭和五十四年の国際児童年にあわせて制作されました。
越中の風土性《ふうどせい》に富《と》み、児童はもちろん一般にも愛誦《あいしょう》されるにふさわしい一〇〇首が選ばれ、児童に親しみをもたせるために読み札と取り札に日本画家の村閑歩《むらかんぽ》氏の絵が描かれています。

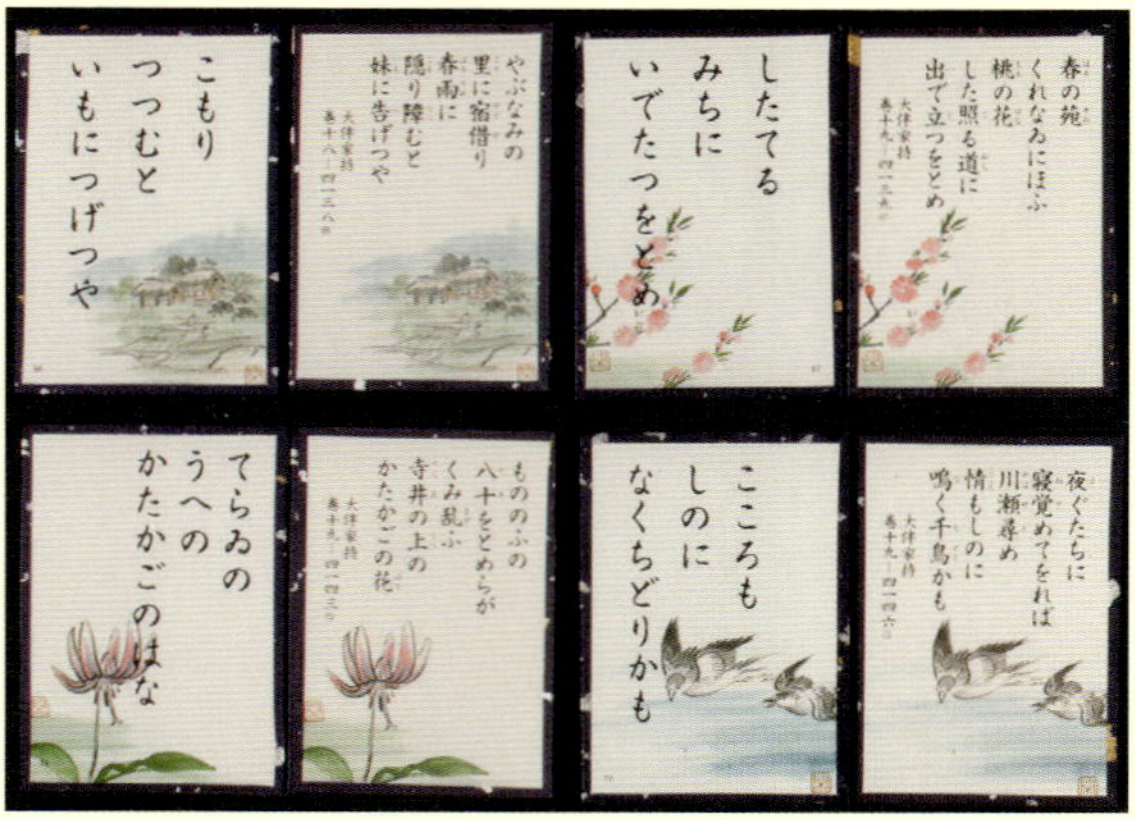

『筑紫《つくし》萬葉《まんよう》かるた』

「筑紫《つくし》歌壇《かだん》」と呼ばれている大伴旅人《おおとものたびと》・山上憶良《やまのうえのおくら》を中心とする大宰府《だざいふ》ゆかりの万葉集の歌に親しんでもらおうと、昭和六十三年に大宰府万葉会会長の松尾セイ子さんが制作されたかるたです。

『味真野《あじまの》万葉かるた』

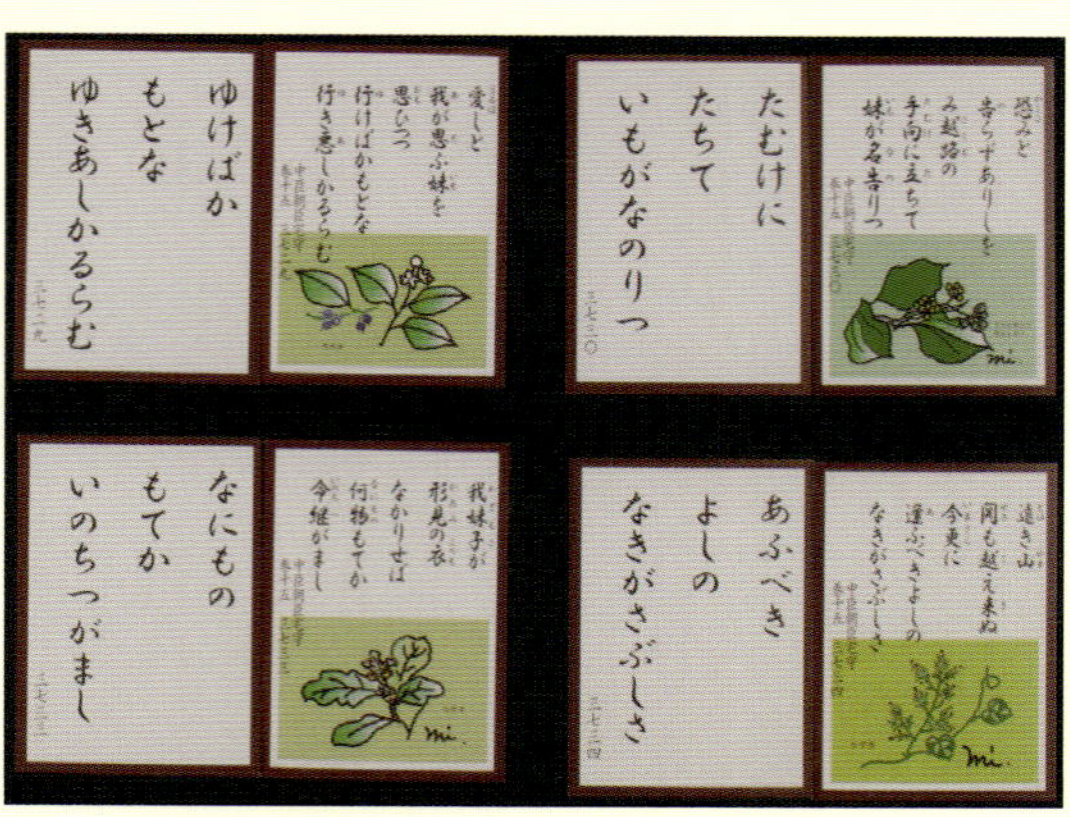

福井県越前市《えちぜんし》味真野《あじまの》町《ちょう》の安治麻野《あじまの》コミュニティ振興会によって、味真野の人々が万葉の歌に親しめるように平成十八年に制作されました。

越前市は、中臣宅守《なかとみのやかもり》と狭野弟上娘子《さののおとがみのおとめ》の恋の歌の舞台《ぶたい》であり、越前の里の味真野万葉館や「あなたを想う恋のうた」短歌募集《ぼしゅう》など、万葉集ゆかりの地としての取り組みをおこなっています。このかるたも、味真野町から全《ぜん》国発信《こくはっしん》できるものを持ちたいということで作られました

『平城京《へいじょうきょう》かるた』

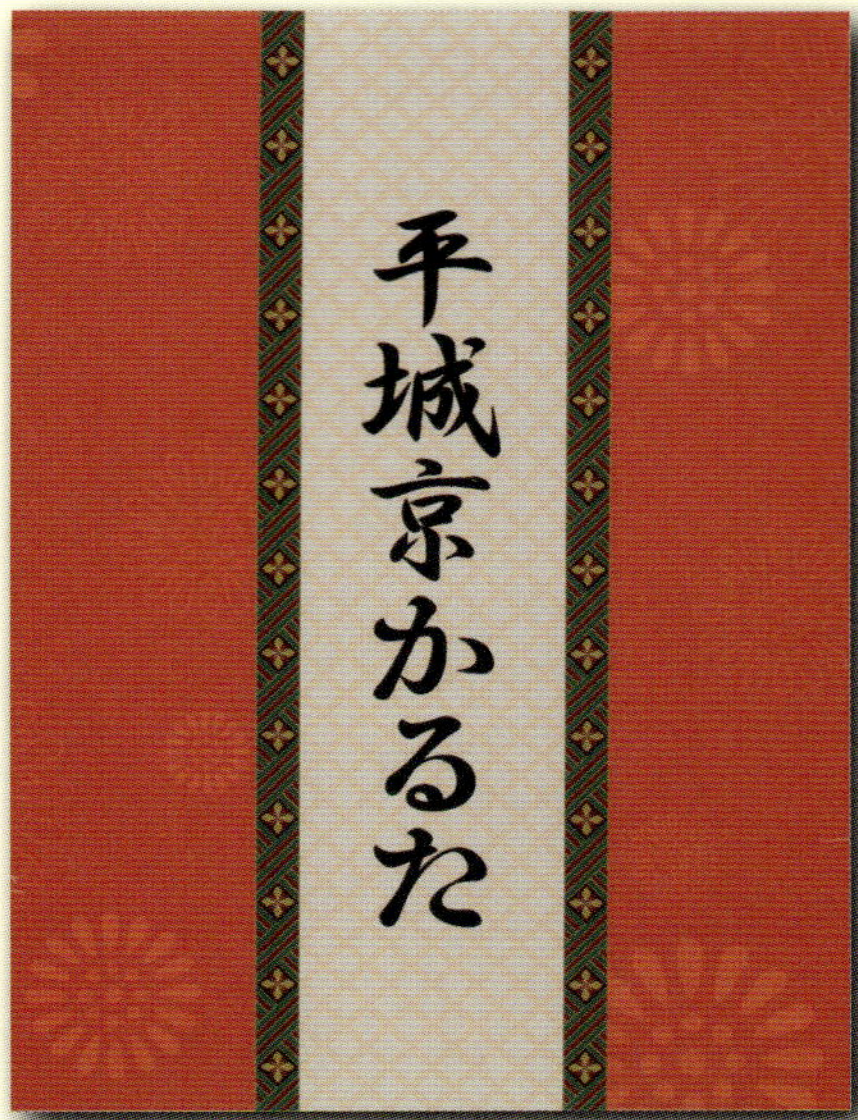

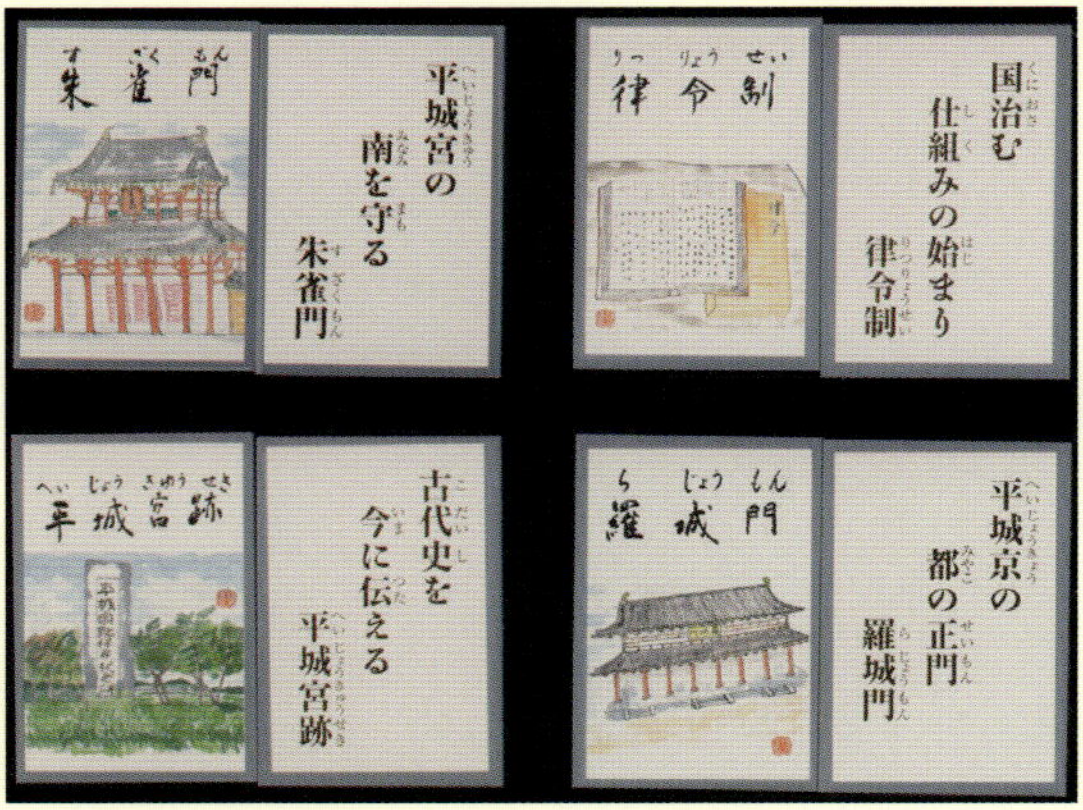

平成二十二年の平城京《へいじょうきょう》遷都《せんと》一三〇〇年を記念して、奈良《なら》文化財《ぶんかざい》研究所《けんきゅうじょ》が監修《かんしゅう》し、平城宮跡《へいじょうきゅうせき》を拠点《きょてん》に活動している「NPO平城宮跡サポートネットワーク」が平成二〇年に制作したかるたです。

発掘《はっくつ》調査の結果や文献史料《ぶんけんしりょう》などからわかってきた奈良時代の歴史や文化を、ひろく小学生から大人まで楽しみながら学んでもらうことを目的に、平城京跡のボランティアスタッフの人たちによって作られました

高岡市万葉歴史館周辺地図

〒 933 － 0116　富山県高岡市伏木一宮 1-11-11
電話　0766-44-5511　FAX　0766-44-7335

高岡市万葉歴史館へのアクセス方法は下記サイトに詳しく紹介しています。

http://www.manreki.com/sisetu/access.htm

ぜひご覧の上、ご来館ください。

高岡市万葉歴史館の QR コードです→

Takaoka Manyou Historical Museum

高岡市万葉歴史館

〒933－0116　富山県高岡市伏木一宮1-11-11
電話　0766-44-5511　FAX　0766-44-7335
E -mail　manreki@office.city.takaoka.toyama.jp
http://www.manreki.com

高岡市万葉歴史館は、『万葉集』に関心の深い全国の方々との交流を図るための拠点施設として、1989（平元）年の高岡市市制施行百周年を記念する事業の一環として建設され、1990（平2）年10月に開館しました。

万葉歴史館は、「万葉集」と万葉の時代を探求するため、広く関係資料・文献・情報等の収集、整理、調査、研究を行い、その成果を公開するとともに、展示、出版や教育普及などの諸活動を通して、以下のような機能を果たしています。

■展示機能

・「万葉集」に親しむとともに、様々な知識が得られます。

■教育普及機能

・地域住民を対象とした館内活動（学習会・講演会）や臨地学習会などの屋外活動を行っています。
・各種出版物を編集し、発行しています。

■調査・研究・情報収集機能

・「万葉集」の専門的研究をすすめ、資料・文献などを収集し、保存しています。
・「万葉集」の研究や情報収集の場を提供します。
・図書や館収蔵資料を公開し、閲覧できます。

■観光・娯楽機能

・万葉の自然とふれあう、やすらぎとうるおいの場を創出しています。
・周辺観光の拠点施設となっています。

越中万葉を楽しむ

越中万葉かるた100首と遊び方

●高岡市万葉歴史館論集　別冊2

2014（平成26）年3月31日　初版第一刷発行

編　者　高岡市万葉歴史館

執　筆　坂本　信幸
新谷　秀夫
関　隆司
田中夏陽子
井ノ口　史
垣見　修司

発行者　池田つや子

装　丁　笠間書院装丁室

発行所　笠 間 書 院

〒101-0064　東京都千代田区猿楽町2-2-3
電話　03-3295-1331　Fax 03-3294-0996
振替　00110-1-56002

ISBN978-4-305-70731-4 C0095

モリモト印刷・製本
乱丁・落丁本はお取り替えいたします。
http://kasamashoin.jp/